EMILY HAINSWORTH

Bis ich bei dir bin

W0215296

GOLDMANN
Lesen erleben

Buch

Camden Pike hat seiner Freundin Viv vieles zu verdanken. Sie hat zu ihm gestanden, als es ihm nicht gut ging, als seine Familie auseinanderbrach und seine Zukunftspläne in sich zusammenfielen. Doch dann passiert etwas Schreckliches – Viv stirbt bei einem Autounfall, an dem Cam sich selbst auch noch die Schuld gibt. Er ist am Boden zerstört und besucht die Unfallstelle immer wieder, weil er gar nicht begreifen kann, dass Viv nie mehr zurückkommen wird. Eines Tages geschieht dann etwas sehr Merkwürdiges: An dem Ort, an dem Viv starb, sieht er ein Mädchen. Sie erscheint ihm wie durch einen Schleier hindurch. Zuerst kann er es gar nicht glauben. Doch einige Tage später sucht ihn dieses Mädchen wieder auf und erzählt ihm, dass sie aus einer parallelen Welt stammt. Sie heißt Nina und hat ihn aufgesucht, weil sie ihn aus ihrer Welt kennt und sie dort gute Freunde sind. Cam kann seine Neugier nicht zurückhalten und übertritt selbst die Grenze. Was er dort vorfindet, ist für ihn allerdings fast zu schön, um wahr zu sein. Seine Freundin lebt! Aber noch vieles mehr scheint in dieser Realität anders zu sein als in seiner. Je mehr er darüber erfährt, desto mehr glaubt er, dass nicht nur seine Freundin Viv etwas vor ihm geheim zu halten versucht, sondern auch Nina. Und während sich das Portal zwischen den beiden Welten immer weiter verkleinert, muss Cam sich entscheiden: Welches Leben will er leben? Und kann er den Menschen, die ihm bisher am nächsten standen, wirklich vertrauen?

Weitere Informationen zu Emily Hainsworth finden Sie am Ende des Buches.

Emily Hainsworth

Bis ich bei dir bin

Roman

Deutsch
von Karin Diemerling

GOLDMANN

Die Originalausgabe erschien 2012 unter dem Titel
»Through to You« bei Balzer + Bray,
einem Imprint der HarperCollins Publishers, New York.

Dieses Buch ist auch als E-Book erhältlich

MIX
Papier aus verantwortungsvollen Quellen
FSC
www.fsc.org
FSC® C014496

Verlagsgruppe Random House FSC® N001967
Das FSC®-zertifizierte Papier *Holmen Book Cream* für dieses Buch
liefert Holmen Paper, Hallstavik, Schweden.

1. Auflage
Taschenbuchausgabe Oktober 2013

Umschlaggestaltung: UNO Werbeagentur, München
Umschlagmotiv: Arcangel Images/Rhiannon Connelly
Redaktion: Kerstin von Dobschütz
NG · Herstellung: Str.
Satz: DTP Service Apel, Hannover
Druck und Bindung: GGP Media GmbH, Pößneck
Printed in Germany
ISBN: 978-3-442-47920-7
www.goldmann-verlag.de

Besuchen Sie den Goldmann Verlag im Netz

Für Stefan,
der mir eine andere Welt gezeigt hat,
und für Courtney,
die mir geholfen hat, mich dort zurechtzufinden

For this is Wisdom; to love, to live,
To take what Fate, or the Gods, may give,
To ask no question, to make no prayer,
To kiss the lips and caress the hair,
Speed passion's ebb as you greet its flow, –
To have, – to hold, – and, – in time, – let go!

Laurence Hope, *The Teak Forest*

Denn das ist Weisheit: zu lieben, zu leben,
zu nehmen, was das Schicksal oder die Götter uns geben,
keine Fragen zu stellen, nicht beten zu müssen,
das Haar zu streicheln, die Lippen zu küssen,
der Leidenschaft Strömen noch im Verebben zu fassen,
zu haben, zu halten und – beizeiten – loszulassen!

EINS

Es ist wieder derselbe Traum, den ich schon seit zwei Monaten träume – Viv, die Scherben und Feuer entsteigt, ihr Lachen hallt durch die Nacht. Sie kommt auf mich zu, mit schwingenden Hüften, ein verführerisches Lächeln auf den Lippen. Ich möchte sie so gern berühren, dass es wehtut, möchte meine Finger in ihren schwarzen Haaren vergraben. Sie bildet einen dunklen, umwerfenden Kontrast zu den hellen Flammen, die hinter ihr auflodern. Ich kann es kaum erwarten, ihren Duft einzuatmen – sie riecht wie der Frühling – und über ihre Haut zu streicheln, sie nie mehr loszulassen. Da bleibt sie plötzlich stehen und wendet den Blick ab. Die Flammen tanzen auf ihren Wangen. Ich will schreien, bleibe jedoch stumm, will die Arme nach ihr ausstrecken, kann mich jedoch nicht bewegen. Sie dreht sich um und geht zurück ins Feuer.

Ich habe sie schon wieder verloren.

Blinzelnd öffne ich ein Auge und sehe Mike Liu am Ende des langen Bibliothekstischs stehen. Er wirkt verlegen.

»Hallo, Cam, es hat geklingelt.«

Ich wische mir den Speichel aus dem Mundwinkel und reibe über die Furchen, die der Spiralblock auf meiner Wange hinterlassen hat. »Danke.«

Mike wartet unentschlossen und rückt den Rucksack über seiner Schulter zurecht. »Sehen wir uns beim Mittagessen?«

Ich blicke ihn nicht an. »Klar.«

Als er weggeht, wünschte ich, ich hätte mehr als zwei Worte zu ihm gesagt. Zwei Worte sind zurzeit alles, was ich für andere übrig habe.

Noch mehr Schüler verlassen nach und nach die Bibliothek. Ich bin allein.

Müde lasse ich mich gegen die Stuhllehne sacken und starre zum Fenster hinaus. Von hier hat man einen guten Blick auf die Straßenecke. Ich starre darauf, bis auf einmal etwas an der Scheibe vorbeihuscht – ein schwarzer Haarschopf. Beim Aufspringen werfe ich beinahe den Stuhl um. Ich stehe wie versteinert da, blinzele und begreife, es war nur ein vorbeifliegender Rabe. Erleichtert atme ich auf. Viv ist jetzt seit zwei endlos langen Monaten tot, aber ich sehe sie immer noch überall.

Und nirgends.

Draußen ist es viel zu warm für Anfang Oktober. Das Laub hängt noch an den Bäumen, Blumen blühen. Alles ist so furchtbar *lebendig*. Würde der Winter sich doch beeilen und alles mit Frost überziehen. Eigentlich sollte ich jetzt in der Mathestunde sein, doch stattdessen gehe ich schnurstracks auf ihre Ecke zu. Ich habe extra meinen Stundenplan geändert, damit ich dieses Stück Straße von jedem Unterrichtsraum aus sehen kann. Dem Anschein nach ist es eine ganz normale Kreuzung. Den alten Strommast, der umgeknickt ist, hat man ersetzt, die Grünflächen wieder zusammengeflickt. Die ganzen Karten, Fotos und schlaff gewordenen Plüschtiere gehören fast schon zur Umgebung. Die Blumen, die ich diese Woche hingelegt habe, sind verwelkt.

Heute ist es auf den Tag genau zwei Monate her.

Heute Abend.

Eigentlich will ich ihre lächelnden Konterfeis nicht ansehen, aber eines fällt mir trotzdem ins Auge, das direkt aus dem Schüler-Jahrbuch entnommen wurde. Es stammt aus unserem ersten Jahr auf der Highschool, als sie noch Cheerleader war. Ihre Kurven haben die Uniform damals noch nicht richtig ausgefüllt. Sie trägt rote und weiße Bänder im Haar. Ihre Wangen sehen rosig und gesund aus, ihr Lachen ist noch strahlender, als ich es in Erinnerung habe. Schnell zwinge ich meinen Blick auf die Karten und Zettel mit den Trauerbotschaften, obwohl ich sie alle längst auswendig kann.

Viv, wir vermissen dich.

Warum stoßen guten Menschen schlimme Dinge zu? Ich vermisse dich.

Kann es nicht fassen, dass du fort bist.

Ich bohre die Fingernägel in meine Handflächen. Die vermissen sie kein Stück. Ich kenne jede einzelne Unterschrift, und keiner von denen hätte sie als Freundin bezeichnet. Man klinkt sich eben nicht ungestraft aus der Gruppe der Anführer und Beliebten aus, wie Viv es getan hat. Entweder hat man von vornherein nie dazu gehört, oder man fällt in Ungnade so wie ich.

Ich brauche eine Zigarette.

Unten in meiner Tasche muss ein Päckchen sein, und ich wühle durch Hefte und lose Seiten danach. Meine Finger streifen Zellophan, woraufhin ich die halb zerdrückte Schachtel herausziehe und gegen den Handballen klopfe. Ich stecke mir eine Zigarette zwischen die Lippen und taste nach einem Feuerzeug. Meine Hosentaschen sind voller Mist, und ich werde jedes Mal gereizt, wenn ich nicht gleich eines finde. Schließlich nehme ich die Schultasche von der Schulter und krame darin herum, bis ich eine kleine Wölbung unter dem Futter bemerke. Na endlich! Da ist ein kleiner Riss, den ich hastig vergrößere, weil ich so ein Verlangen nach der Zigarette habe, aber als ich die Hand herausziehe und mein Zippo sehe statt des billigen Bic-Feuerzeugs, nach dem ich gesucht habe, erstarre ich.

Mit dem Daumen fahre ich über das Monogramm, das sie mir zu meinem siebzehnten Geburtstag hat eingravieren lassen – C.P. Ich schließe die Faust um das Feuerzeug, damit ich es nicht ansehen muss, aber es zu fühlen ist noch schlimmer. Kühl, glatt und hart. Meine Fingerknöchel werden weiß. Ohne nachzudenken, schleudere ich es in die zerfetzten Büsche, in denen Vivs Vorderreifen zum Stehen kamen. Ich bin sicher, dass das die Stelle ist, denn als ich neben ihrem leblosen Körper aufwachte, mit Glasscherben übersät und nach Benzin stinkend, bin ich um das Auto herumgetaumelt und in dieses Gebüsch gefallen. Es war dornig und unnachgiebig, und ein paar Tage später habe ich die Kratzer unter meinem Shirt entdeckt. Ich erinnere mich an nicht mehr viel von diesem Abend – abgesehen von ihrer blutüberströmten Gestalt, die regungslos an dem zersprungenen Fenster auf der Fahrerseite lehnte –, aber ich erinnere mich an dieses verdammte Gebüsch.

Wenn ich das blöde Feuerzeug nicht fallen gelassen hätte, wenn Viv mich nicht ausgelacht hätte, weil ich so ein Tollpatsch bin, und sich selbst danach gebückt hätte, wenn sie nicht so schnell gefahren wäre, damit wir zu mir nach Hause und ins Bett kamen, und wenn es nicht geregnet hätte, würde ich wahrscheinlich nicht hier stehen und auf diese jämmerliche Gedenkstätte auf dem Gehweg glotzen.

Ich wünschte, sie wäre für mich.

Blödes, beschissenes Feuerzeug.

Es war eine schlechte Idee, hierherzukommen. Ist es immer.

Hastig drücke ich mich an dem Strommast vorbei, als ich eine Stimme hinter mir höre.

»Cam?«

Ich drehe mich halb um, aber da ist niemand.

Auch als ich mich ganz umdrehe, sehe ich niemanden, obwohl ich schwören könnte, dass ein Mädchen meinen Namen gerufen hat. Die Stimme klang ein bisschen blechern, als käme sie hinter rotierenden Ventilatorflügeln hervor.

»Mr Pike.« Ein tieferes Timbre überrascht mich. Ich fahre herum und sehe Coach Reed vor mir – Mr Reed, den stellvertretenden Direktor der Fowler Highschool. Er mustert mich mit diesem abschätzenden Blick, der einem das Gefühl geben soll, dass er einem bis auf den Grund der Seele sehen kann. Seit ich das Team verlassen habe, funktioniert das nicht mehr bei mir.

»Pike, Sie befinden sich auf dem Schulgelände.«

Ich warte auf die Pointe.

Er nimmt mir die Zigarette aus dem Mund und gibt sie mir. Mist.

»Selbst wenn Sie achtzehn wären, wäre Rauchen auf dem Schulgelände immer noch verboten.« Er deutet über die Straße zu dem mit Graffiti besprühten Bushäuschen, wo die Raucher der Fowler High Zuflucht suchen, Schüler und Lehrer gleichermaßen. »Wenn Sie sich das Laster angewöhnen wollen, machen Sie es außerhalb.«

Ich starre auf die Bank in dem Unterstand, auf das übel zugerichtete Sicherheitsglas, das so zerkratzt ist, dass es nicht mehr als Fenster gelten kann. Dann blicke ich wieder hinüber zu Vivs Schrein, den Karten, dem Gebüsch, dem

Strommast. Durch dieses Glas könnte man nichts davon sehen. Ich betrachte die unangezündete Zigarette in meiner Hand. Dachte ich wirklich, sie würde mir schmecken ohne sie? Ich werfe sie in den Rinnstein.

»Hab gerade aufgehört, Sir.«

Sieh mal an – vier Worte. Ich gehe weg, ehe Mr Reed – ich werde ihn nicht Coach nennen – Zeit für eine Erwiderung hat. Ich kann seine Besorgnis regelrecht spüren. Da ich ohnehin gerade in Mathe sein sollte, schlendere ich auf die Schule zu und ziehe eine lädierte Metalltür auf, die in den Flur vor dem Kunstraum führt. Er ruft mir hinterher.

»Camden ...«

Ich werfe die angebrochene Zigarettenpackung in einen Mülleimer, bevor die Tür hinter mir zufällt.

Die Schulkantine quillt wie üblich über. Etatkürzungen oder Missmanagement beim Kuchenbasar haben die Schule dazu gezwungen, den Raum zu maximieren, statt ihn zu erweitern. Das Traurige ist, dass fast alle lieber hier draußen in dem schummerigen, angestaubten Korridor essen als an den Tischen in dem hell erleuchteten Saal, der nach alter Pizza stinkt. Fast alle, mich eingeschlossen.

Entlang der Wand gibt es zahlreiche Nischen vor den Doppeltüren, die in die Aula führen, und das sind immer heiß begehrte Plätze, weil man da ein bisschen für sich sein kann, aber ich schaffe es, mir einen zu schnappen. Zwei schon dort hockende Mädchen schielen zu mir herüber, als ich mich setze. Sie werden still, und ich spüre, wie die eine mich anstarrt, während ich im Schneidersitz dasitze und nicht aufblicke. Die andere murmelt etwas, dann höre ich, wie sie die Reißverschlüsse ihrer Rucksäcke zuziehen. Ich entspanne mich, gleich werden sie verschwinden.

Mist, eine der beiden kommt herüber und kniet sich neben mich.

»Hallo.« Es ist eine Rothaarige mit herzförmigem Gesicht. Ich kenne sie nicht. Wahrscheinlich eine aus den unteren Jahrgängen, die es nicht besser weiß. Ich wende den Kopf ab und reagiere nicht. »Ich wollte dir nur sagen … Es tut mir leid«, sagt sie leise. »Ich habe sie nicht gekannt, aber das ist wirklich sehr traurig. Sie war so hübsch.«

Die Haare hängen mir in die Augen, und ich tue so, als wäre sie gar nicht da.

Sie bleibt noch eine peinliche halbe Minute bei mir und wartet auf eine Antwort, während ich die Bodenfliesen betrachte und wünschte, die Leute würden endlich aufhören, Anteilnahme zu heucheln. Endlich kapiert sie's. Wortlos nimmt sie ihren Rucksack und kehrt zu ihrer Freundin zurück.

»Siehst du?«, meint die andere. »Glaubst du mir jetzt?«

Sie verschwinden den Flur hinunter. Ich atme auf.

Ich esse nichts. Viv und ich sind zum Mittagessen immer woanders hingegangen oder zumindest vor die Schule, um eine zu rauchen. Weil ich gerade für Englisch ein Buch lesen muss, hole ich es aus meinem Rucksack. Ich weiß zwar nicht, worum es geht, aber man wird weniger leicht angequatscht, wenn man beschäftigt wirkt. Es gibt keine Fenster in diesem Flur, und die Kantine liegt dem Sportplatz gegenüber. Somit ist das die einzige Zeit am Tag, zu der ich die Straßenecke nicht sehen kann. Ich halte das Buch aufgeschlagen und versuche, mich in meinem Alkoven unsichtbar zu machen, während ich auf das Ende der Mittagspause warte. Die Stimmen der Essenden um mich herum verschmelzen zu einem chaotischen Geschnatter.

Ich döse gerade weg, als neben mir ein Rucksack auf den

Boden knallt. Mike. Ich hatte ganz vergessen, dass er was von Treffen in der Pause gesagt hat. Ich gebe mir den Anschein, als wäre ich total in mein Buch vertieft, bis ich merke, dass ich es verkehrt herum halte. Mike merkt es auch, aber er holt ein Skizzenbuch heraus und sagt nichts.

Ein paar widerwärtige Stimmen dringen durch das mittägliche Gemurmel und lenken mich von meinem umgedrehten Buch ab. Logan West und Sharif Rahman führen eine Gruppe meiner ehemaligen Mannschaftskameraden an und stolzieren großkotzig durch den Flur.

Sharif brüllt Mike zu: »Hey, Liu!«

»Rahman«, antwortet Mike. »Alles klar?«

»Hey, Pike!«, ruft Logan und zeigt mir den Stinkefinger.

Ich sehe weg. Wenn Viv hier mit mir in der Nische wäre, hätte ich ihn nicht einmal bemerkt.

Auch nachdem sie weg sind, rühre ich mich nicht. Mike zeichnet gedankenverloren. Er holt einen Energieriegel heraus und fängt an zu kauen. Ich fasse es nicht, dass er die Dinger immer noch isst. Früher hätte ich kein Spiel ohne sie bestritten, aber im Grunde schmecken sie wie Sägemehl mit Schokolade. Er lehnt sich zurück in den Schatten seiner Ecke und zeichnet kauend, und mir bleibt nichts anderes übrig, als schweigend neben ihm zu sitzen.

»Hör mal, Cam«, sagt er plötzlich. »Kann ich irgendwas für dich tun?«

Ich richte mich auf. »Nee, mir geht's gut.«

Er legt seinen Bleistift ab und wirft mir einen Seitenblick zu. So wie früher, wenn ich eine schlechte Spieltaktik ausgerufen habe. Ich versteife mich, was er mitkriegt. »Ich meine nur … Ich sehe dich dauernd da draußen an der Ecke. Das ist nicht gesund, Mann.«

Genau das unterscheidet Mike von den anderen Jungs, die

da den Gang entlangstolzieren: Er ist der Einzige, mit dem ich noch befreundet bin – oder der noch mit mir befreundet ist.

Und im Moment hasse ich ihn dafür.

»Mir geht's gut. Ich werd schon wieder«, wiederhole ich.

Mike schüttelt den Kopf. Leise sagt er: »Hast du mal daran gedacht, die Sachen dort abzunehmen? Die Karten und das ganze Zeug?«

Ich hebe den Kopf und stelle zum ersten Mal Augenkontakt her.

Er rudert sofort zurück. »Ich dachte ja nur … Das macht es vielleicht nicht unbedingt besser?«

Ich knirsche mit den Zähnen. Wir werden es beide bereuen, wenn ich jetzt den Mund aufmache. Ich schnappe mir meinen Rucksack und marschiere davon. Es läutet, und auf einmal sind überall Leute um mich herum und bedrängen mich. Ich boxe mich zu meinem Spind am anderen Ende des Gebäudes durch, um mein Geschichtsbuch für die fünfte Stunde herauszuholen. Als ich endlich dort ankomme, bringe ich zweimal die Kombination für das Schloss durcheinander und muss die Zahlen vor mich hin murmeln, um sie richtig einzustellen.

17 … 08 … 31.

Beim dritten Versuch bewegt sich der Riegel, und die Spindtür schwingt auf. *Weltgeschichte II* liegt zuoberst auf dem Bücherstapel. Gerade als ich danach greifen will, schießt eine große Hand in mein Gesichtsfeld und knallt die Tür wieder zu. Gespreizte Wurstfinger drücken vor meiner Nase gegen das Metall. Pommes-frites-Atem bläst mir heiß in den Nacken. Ich drehe mich um und blicke in Logans geblähte Nasenlöcher. Er erinnert mich an einen Stier, und ich stehe zwischen ihm und einer Reihe von roten Schließfächern.

Sein Arm versperrt mir den Fluchtweg. Er starrt mich nieder, schmallippig und ohne zu blinzeln. Seine blonden Haare sind zu Dolchspitzen aufgestachelt. Vor zwei Jahren hätte ich an seiner Stelle sein können. Vor zwei Monaten hätte mich das alles nicht interessiert. Er lacht und klatscht Sharif über meinen Kopf hinweg ab. Ich sehe ihnen nach. Zwischendrin springt Logan hoch, um mit der Hand die Decke zu berühren. Sie gehen durch die sich leerenden Flure, als gehörte ihnen der Laden.

Ich lasse meinen Spind Spind sein, ignoriere die Glocke und sehe nicht mal zu den Sekretärinnen im Schulbüro hin, als ich zum Hauptportal hinauslaufe, weg von der ganzen verdammten Schule.

ZWEI

Das Haus ist leer. Ich gehe ziellos durch die Räume, nicht sicher, wo ich sein will, bis mir klar wird, dass ich nirgendwo sein will. Jedes Zimmer hat irgendwo ein Loch – dort, wo ein Stuhl stand, eine Stereoanlage, eine Reihe Bücher, ein Kleiderschrank. Mom hat keines davon gestopft, seitdem Dad ausgezogen ist, und mir war es wohl egal. Doch seit dem Unfall sehe ich nur noch die Löcher in allem.

Schließlich lande ich in der Küche. Mache den Kühlschrank auf, blicke hinein, mache ihn wieder zu. Irgendwann lese ich den Zettel in der Obstschale, der zusammen mit etwas Geld zwischen einer überreifen Birne und einer braunen Banane steckt. Mom hat sich nie so richtig mit SMS anfreunden können, deshalb dient die Obstschale zum Übermitteln von Nachrichten.

Cam,
vergiss deinen Termin bei Dr. Summers nicht wieder.
Wird spät heute Abend. Hier ist Geld für Pizza.
Alles Liebe,
Mom

Ich zähle das Geld und stecke es ein. Sie hat den Betrag nie geändert, es reicht immer noch für mich *und* Viv. Ich starre auf die Nummer des Pizzaservice am Kühlschrank. Er heißt »Pizza-Notruf«, und sie bringen die Pizzas tatsächlich in einem alten, umgebauten Rettungswagen. Viv fand das immer total komisch. Sie rief dort an und schrie: »Wir brauchen dringend Hilfe – zwei Peperoni, so schnell wie möglich!«

Wir haben jedes Mal über diesen blöden Scherz gelacht, doch jetzt kann ich nur an den umgeknickten Strommast und den Rettungswagen denken, der langsam, ohne Blaulicht, davonfuhr.

Ich gehe in mein Zimmer, falle aufs Bett und schlafe ein.

Wieder träume ich diesen Traum von Viv. Ich bin beinahe dankbar dafür. Sie sieht so schön aus, so unbeschwert. Nur dass diesmal etwas anders ist. Sie kommt wie immer auf mich zu, weg von den Flammen, aber ich kann sie nicht hören. Alles ist stumm.

Dann erreicht sie die Stelle bei dem Mast, wo sie jedes Mal stehen bleibt, doch es gibt nach wie vor keinen Ton. Ich sehe den Ausdruck in ihren dunklen Augen, den tanzenden Widerschein des Feuers auf ihrer Wange – und plötzlich höre ich eine Stimme. Es ist nicht ihre Stimme. Sie klingt metallisch.

»Cam? Camden!«

Ich wache auf und will die Arme nach ihr ausstrecken, aber sie ist nicht da. Ich liege allein im Bett. Ich vergrabe den Kopf unterm Kissen und hasse alles; ich flüstere jedes Ding der Unmöglichkeit vor mich hin, das ich mir seit jener Nacht im August gewünscht habe. Alles, was ich bekomme, ist ein feuchtes Kissen. Als ich merke, wie meine Augen zuschwellen, torkele ich blindlings ins Bad und stelle mich unter die Dusche. Ich zwinge meine Augen mit kaltem Wasser auf und betäube meine Haut, bis sie vor Sehnsucht brennt.

Erst als ich das Wasser abdrehe, stelle ich fest, dass ich noch angezogen bin.

Dr. Summers' Büro liegt im Untergeschoss ihres Hauses, zehn Blocks von unserem entfernt. Lance, ihr Golden Retriever, begrüßt mich schwanzwedelnd an der Tür. Das Büro ist mit zwei unglaublich weichen Ledersofas und einem Schreibtischsessel eingerichtet. Der Teppich ist beige. Fotos von ihrem Mann und ihrem Sohn hängen verstreut an den Wänden.

Sofort merke ich, dass etwas nicht stimmt. Dr. Summers sitzt nicht wie sonst auf ihrem Stuhl, sondern lässig auf einer der Couchs, den Ellbogen auf die Armlehne gestützt. Ihr Klemmbrett hält sie im Schoß. Die kurzen, nachgedunkelten blonden Haare sind wie immer ordentlich frisiert, aber ihre Brille liegt neben ihr auf dem Tischchen, und sie mustert mich aufmerksam.

»Wir haben uns zwei Wochen lang nicht gesehen, Cam.« Sie lächelt. »Wie läuft's denn so?«

»Tut mir leid, habe es letzte Woche vergessen.«

Das ist eine derart schwache Lüge, peinlicher geht's nicht. Seit zwei Jahren komme ich jeden Freitag um vier hierher, seit ich aus dem Team ausgestiegen bin. Seit mein Dad sich davongemacht hat. Sie weiß, wie ich zu ihm stehe, wie ich zum Football stehe, zu den Leuten in der Schule. Ich bin immer ehrlich zu ihr gewesen, nur in den letzten zwei Monaten habe ich ihr Woche für Woche Lügen erzählt. Ich will einfach nicht, dass sie erfährt, wie ich mich wirklich wegen Viv fühle. Ich meine, sie weiß, was ich für sie empfunden habe, aber ich kann ihr nicht sagen, was seitdem in mir vorgeht. Dass mein Leben mit Vivs geendet hat. Dass ich an dem Unfall schuld bin. Dass ich jeden Tag aufwache und mich frage, warum ich es bin, der noch da ist.

Lance schiebt seine Schnauze in den Spalt unter der Tür, und ich schiele zu ihm hinüber.

Dr. Summers sieht es, woraufhin ihr Gesicht sich aufhellt.

»Weißt du was, ich verstoße jetzt mal gegen meine eigene Regel. Lassen wir Lance doch rein, nur heute.«

Noch bevor ich etwas sagen kann, öffnet sie die Tür, und der Hund stürmt herein, als hätte er gerade das große Los gezogen. Er hockt sich auf meine Füße, sein Schwanz wedelt wie wild, und schmachtet mich mit heraushängender Zunge an. Ich werfe Dr. Summers, die nun wieder auf der Couch sitzt, einen Blick zu. Sie nickt, also tätschele ich ihrem Hund den Kopf, denn was soll ich machen, wenn er mich so ansieht?

»Das ist ein guter Tag für dich«, flüstere ich ihm ins Ohr.

Dr. Summers beugt sich vor. »Aber nicht für dich?«

Ich klappe den Mund zu und begreife, wie perfekt sie das eingefädelt hat.

»Nein«, gebe ich mich geschlagen.

»Es ist heute genau zwei Monate her, nicht wahr?«

Ich sage nichts.

»Wie geht es dir damit, Cam?«

Ich knirsche mit den Zähnen. In meinen Fäusten halte ich dicke Büschel rötliches Fell gepackt. Ich lockere meinen Griff und streichele Lance wieder sanft. Er sieht mich mit seinen großen braunen Augen an und leckt meinen Arm.

»Du gibst dir alle Mühe, *nicht* über Viv zu sprechen, seit sie gestorben ist.«

Meine Augen brennen. Ich starre ins Nichts und beiße fest auf die Innenseite meiner Wange. Ich habe hier noch nie geweint und werde jetzt nicht damit anfangen. Bestimmt ist ihr klar, dass ich sie die ganze Zeit angeschwindelt habe, was alles irgendwie nur noch schlimmer macht. Lance rollt sich auf den Rücken, um den Bauch gekrault zu bekommen.

»Cam«, sagt sie sanft. »Ich bin hier, um dir zuzuhören.«

Ich konzentriere mich auf Lance und streichele über das weiche, goldfarbene Fell an seinem Bauch. Sie beobachtet mich, wartet darauf, dass ich etwas sage. Es ist nicht auszuhalten.

»Ich habe so einen Traum – von Viv«, murmele ich. Dr. Summers' Schultern entspannen sich, und ich weiß, das wird fürs Erste genügen. »Er kommt immer wieder, sie geht zuerst auf mich zu, dreht sich dann aber weg.«

Sie spricht darüber, was der Traum für mich bedeuten könnte, und ich höre ihr mit halbem Ohr zu. Das meiste ist Psychogelaber, aber ich muss einen interessierten Eindruck machen, sonst komme ich hier nie raus. Um fünf bin ich total erschöpft, doch es war die Sache wert, denn Dr. Summers sieht hochzufrieden aus, als sie mich zur Tür bringt.

»Danke, dass du deinen Traum mit mir geteilt hast, Cam.« Sie drückt mir aufmunternd die Schulter. »Ich weiß, dass du sehr leidest im Moment, und das ist auch völlig normal, aber ich glaube, Viv würde nicht wollen, dass du ewig so weitermachst.«

Ich will gerade den Kopf von Lance zum Abschied tätscheln und halte abrupt bei seinem Ohr inne.

»Was meinen Sie damit?«

»Dass du noch dein ganzes Leben vor dir hast.«

»Im Gegensatz zu Viv?«, erwidere ich tonlos.

Dr. Summers antwortet nicht gleich. »Das habe ich nicht gemeint …«

»Was dann? Wollen Sie, dass ich sie vergesse?« Meine Haut prickelt.

»Nein, natürlich nicht. Ich denke nur, dass Viv das Beste für dich …«

»Was wissen Sie schon, was Viv wollen würde? Sie haben Sie ja nicht einmal gekannt!«

Der Hund möchte mir die Hand lecken, aber ich reiße mich los und knalle die Tür hinter mir zu. Ich kann es nicht fassen, dass meine Seelenklempnerin meiner toten Freundin Worte in den Mund legt. Einen Häuserblock weit stürme ich über den Gehweg, dann noch einen, aber bald fängt mein schlimmes Bein an zu stechen, und meine Augen brennen wieder. Ich verlangsame meine Schritte und versuche, mich zu erinnern, wie man atmet – selbstständig. Mir ist schleierhaft, was ich als Nächstes tun, wohin ich gehen soll. Ich schließe die Augen und stelle mir vor, was Viv gewollt hätte. Wenn sie hier wäre, würde sie es mir sagen …

DREI

Vielleicht stellt der Herbst sich doch noch dieses Jahr ein. Nachdem ich stundenlang durch die Stadt gestreift bin, stehe ich plötzlich wieder an der Straßenecke und wünschte, ich hätte eine Jacke mitgenommen. Es ist elf Uhr abends, beinahe genau die Zeit, zu der es passiert ist. Der Mond steht hell am Himmel und bescheint die Fotos von Viv, von denen ich meine Augen nicht abwenden kann. Es ist bloß ein Haufen Fotos in Plastikfolie, aber sie sieht darauf so lebendig aus. So *wirklich*, als wäre sie nur verreist, und wenn sie zurückkommt, wird alles nur ein Traum gewesen sein. Ein Albtraum.

Ich stehe vor dem Strommast, die Arme wärmend um mich geschlungen. Bei meinem Glück wird wahrscheinlich gleich Reed auftauchen und mich tadeln, weil ich mich zu dieser Urzeit auf dem Schulgelände aufhalte, aber ich musste einfach herkommen. Mir ist nicht ganz klar, warum gerade dieser Zweimonatszeitraum so von Bedeutung ist, aber genauso gut könnte ich wohl fragen, warum jede Sekunde, die seit dieser furchtbaren Nacht vergangen ist, von Bedeutung ist. Am Rand des Gebüschs liegt ein großer Stein, auf den ich mich fröstelnd setze. Wenn Viv hier wäre, würden wir uns eine Zigarette teilen und unsere Hände gegenseitig unter unsere Klamotten stecken, um uns warm zu halten. Ich lächele bei dem Gedanken und verliere mich in der Vorstellung von ihrer zarten Haut – bis mir aufgeht, dass wir garantiert nicht an dieser blöden Ecke herumschlottern würden, wenn Viv bei mir wäre. Ich drücke die Handballen in meine Augenhöhlen.

Reifen quietschen in der Ferne, und ich sehe Scheinwerferlichter die Straße entlanggleiten. Das Auto biegt um die Ecke und überfährt die rote Ampel. Es schlittert auf die falsche Spur und kommt direkt auf mich zu. Jemand kreischt. Ich schließe die Augen. Ein Windstoß peitscht mein Gesicht, Abgase steigen mir in die Nase …

Das Auto saust durch den Regen. Die Ampel vorn ist grün. Ich stecke ihr eine Zigarette zwischen die Lippen, aber das Zippo rutscht mir aus der Hand und landet irgendwo bei ihren Füßen. Mit einem ärgerlichen Lachen nimmt sie die Hand von meinem Oberschenkel und angelt danach – die Ampel schaltet auf Rot. Sie tritt auf die Bremse, ich packe das Steuer, der Regen läuft schräg über die Windschutzscheibe. Ich höre ihren Schrei nicht mehr.

Ich mache die Augen auf. Die Rücklichter sind jetzt ganz klein und entfernen sich bis zur Unsichtbarkeit. Eine Bierdose hüpft dreimal über den Asphalt und bleibt mitten auf der Straße liegen, bevor ich wieder ausatme. Freitagabendsause.

Ich lehne mich an den Mast, verborgen in dem Schatten, den er im Mondlicht wirft. Der Wind frischt auf und schneidet durch meine Kleider. Die Straße liegt jetzt verlassen da, aber ich starre blinzelnd auf die Stelle, wo das Auto verschwunden ist. Ich hatte gehofft, es würde gegen den Mast knallen und mich ebenfalls umbringen.

Scheiße, was ist nur mit mir los?

Ich gehe vor den Teddybären, Botschaften und verwelkten Blumen auf und ab.

Vielleicht hat Mike recht, vielleicht sollte ich das alles wirklich abnehmen. Eine Gedenkstätte wird sie mir nicht wieder zurückbringen. Oder mich von meiner Schuld lossprechen.

Mein ganzer Körper schmerzt vor Erinnerung. Ich sehne mich verzweifelt danach, mit ihr zu reden. Sie würde verstehen, wie ich mich fühle – das war von Anfang an so. Meistens wussten wir, was der andere gerade dachte. Ich konnte ihre Sätze für sie beenden, und sie ahnte meine Wünsche voraus. Ich weiß noch, wie wir einmal im Coffeeshop waren und sie mir vor der Theke tief in die Augen blickte. Dann drehte sie sich zu dem Barista um und sagte todernst, als könnte sie meine Gedanken lesen: »Einen Vanilla-Latte und einen Bagel bitte.« Sie füllte die Lücken in mir aus und gab mir das Gefühl, ganz zu sein.

Jetzt bin ich die einzige Person in meinem Kopf.

»Cam?«

Viv?

Ich bleibe stehen und sehe zu dem Mast hinüber. Ein Licht schimmert in der Dunkelheit dahinter auf. Ich blinzele in die Richtung und erwarte, wieder ein Auto zu sehen, aber das sind keine Scheinwerfer. Das ist ein ganz anderes Leuchten.

Es hält nicht auf mich zu, und es kommt nicht von der Straße.

»Cam?«

Wieder diese Stimme. Ich drehe mich um – und noch einmal.

Es ist niemand da.

Nur das Leuchten.

Ich gehe ein paar Schritte zur Seite, weil es so aussieht, als käme das Licht von irgendwo hinter dem Holzmast. Ein Feuer? Ich eile darauf zu, doch als meine Jeans das Gebüsch streift, erstarre ich. Meine Nackenhaare stellen sich auf.

Ein grünes Licht schimmert hinter dem Strommast.

Darin steht ein Mädchen.

Ein Mädchen, durch das ich hindurchsehen kann.

»Cam!«

Ihre Haut, ihre Kleider und ihre Haare sind durchscheinend und grünlich gefärbt in diesem seltsamen Licht. Durch ihren Körper hindurch erkenne ich, wie die Blätter an den Büschen im Wind schwanken.

Jetzt habe ich den Verstand verloren.

Mein Magen fühlt sich an, als müsste er eine Kanonenkugel verdauen, doch ich sehe ihr ins Gesicht und warte darauf, dass es sich in etwas Dämonisches und Grauenerregendes verwandelt, weil ich genug Horrorfilme gesehen habe, um mit so etwas zu rechnen. Die Mädchengestalt bleibt, zumindest vorläufig, aber sie hat so einen seltsamen Ausdruck in den Augen, und über ihre Wangen ziehen sich Streifen, als hätte sie geweint.

Das ist eindeutig nicht Viv. Ich habe keine Ahnung, wer das ist.

Panisch überlege ich, was ich tun soll. Das Naheliegendste wäre es wegzulaufen. Mein linkes Bein brennt vor lauter Drang, auf das Pflaster zu hämmern, aber mein rechtes ist anderer Meinung. Die Verletzung gewinnt jedes Mal. Im Moment allerdings scheint weder Flucht noch Kampf nötig zu sein.

Sie steht reglos da und sieht mich an.

»Cam?«

Ich bin unsicher, wie ich auf eine Erscheinung reagieren soll, die meinen Namen kennt, also nicke ich nur.

Sie ringt die Hände und wischt sich übers Gesicht. »O Gott.«

Da trifft mich die Erkenntnis – ich halluziniere. Bin jetzt

wohl endgültig übergeschnappt. Ich greife nach meinem Handy in der Hosentasche, um Dr. Summers anzurufen, doch noch ehe ich darüber nachdenken kann, wie ich ihr diese Sache erklären soll, sagt das Mädchen wieder etwas, das mich schockiert.

»Bist … bist du ein Geist?«

Ich schlucke und mustere sie von Kopf bis Fuß. Sie ist immer noch durchsichtig, immer noch leicht grün, aber ihre Kleidung wirkt ziemlich normal. Sie hat Stiefel an und einen kurzen Rock mit einer Jeansjacke. Die Haare fallen ihr glatt über die Schultern. Sicherheitshalber inspiziere ich meinen ganz und gar undurchsichtigen Arm. Bin ich etwa der Geist?

»Bist *du* einer?«, frage ich zurück.

Meine Halluzination beißt sich auf die Lippen.

Warum habe ich nicht Viv halluziniert?

Dann kommt mir ein neuer Gedanke: Dieses vorbeifahrende Auto – vielleicht hat es doch nicht rechtzeitig die Kurve gekriegt. Bin ich am Ende überfahren worden? Bin ich tot? Ist mein Wunsch mir doch noch erfüllt worden?

Aber wenn ich tot bin, wo ist dann Viv?

Der Wind fährt mir in die Haare und unter den Stoff meines T-Shirts. Ich muss halluzinieren, keine Frage. Mir ist viel zu scheißkalt, um tot zu sein. Ich stampfe mit dem Fuß auf und stecke die Hände in die Hosentaschen. Sie dagegen steht einfach da und sagt nichts.

»Ich habe dich gefragt, ob du ein Geist bist?«

Das Mädchen runzelt die Stirn, was irgendwie entwaffnend ist, weil sie zwischen mir und dem Schulgebäude steht und ich das Fenster des Kunstsaals durch ihre Stirn hindurch sehen kann.

Ihre Unterlippe zittert. Sie holt etwas aus ihrer Jackentasche und hält es mir hin. Ich mache einen Schritt auf sie zu, besinne mich dann eines Besseren – falls sie doch keine Ausgeburt meines Gehirns ist – und recke den Hals. Ein metallisch grünes rechteckiges Ding, in das vorn in Großbuchstaben etwas eingraviert ist: C.P.

Ein Geist hält das Feuerzeug in der Hand, das ich heute Morgen weggeworfen habe.

Ach du Scheiße.

»Cam …«

»Woher hast du das?«, schnauze ich sie an. »Und woher weißt du überhaupt, wie ich heiße?«

Ihr Gesicht verzieht sich, und sie schlägt die Hände vor die Augen.

Ich laufe weg. Denke nicht einmal an meine alte Verletzung, bis ich schon halb die Straße hinunter bin. Alles, was ich denken kann, ist: »Lauf, lauf, lauf, nichts wie weg!« Aber kann man vor seinem eigenen Gehirn davonlaufen? Ein stechender Schmerz fährt durch mein rechtes Bein, meine Muskeln verkrampfen sich und zwingen mich anzuhalten. Ich presse so fest die Kiefer aufeinander, dass die Sehnen in meinem Nacken schmerzmäßig mit dem Bein konkurrieren können. Dann blicke ich zurück, voller Angst, eine Vision von einem Geistermädchen zu sehen, das hinter mir herkommt.

Doch ich bin allein.

VIER

Zwei Monate, ein Tag.

Nach der Hälfte meiner Schicht in Smith's Lebensmittelmarkt am Samstag gebe ich auf und erlaube mir endlich nachzudenken. Der Schlaf hat die Erinnerung an das, was ich gesehen habe, nicht getilgt, und das Einsammeln von Einkaufswagen ist eine miserable Ablenkung. Jedes Mal, wenn ich mich umdrehe, erwarte ich, das Mädchen zu sehen und ihre Stimme zu hören. Vielleicht habe ich mich getäuscht, und sie ist ein ganz normaler Mensch. Geister tragen keine Jeansjacken. Man würde sie wohl auch kaum für einen halten – wenn das mit dem durchscheinenden Grün nicht wäre. Ich versuche, mich auf die Kunden und den Parkplatz zu konzentrieren, aber mein Verstand springt immer wieder von den Reihen der Kunststoffkarren hin zu dem, was gestern Abend an der Ecke passiert oder nicht passiert ist.

Am Ende war alles bloß Einbildung. Oder ein Traum, nur dass ich heute humpele, weil mein rechtes Bein wehtut – als wäre ich tatsächlich vor etwas davongelaufen.

Oder bilde ich mir den Schmerz ebenfalls ein?

Ich bin einfach nicht mit Vivs Todestag klargekommen, das ist alles. Es werden weitere Todestage folgen – drei Monate, vier, fünf, ein halbes Jahr, ein Jahr, doch daran will ich jetzt nicht denken. Eins nach dem anderen. Dr. Summers sagt, Stress kann die merkwürdigsten Dinge mit Menschen anstellen. Sie wird mich nie und nimmer in Ruhe lassen, wenn sie glaubt, dass ich Gespenster sehe und Stimmen höre.

Ich könnte Dad anrufen.

Der Gedanke trifft mich so unvorbereitet, dass ich beinahe mit einem Einkaufswagen kollidiere, den eine Frau in meine Richtung schiebt. Als ob ich mit ihm eine normale Unterhaltung führen könnte.

Ich fädele meine Ohrhörer aus dem Kragen meiner Jacke und drehe die Lautstärke auf. Kein Gesang, nur Synthesizer, Schlagzeug und Bass. Jeder, der den Laden betritt oder verlässt, bewegt sich im Rhythmus der Musik in meinen Ohren. Nein, ich werde ihn nicht anrufen. Es gibt nichts zu erzählen. Ich hatte einfach wieder so einen verkorksten Traum von der Straßenecke wie ständig seit Vivs Tod. Ich knicke jetzt nicht ein. Humpelnd gehe ich hinüber zu den weiter abgelegenen Parkplätzen, sammele einen am Straßenrand zurückgelassenen Wagen ein und schiebe ihn mit Karacho in einen anderen.

Ich würde ihn nicht mal anrufen, wenn das Mädchen, das ich gesehen habe, wirklich ein Geist wäre.

Als ich Feierabend habe, gehe ich nicht gleich nach Hause, sondern laufe ohne Sinn und Ziel durch Fayetteville, nur von der Straßenecke und der Schule halte ich mich fern. Mein Wadenmuskel schmerzt noch, aber das Gehen wird ihn strecken. Vom Supermarkt aus laufe ich die First Avenue hinunter, vorbei an Imbisslokalen und zwei Einkaufszentren. Die Frittenbude Fast Break stinkt bis auf die Straße hinaus nach Chilifritten. Im Chez Artiste, wo Viv und ich uns zum ersten Mal geküsst haben, spielen sie *Casablanca*. Sie hat mal einen Sommer über dort gejobbt, weil es nahe am Smith's Lebensmittelmarkt liegt. Wenn ich mit der Arbeit fertig war, hat sie mich manchmal in den Kinosaal geschmuggelt, wo wir uns dann mit Popcorn vollgestopft und Dialoge zu den ausländischen Filmen erfunden haben, statt die Untertitel zu lesen. Während des Abspanns hat sie immer meinen Nacken gestreichelt, um mir eine Gänsehaut zu machen, und ich habe die Linie ihrer Augenbrauen mit Küssen nachgezogen, nur um sie seufzen zu hören.

Ohne es richtig zu merken, entferne ich mich von den hell erleuchteten Restaurants und Geschäften und folge der Straße, die irgendwann nicht mehr geteert ist, hinauf auf den höchsten Hügel der Umgebung. Der Wasserturm steht dort oben, Wächter über der Stadt. Sein massiger grauer Zylinder an sich ist kein Ausflugsziel, obwohl der Sockel mit bunten Graffiti überzogen ist, die bezeugen, wer alles dort war und wann. Der Schotterparkplatz direkt darunter ist der eigentliche Anziehungspunkt. Wenn man bei Sonnenuntergang hier herauffährt, bietet der Himmel einen spektakulären Anblick – nicht dass irgendwer viel Zeit damit verbringen würde, die Aussicht zu bewundern. Viv und ich sind auch so manches Mal mit ihrem kleinen blauen Wagen hierhergekommen. Es ist einer der wenigen Orte, wo uns niemand belästigt hat, weil sie alle etwas Besseres zu tun hatten.

Ich zögere, als ich den Rand des offenen Platzes erreiche. Samstagabends ist es immer ziemlich voll hier. Musik pulsiert aus mehreren Fahrzeugen hinaus in die Dunkelheit. Die meisten Fenster sind geschlossen, aber hier und da erhasche ich ein Gemurmel, Lachen – zwei Stimmen pro Auto.

Ich habe kein Recht, hier zu sein.

Meine Lunge fühlt sich an, als wäre sie mit Treibsand gefüllt. Ohne Viv bin ich nur ein widerlicher Spanner, der um die Autos der anderen herumschleicht, während die dort drinnen fummeln und knutschen. Ich kann das nicht, ich weiß nicht mehr, wie das geht – morgens aufzustehen, sein Leben zu leben, zu atmen. Ich lausche auf das Lachen, das Reden und stelle mir all das vor, was zu leise gehaucht wird, um hörbar zu sein. All das, was ich auch einmal gehabt habe und was mich irgendwie vollständig gemacht hat.

Etwas streift meinen Hals, woraufhin ich beinahe rückwärts eine Böschung hinunterfalle. Ich schlage danach, drehe mich im Kreis, suche nach Geistern, hoffe auf Viv. Doch da ist nichts. Mit einem großen Schritt erklimme ich erneut die Stelle, an der ich unter einem tief hängenden Ast gestanden habe. Die kahlen Zweige an seinem Ende strecken sich nach meinem Hals aus. Ich breche sie ab und zerre an dem Ast, der sich neigt und biegt, doch er hat noch viel Leben in sich und gibt nicht nach.

Das Haus ist still. Ich liege mit geschlossenen Augen im Bett, aber das Sonnenlicht strömt auf mein Kissen. Ich setze mich auf, schwinge das rechte Bein über die Bettkante und reibe die Narbe, die vom Ansatz des Oberschenkels bis über mein Knie verläuft. Es pocht immer noch. Ich versuche, mich daran zu erinnern, ob ich geträumt habe, aber falls ja, habe ich es zum Glück vergessen. Was ist schlimmer, überlege ich, der Teil meines Lebens, den ich wachend verbringe, der Teil, den ich mit Albträumen verbringe – oder vielleicht der, wo ich keinen Unterschied mehr sehe. Ich blicke auf meine kahlen Wände, den Kleiderberg neben dem Bett. Auf meinem Schreibtisch herrscht nach wie vor Chaos, der Stuhl liegt immer noch umgeworfen von gestern Nacht, als ich nach Hause gekommen bin. Wenigstens ist außer mir niemand hier – ob wirklich, eingebildet oder tot.

Die Zeitung liegt über den ganzen Küchentresen ausgebreitet. Das Geschirr stapelt sich in der Spüle, und die Spülmaschine piept, obwohl sie seit letzter Woche nicht mehr benutzt wurde. Ich ziehe die Klappe auf, mache sie wieder zu, und das Piepen hört auf.

In der Obstschale steckt eine neue Nachricht.

Cam,
Prozess am Montag, muss das ganze Wochenende arbeiten.
Bin im Büro, wenn du mich brauchst.
Tut mir leid! Vermisse dich.
Kuss,
Mom

Ich werfe den Zettel zurück zwischen das Obst. Anwälte arbeiten am Wochenende noch mehr als sonst, vor allem alleinerziehende Anwälte. Ich schütte etwas übrig gebliebenen Kaffee in einen Becher, stelle ihn für dreißig Sekunden in die Mikrowelle und trinke ihn schwarz, während ich auf den Wirtschaftsteil der Zeitung starre. Er ist besser als die Sportseiten, und auf die farbige Titelseite habe ich keinen Blick mehr geworfen seit … na ja, seit August.

Mein Magen knurrt. Ich mache einen Schrank auf und hole eine Packung Toasty-O's-Kringel und eine von unseren nicht zusammenpassenden Müslischalen heraus. Die Hälfte davon ist weg, genauso wie die Hälfte unserer Teller, die Hälfte des Bestecks, die Hälfte der Gläser. Dad hätte ruhig auch alles mitnehmen können, denn Mom und ich essen kaum noch zu Hause.

Ich schnappe mir das Telefon in der Küche und wähle seine Nummer, um ihm die Meinung zu sagen.

Es klingelt zweimal.

»Hallo?«

Ich reiße mir das Telefon vom Ohr und halte es auf Armeslänge weg, erschrocken, dass er rangegangen ist – was wollte ich denn bloß sagen? In den vergehenden Millisekunden höre ich ihn atmen, warten …

»Cam? Kumpel, bist du das?«

Ich zerquetsche fast den Hörer in der Hand – ich möchte ihn erwürgen.

Dann knalle ich das Telefon in die Halterung, starre es an und knalle es wieder dagegen, immer wieder, Kunststoff auf Kunststoff, bis ein Stück abbricht. Ich lasse es los, und der Hörer schlägt baumelnd gegen die Wand, bis er anfängt zu piepen, weil er ausgehängt ist.

Ich lehne mich gegen den Tresen und glotze auf die Plastikstücke auf dem Boden.

Mein Bein tut weh.

Wenn Viv hier wäre, würde sie das alles heil machen.

Zumindest wüsste sie das Richtige zu sagen.

Ich muss wieder zu der Straßenecke. Heute Nacht. Wenn es irgendeine Chance gibt, sie noch einmal zu sehen, dann dort. Es war ein Geist, was mir begegnet ist, das ist die einzige Erklärung. Selbst wenn es nicht Viv war – schließlich gibt es haufenweise Tote –, muss sie dort auch irgendwo sein. Denn falls nicht …

Das Universum würde mir das einfach nicht antun.

FÜNF

Ich stehe an der Straßenecke vor dem Schrein, und die Sterne leuchten.

Viv lächelt mich von ihren Fotos an.

Ich gehe einen halben Häuserblock weit in beide Richtungen. Es ist niemand da.

Nichts geschieht.

Die Luft ist nicht nur kühler jetzt, sondern bekommt langsam auch diesen frischen, herbstlichen Biss. Wenigstens habe ich diesmal eine Jacke an. Ich setze mich auf einen Stein, puste wärmend in meine Hände und würde gern eine rauchen. In meiner Jackentasche ist ein Päckchen, aber ich hole es nicht heraus. Vermutlich könnte ich an jedem x-beliebigen Ort nach Geistern Ausschau halten, aber das einzige Mal, dass ich einen gesehen habe, war hier. Jetzt wünschte ich, ich hätte besser bei diesen Geisterjäger-Serien aufgepasst, die Viv so gern gesehen hat. »Wir sollten gewappnet sein, Cam«, pflegte sie zu sagen. »Wer weiß, vielleicht müssen wir eines Tages auch mal ein Gespenst fangen.« Ich schlucke schwer und versuche, mich an eine Folge zu erinnern, in der die Leute tatsächlich einen Kontakt mit dem Übersinnlichen hergestellt hatten, aber irgendwie wurden da nur Lampen an- und ausgemacht und knisternde Audioaufnahmen abgespielt. Mir fällt jedenfalls keine Erscheinung ein, die tatsächlich vor der Kamera auftauchte und etwas sagte.

Aber ich weiß, was ich hier nachts gesehen habe. Warum nur konnte es nicht Viv sein?

Ich stehe auf, gehe hin und her und spähe zu beiden Seiten um den Strommast herum.

Nichts.

Ich fühle mich ein bisschen jämmerlich, verzweifelt, ihr aber auch irgendwie nahe.

Dann höre ich ein leises Geräusch. Ich lausche angestrengt. Es ist zuerst nur ganz schwach, wird aber langsam deutlicher, als käme es näher. Es hat einen schrillen Unterton, ist jedoch unverkennbar menschlich. Es klingt, als würde jemand …

Weinen?

Mit drei langen Schritten bin ich an dem Schrein vorbei und im Gebüsch, wo das Geräusch lauter wird, sodass ich mich frage, ob ich nicht lieber wieder das Weite suchen sollte. Da ist ein grüner Schimmer hinter dem Mast, wo vorher garantiert *nichts* war. Relativ blass.

Bis das Mädchen zum Vorschein kommt.

Das Licht wird auf einmal intensiver, und es ist unmöglich, sie nicht anzustarren, als sie eine Träne von ihrer durchsichtigen Wange wischt.

Sie mustert mich mit dem gleichen gequälten Ausdruck wie vorgestern und hält meinem Blick unverwandt stand. Ich muss wegsehen. Das Geistermädchen legt einen Arm um ihre Mitte, hält sich mit der anderen Hand den Mund zu und erstickt einen Laut, der ein Echo zu haben scheint, als würde jemand weit entfernt schluchzen.

»Ist noch jemand bei dir?«

Sie macht ein verwirrtes Gesicht. »Was?«

»Ist da noch jemand?« Mir bricht der kalte Schweiß aus.

Sie tritt verlegen von einem Fuß auf den anderen. »Erkennst du mich nicht wieder?«

Mein Verstand rast, liefert aber kein Ergebnis. Ihre Haare sind lang und glatt, wenn auch nur etwas dunkler grün als ihre Haut. Sie ist klein und zierlich – mit Kurven zwar, aber kein Vergleich zu Viv. Trotzdem würde ich mich wohl an ihr Gesicht erinnern, an diese großen, dunklen Augen, die nicht von dickem Make-up beschwert sind. Sie hat eine kleine Stupsnase und einen Schmollmund, der ein hübsches Lächeln erahnen lässt.

Ich habe dieses Mädchen noch nie im Leben gesehen.

Ich schüttele den Kopf.

Ihr Blick wird matt, und sie lässt die Arme herabfallen.

Es kommt mir vor, als würde mir ein entscheidendes Puzzleteil fehlen. Wenn sie ein Geist ist, muss es einen Grund geben, weshalb ich sie sehe und nicht Viv.

Es sei denn, es handelt sich um einen üblen Streich …

Das Mädchen wirkt immer noch unruhig und reibt etwas in ihrer Hand, und dann sehe ich, was es ist.

Das Feuerzeug war ein Geschenk von Viv, und ich hasse es, wie diese fremde Person es umklammert, als besäße sie ein Stück von mir. Als hätte sie ein Anrecht darauf. Wut steigt in mir hoch. Ich greife danach, bevor ich auch nur überlegen kann, *wie* sie es eigentlich hält, und sehe meine eigene Hand vor meinen Augen grün werden. Meine Finger streifen ihre Finger – körperlich, warm –, und ich zucke zurück. Mein Mund steht offen, kein Ton kommt heraus.

Ich hebe meine Hand in die Höhe. Sie sieht wieder normal aus.

Nur dass sie kribbelt, wo wir uns berührt haben.

Sie starrt ebenfalls auf ihre Hand. Ich sehe das grün gefärbte Weiße ihrer Augen, so groß sind sie.

Hastig weiche ich zurück.

»Cam, warte!«

Meine Ferse stößt gegen einen Stein, und als mein Hintern auf dem Boden aufknallt, bleibt mir fast das Herz stehen, aber ich bin in null Komma nichts wieder auf den Beinen. Ich erreiche die Mitte der leeren Straße, sehe mich hektisch um und bleibe stehen.

Sie hält mein silbriggrünes Feuerzeug in der ausgestreckten Hand, als wollte sie es mir anbieten. Das darf nicht wahr sein – ich gehe nicht wieder dorthin zurück. Ich will nichts mit diesem Mädchen zu tun haben. Aber es ist *mein* Feuerzeug …

Viv hat es mir geschenkt.

Der Gesichtsausdruck des Mädchens ist undurchdringlich, und ich muss an die griechischen Sagen denken, die wir letztes Jahr durchgenommen haben und in denen die Helden häufig Ungeheuern in weiblicher Gestalt zum Opfer fallen. Das würde jetzt wohl auch mit mir passieren, wenn das Ungeheuer so schlau gewesen wäre, als Viv zu erscheinen.

Sie streckt die Hand noch weiter aus. Das Zippo wirkt groß in ihrer kleinen Handfläche, und die Metallhülle schimmert unheimlich grün. Nur meine Initialen in der schnörkellosen Schrift sind mir vertraut.

Ich gebe mir einen Ruck und gehe wieder auf sie zu, greife zögernd in das Licht. Jeder Nerv in meiner Hand kribbelt, aber ich packe das Feuerzeug und halte es ganz fest. Ein frischer Frühlingsduft steigt mir in die Nase, ähnlich wie Vivs Parfum, und ich kann beinahe ihre warme, seidige Haut spüren. Ich schließe die Augen.

»Cam, ich habe dich so sehr vermisst …«

Viv?

Es prickelt, wenn wir uns berühren, und ich merke, dass sie es auch fühlt. Sie muss es sein – oder? Ich will die Augen nicht aufmachen. Ich will meine Lippen auf die zarte Haut an ihrem Puls drücken, ihren Arm hinauffahren bis zu ihrem Mund und in einem endlosen Kuss mit ihr verschmelzen.

Doch sie zieht mich vorwärts.

»Komm zurück«, flüstert sie.

Ich öffne die Augen, und es ist nicht Viv. Zwei kleine, unvertraute Hände umfassen meine rechte Hand, und ich kann durch alle drei hindurchschauen. Das Geistermädchen zieht mich zu sich, sanft, aber unnachgiebig. Mein Arm ist jetzt bis zum Ellbogen grün. Die seltsame Lichtdurchlässigkeit kriecht bis zu meiner Schulter hinauf, dann über meine Brust, und es fühlt sich an wie elektrischer Strom unter meiner Haut. Ich sehe an mir herunter, sehe meinen ganzen Körper grün werden und denke … ich bin bereit. Ich lasse es geschehen, was auch immer es ist.

Gerade will ich wieder die Augen schließen, als mein Blick auf Vivs Gesicht fällt, auf ein Foto links von mir. Die Farben um den soliden Holzpfeiler herum sind trist und erdig im Vergleich zu dem hell leuchtenden Grün. Ihr Ausdruck scheint zu sagen: »Verlass mich nicht.«

Ich ziehe meinen Arm zurück und stemme die Fersen in den Boden.

»Nein!« Das Mädchen wankt, und ich sehe die Panik in ihren Augen. Ich spreize die Hand und will sie abschütteln, aber sie lässt nicht los.

Das Ungeheuer hat mich in seinen Krallen.

Ich schubse sie mit aller Kraft von mir, sodass sie hinfällt. Seit ich nicht mehr Football spiele, habe ich niemanden mehr so hart angefasst. Eine Schrecksekunde lang glaube ich, dass ich es nicht mehr aus dem grünen Licht herausschaffe, doch dann sehe ich die Fotos, sehe Viv, und es ist, als würde sie mich auf sicheres Terrain geleiten. Mein ganzer Körper kribbelt wie verrückt. Ich klammere mich an den

Mast, drücke mein Gesicht an ihr Bild und bete, dass diese unheimliche Energie durch meine Poren aus mir herausbrennt. Als das Kribbeln genug nachgelassen hat, dass ich keine Angst mehr habe, mich zu bewegen, lasse ich mich auf den Boden sinken. Ich krieche über den Bürgersteig, bis ich weit genug weg bin, und übergebe mich ins Gebüsch.

SECHS

Wenn ich mich nicht bald am Riemen reiße, habe ich ein echtes Problem – noch eins. Ich beschließe, dass es das Beste ist, einfach ganz normal weiterzumachen, als wäre nichts passiert. Ich werde um Extraschichten im Supermarkt bitten für abends, damit ich nicht zu viel allein bin, und vielleicht fange ich sogar wieder an, im Unterricht aufzupassen und Hausaufgaben zu machen. Wenn ich von Leuten umgeben bin, habe ich schließlich noch nie Geister gesehen. Ich reibe über die Stelle, an der sie mich berührt hat, und erschaudere. Wer oder was dieses Mädchen auch war, sie wollte mir jedenfalls nicht helfen, Viv zu finden.

Falls ich versuche, Dr. Summers zu erklären, was an der Straßenecke geschehen ist, wird sie wahrscheinlich wieder von einem sogenannten Trigger sprechen. Sie hat das früher schon einmal erwähnt – dass bestimmte Orte, die mit schlimmen Ereignissen in Verbindung gebracht werden, einen verrückt machen können oder so.

Bloß dass ich weiß, was ich gesehen habe.

Ich habe also bis Freitagnachmittag um vier – meiner nächsten Sitzung – Zeit, mich in den Griff zu kriegen. Was bedeutet, keine Ecke und keine durchsichtigen Mädchen mehr.

Mit erhobenem Kopf gehe ich zwischen den Autos auf dem Parkplatz hindurch. Heute kann ich es zum ersten Mal seit Langem nicht erwarten, zur Schule zu kommen. Um mich herum schlagen Leute Wagentüren zu, und ich höre, wie sie sich über geplatzte Partys am Wochenende und die Tests, die sie diese Woche schreiben, beklagen.

Sie klingen so *normal.*

Die üblichen Ankündigungen am Montagmorgen werden über Lautsprecher abgespult, während ich auf mein Pult starre. Irgendwas mit Spendensammeln für die Model UN, tolle neue Artikel im Schul-Shop und eine verbindliche Anfeuerungsprobe für die Schulmannschaft am Freitagnachmittag. Ich habe mich schon immer gefragt, wie sie dazu kommen, so etwas als *verbindlich* zu bezeichnen. Wollen sie einen mit vorgehaltenem Cheerleader-Puschel dazu zwingen hinzugehen?

Tragt alle Rot und Weiß für unser Team! Zeigt's ihnen, Rams!

Nicht ohne Grund gehe ich jeden Freitag zu einer Hirnklempnerin.

Ich nehme eine Abkürzung durch einen Gang, der an der Turnhalle vorbeiführt, um ausnahmsweise mal pünktlich zu Mathe zu kommen. Normalerweise meide ich diese Flure, wenn ich kann, und mein Bein erspart mir den Sportunterricht, aber die vertrauten Fliesen vor den Umkleideräumen und der Geruch nach Schweiß und altgedienten Turngeräten bombardieren heute meine Sinne. Endorphine schießen durch meine Adern, und ich muss mich ermahnen, dass meine Zeiten als Spieler vorbei sind.

Ich halte den Atem an, als ich an den Umkleideräumen vorbeikomme, deren Türen quietschend in den Angeln schwingen, während Schüler herein- und herauslaufen. Fast bin ich daran vorbei und sehne mich schon nach einem tiefen Atemzug abgestandener Luft aus dem übrigen Schulgebäude, als jemand meinen Namen ruft.

»Pike!«

Ich bleibe stehen und atme durch die Zähne aus.

»Ja, Coach … Mr Reed?«

»Kann ich Sie einen Moment sprechen?«

»Ich komme zu spät zu Mathe.«

»Ich schreibe Ihnen eine Entschuldigung. Dauert nur eine Minute.«

Er deutet auf das in der Nähe gelegene Trainerzimmer, das die meisten Trainer und Sportlehrer benutzen, während er ja noch sein offizielles Büro als Vizedirektor hat. Nicht dass mich das noch irgendwie interessieren würde. Ich betrete das leere Zimmer.

Reed macht die Tür hinter mir zu und stellt sich an den Schreibtisch. Er trägt einen grauen Anzug mit blauer Krawatte, wodurch er ungefähr genauso gut in diese Umgebung passt wie ich. Mein Blick wandert unwillkürlich umher. Da ist das Regal, das schon immer mit kaputter oder nicht zusammenpassender Sportausrüstung vollgestopft war. Ein offener Karton mit nagelneuen Trikots steht auf dem Boden. Sieht aus, als hätte das Volleyballteam der Mädchen die Haushaltsdebatte dieses Jahr für sich entscheiden können.

An der Wand hinter Reed befindet sich das Trophäenregal. Es ist noch ein wenig reichhaltiger bestückt als bei meinem letzten Aufenthalt hier und enthält jede Menge hohe Messingpokale von allen möglichen Wettkämpfen, angefangen von Schwimmen über Basketball bis hin zu Golf, und das aus mehreren Jahrzehnten. Meine Augen werden von einem großen gerahmten Foto angezogen. Ich muss schlucken, als ich die wohlbekannten roten Trikots aus meinem ersten Highschool-Jahr sehe, zugleich das erste Jahr, in dem wir uns für die Staatsmeisterschaft qualifiziert haben. Ich hatte es in der Mittelstufe schon in die Juniorenauswahl geschafft, und dann, als ich in die Neunte kam, verletzte sich Andy Lowery die Schulter beim ersten Spiel der Saison. Der andere Quarterback des Teams war im Sommer weggezogen, sodass Logan und ich aufgestellt wurden. Er gewann ein paar seiner Spiele – ich gewann meine alle.

Ein Tennispokal steht vor dem Foto, aber wenn ich den Kopf schräg lege, sehe ich es ganz gut, und mir fällt alles wieder ein. Andy steht hinter mir und hält meinen Arm hoch. Logan kniet mit gewohnt finsterer Miene im Vordergrund.

Das Blut rauscht mir in den Ohren. Reed zeigt auf den Stuhl vor dem Schreibtisch, und ich lasse mich hart darauf fallen, um mein Adrenalin im Zaum zu halten. Ich könnte jetzt geradewegs raus aufs Feld rennen.

»Wie läuft's denn so, Cam?«

Seine Stimme bringt mich wieder zu mir. Ich reibe mein rechtes Knie.

»Gut.«

Er zögert, dann setzt er sich mir gegenüber. »Hör mal, ich weiß, ich bin nicht mehr dein Trainer, aber ich will jetzt mal als solcher mit dir reden. Das waren zwei schwere Monate für uns alle, seit Viv … seit Miss Hayward …«

Ich beiße die Zähne aufeinander. Wenn *ich* gestorben wäre, würde er jetzt zu ihr dasselbe sagen?

»Ich komme schon klar«, stoße ich hervor.

Er runzelt die Stirn. »Das habe ich schon mal von dir gehört.«

Ich starre unverwandt auf den Karton mit den Volleyballtrikots.

»Ich muss einfach immer wieder daran denken«, fährt er fort, »nachdem du dir das Bein gebrochen hattest …«

»Da bin ich auch klargekommen«, sage ich so ruhig wie

möglich. »Geht es jetzt um das, was vor zwei Monaten passiert ist oder vor zwei Jahren?«

Er zupft an seiner Krawatte, an der Stelle, wo sonst im Training seine Pfeife hängt.

»Es geht um dich. Heute. Hier und jetzt.«

»Wie gesagt, ich bin okay.«

»Das habe ich dir früher mal abgekauft, Camden. Aber deine Freundin ist jetzt nicht mehr da, um dir wieder auf die Beine zu helfen.«

Ich sehe auf. »Was soll das heißen?«

Sein Gesicht wird hochrot.

»Gibt es ein Problem, Mr Reed? Ich gehe in den Unterricht, liefere meine Hausaufgaben ab, verstoße gegen keine Regeln.«

Viel Mühe gebe ich mir nicht, okay, aber für den Abschluss sollte es reichen.

»Nein, das stimmt. Deine Noten sind annehmbar.« Reed hat die ganze Zeit mit einem Kuli auf den Schreibtisch geklopft. Jetzt legt er ihn ab und lehnt sich zurück. »Ich habe dich bloß hier hereingebeten, weil ich mir Sorgen mache. Als du damals nach deiner Verletzung die Mannschaft verlassen hast, hast du dich von allen zurückgezogen, außer von Viv, aber nun …« Er unterbricht sich. Niemand bringt es über sich, *sie ist tot* zu sagen. »Ich möchte nur … Ich möchte nicht erleben, dass du dich wieder aufgibst wie schon einmal.«

Ich sehe ihm in die Augen. »Ich weiß Ihre Besorgnis zu schätzen, Mr Reed, aber ich habe schon eine Therapeutin.« Ich stehe auf. »Kann ich jetzt die Entschuldigung für Mathe haben?«

Mein Herz hämmert, als ich hinausgehe, doch ich achte nicht darauf, sondern nehme mir vor, nie wieder in die Nähe der Turnhalle zu kommen. Die Tür zur Jungenumkleide schwingt auf, als ich gerade daran vorbeieilen will, und schlägt mir beinahe ins Gesicht.

»Pass doch auf«, sage ich.

»Nein, pass du lieber auf, Pike.« Logan stößt mich gegen die Wand. »Was hast du da drinnen mit dem Trainer zu reden gehabt, hä?«

Mein Ellbogen schmerzt, wo er auf die Kacheln geprallt ist. »Was geht dich das an?«

Wir messen uns mit Blicken. Ich warte ab, ob er mich fertigmachen will oder nicht.

Er zischt zwischen den Zähnen hervor: »Ich hab dich neulich schon mit ihm zusammen gesehen, da draußen an der Ecke.«

»Na und?«

»Nix und«, spuckt er. »Aber man wird dich nie wieder ins Team aufnehmen, klar?«

Ins Team aufnehmen?

»Was redest du da für ’nen Scheiß?«

Er rückt mir noch dichter auf die Pelle. »Jeder weiß, dass du an ihrem Tod schuld bist.«

Wuthitze schwappt von meinem Kopf in meine Fäuste. Ich hole aus, aber er rechnet schon damit. Meine Schultern schlagen hart gegen die Wand und werden von Logan mit eisernem Griff dort festgehalten. Mit einem Blick, als wollte er mir den Schädel zerschmettern, gräbt er seine Finger in meine Haut.

»Wenn sie bei mir geblieben wäre, wäre sie jetzt noch am Leben.«

Ich funkele ihn an, aber wir wissen beide, dass das stimmt.

Dann lässt er mich abrupt los und verschwindet den Flur hinunter.

Als ich nach Hause komme, werfe ich meinen Rucksack aufs Sofa. Eigentlich möchte ich nur die Vorhänge zuziehen und ins Bett fallen, aber ich habe Angst davor. Je müder ich bin, desto weniger wird mein Gehirn vielleicht darauf aus sein, Träume zu produzieren. Ich beschließe, im Supermarkt anzurufen und um eine zusätzliche Schicht zu bitten, zucke jedoch zusammen, als ich das beschädigte Telefon auf dem Tresen neben der Obstschale und die Nachricht dazu sehe.

Cam,
lass uns darüber reden, wenn ich nach Hause komme.
Alles Liebe,
Mom

Ich drehe den Zettel um und beginne, eine Antwort daraufzukritzeln.

Mom,

Diverse Entschuldigungen kommen mir in den Kopf:

Das Telefon ist von allein heruntergefallen.
Keine Sorge, ich habe es wegen Dad kaputt gemacht, nicht deinetwegen.
Überhaupt, wenn du ab und zu mal zu Hause wärst, hätte er uns vielleicht nicht verlassen.

Ich werfe den Stift hin und lasse den Zettel leer.

Dann sehe ich auf die Uhr. Mit ein bisschen Glück bin ich es diesmal, der noch arbeitet, wenn sie nach Hause kommt. Ich krame im Rucksack nach meinem Handy, um im Supermarkt anzurufen.

Seltsam, ich habe sechs versäumte Anrufe von zwei Nummern, die ich nicht kenne.

Es klopft an der Haustür.

Ich klappe das Handy zu und spitze die Ohren. Ist wahrscheinlich irgendein Anwaltskollege. Oder die Mormonen. Weil ich heute möglicherweise gegenüber Leuten, die mir Gott predigen wollen, ausfällig werden könnte, schleiche ich zur Tür und warte darauf, dass sie wieder abhauen.

Es klopft erneut. Lauter.

»Scheiße.«

Gott muss das gehört haben, denn wer auch immer da draußen ist, fängt jetzt an, gegen die Tür zu hämmern.

Ich reiße sie so schnell auf, dass ich mich vor einer kleinen Faust wegducken muss.

Mir fällt die Kinnlade herunter.

Dort an meiner Schwelle steht, mit Tränen in den Augen, das Mädchen von der Ecke.

Sie ist nicht durchsichtig. Sie ist nicht grün.

Sie ist echt.

SIEBEN

Sie lässt sich gegen den Türrahmen sinken.

»Gott sei Dank, du wohnst noch hier.« Fahrig wischt sie sich mit dem Handrücken übers Gesicht. »Ich war bei unserem Haus – aber es war nicht mehr unser Haus …«

Sie steht hier, an meiner Türschwelle. Obwohl mein Magen leer ist, merke ich, wie er sich hebt. Sie richtet sich ein Stück auf und sieht mich erwartungsvoll an. Ich kann sie nur anstarren.

Es gibt sie tatsächlich, sie ist ein Mädchen aus Fleisch und Blut. Eine graue Jacke, ein dunkelblauer Rock darunter. Ihre Haare glänzen in einem gleichmäßigen Kupferbraun. Auch ihre Augen sind braun, nicht grün, und sie hat Sommersprossen auf der Nase. Besonders groß ist sie nach wie vor nicht.

»Sag mal, kenne ich dich?«, frage ich.

»Bitte, Cam, du musst mich reinlassen.«

Ich spähe auf die Straße hinter ihr, ohne zu wissen, wonach ich suche. Jemandem, der lachend hinter einem Busch hockt? Dann wird mir alles klar.

Logan.

»Wer hat dich dazu angestiftet?«, frage ich sie böse.

»Niemand …«

Ich balle die Hände zu Fäusten. »Ist ein ziemlich fieser Spaß, findest du nicht?«

»Jetzt spinn doch nicht.«

Ich sehe rot. »Es war Logan, stimmt's? Ich weiß, dass Logan dahintersteckt.«

»Du bist schuld daran, dass ich jetzt hier festsitze. Du hast mich gestoßen!«

Ich schnappe nach Luft. Sie fasst sich an die Schulter, an der ich sie gestern Abend weggeschubst habe.

»Hör mal, ich will einfach nur wieder nach Hause«, sagt sie.

Sie hat dunkle Ringe unter den Augen, ihre Haare sind wirr und ungekämmt, aber sie klammert sich an den Türrahmen, als würde sie ihn notfalls herausreißen, um ins Haus zu kommen. Ich klappe den Mund zu und lasse sie herein, nachdem ich noch einen misstrauischen Blick auf die Straße geworfen habe. Es gibt schließlich keinen Grund, hier draußen weiterzudiskutieren, wo man uns beobachten kann … oder filmen.

Ich schließe die Tür.

»Was ist denn hier passiert?«, murmelt sie.

»Wieso?«

»Nichts«, erwidert sie schnell, sieht sich aber weiterhin verwundert um. Betrachtet die Möbel, die Bücherregale. Dabei fällt mir auf, dass unsere beiden Grünpflanzen tot sind.

Das Mädchen geht durch den Flur und auf mein Zimmer zu, wie hypnotisiert oder so, halb schwebend, halb stolpernd. Sie sieht mich nicht einmal an, sondern lässt mich einfach stehen, als wäre sie hier zu Hause.

»Hey, du kannst doch nicht einfach …«

Sie bleibt an der offenen Tür stehen und sieht hinein, schließt schockiert die Augen. Ich greife über sie hinweg und knalle die Tür zu, dass es durch den Flur hallt. Der Lärm kommt mir sehr entgegen, denn ich bin kurz vorm Schreien. Ich halte den Türknauf fest gepackt.

»Alles ist total verkehrt«, sagt sie. »Überall.«

Es ist dämmerig im Flur und irgendwie ein seltsames Gefühl, dort zusammen vor meiner Tür zu stehen. Ich lockere meinen Griff um den Knauf.

»Wer zum Teufel bist du?«

Sie antwortet nicht. Sie muss mit Logan unter einer Decke stecken, es gibt keine andere Erklärung. Jedenfalls ist sie eindeutig kein Geist. Ich reibe mir erschöpft über die Stirn, während sie den Eindruck macht, als würde sie gleich umkippen.

»Könnte ich …« Ihre Stimme bebt. »Könnte ich ein Glas Wasser haben?«

Das einzige Eis im Gefrierfach ist der kristallisierte Überzug um einen alten Beutel Erbsen. Ich lasse an der Spüle kaltes Wasser in ein Glas laufen und stelle es vor sie hin.

»Danke.« Sie schiebt sich auf einen Hocker an der Frühstücksbar.

Ich frage mich, auf welche Schule sie wohl geht und woher er sie kennt. Aber ich warte, bis sie das Glas mit großen Schlucken geleert hat, ehe ich etwas sage. Sie stellt es auf dem Tresen ab. Ihr Blick ist jetzt ruhiger, die Pupillen sind nicht mehr ganz so geweitet. Vermutlich hat sie das geprobt.

»Fühlst du dich besser?«

Sie sagt nichts, blickt nur bedrückt drein. Echt talentiert. Ich lehne mich an die Wand, wo sonst das Telefon hing. Sie kann mir nicht in die Augen sehen – so gut ist sie dann doch nicht. Schließlich setzt sie zu einer Frage an, hält jedoch inne.

»Was?«, will ich wissen.

Sie schüttelt den Kopf.

»Was wolltest du gerade sagen?«

Sie beißt sich auf die Lippen, und ich betrachte sie eingehend, während sie eingehend den Fußboden betrachtet. Möchte wissen, wie Logan das getrickst hat, sie durchsichtig erscheinen zu lassen. Oder hat etwa mein Gehirn dieses übersinnliche Detail hinzugefügt? Ihre Hände sind jetzt absolut undurchsichtig. Sie gleiten nicht durch das Wasserglas, und doch erwarte ich, sie irgendwie leuchten zu sehen, sobald sie sich bewegt.

Ich schüttele den Gedanken ab.

»Und, bezahlt er dich wenigstens dafür?«

»Ich sage dir doch, das ist kein blöder Scherz.« Sie seufzt. »Ich wünschte, es wäre einer.«

Ich schnaube. »Ach, du bist also wirklich ein Geist?«

»*Ich* bin nicht der Geist hier«, stößt sie hervor.

»Was bist du dann?«

»Ich bin quicklebendig.« Sie kaut nachdenklich auf ihrer Unterlippe. »Aber ich glaube, ich bin am falschen Ort.«

Ich verschränke die Arme vor der Brust. »Und das ist aus irgendeinem Grund meine Schuld?«

»Ja.«

Sie verlagert steif ihr Gewicht, als täte ihr etwas weh, und ich denke daran, wie fest ich sie gestoßen habe. Wahrscheinlich hat sie eine ordentliche Prellung davongetragen, und daran bin ich nun wirklich schuld. Die Hitze steigt mir in den Nacken. Aber ich habe sie doch für einen Geist gehalten!

»Wie hast du das gemeint … am falschen Ort?«

Sie streicht sich mit zittriger Hand die Haare aus dem Gesicht. »Zuerst habe ich gar keinen Unterschied bemerkt. Ich habe eine Ewigkeit gebraucht, um wieder zu Atem zu kommen und aus dem Gebüsch zu klettern, nachdem du mich dort reingestoßen hattest.« Sie sieht mich von der Seite an und schluckt. »Aber dann, als ich nach Hause wollte, hat da eine andere Familie in unserem Haus gewohnt … Und das ist noch nicht alles. Ich bin danach zu meiner besten Freundin gegangen, okay, es war zwei Uhr morgens, aber ihr Vater hat mich regelrecht davongejagt, dabei kenne ich Mr Caccione, seit ich zehn bin!« Ihre Stimme wird ein bisschen schrill. »Ich habe die Nacht bei McDonald's verbracht, Unmengen von Kaffee getrunken und von dem Telefon dort aus alle angerufen, die mir einfielen, aber sie haben alle aufgelegt oder sind gar nicht erst rangegangen.« Sie nimmt das leere Glas und starrt hinein. »Als ich es heute Morgen in der Schule probiert habe, hatten sie im Schulbüro noch nie von mir gehört. Und als ich dich dann sah, bin ich dir bis nach Hause gefolgt. Aber hier stimmt auch nichts!«

Das Glas rutscht ihr aus der Hand und zerspringt dramatisch in tausend Scherben auf dem Fußboden.

»Oje! Das tut mir leid!«

Ich beobachte, wie ein Splitter über die Fliesen kreiselt und von der Wand gestoppt wird. Sie ist vom Hocker gerutscht und versucht, die Scherben aufzusammeln. Automatisch will ich sie zurückhalten, lasse es aber. Ich will ihr nicht in die Hände spielen.

»Ich räum das später weg.«

Sie sieht meine noch über ihr schwebende Hand und zuckt zurück. Dann setzt sie sich wieder auf den Hocker und schlingt die Arme um sich.

»Entweder haben sich alle verschworen, um mir einen üblen Streich zu spielen, oder …«

»Um *dir* einen üblen Streich zu spielen?«, lache ich bitter.

Sie schüttelt den Kopf, und die Tränen laufen ihr über die Wangen. »Es ist, als würde ich nicht existieren.«

Dieses Mädchen könnte einen Oscar gewinnen.

»Tja, also, ich habe dich wirklich noch nie gesehen!«

Sie schlägt mit der flachen Hand auf den Tresen. »Ich

heiße Nina Larson! Ich gehe auf die Fowler Highschool! Und ich wohne in der Genesee Street Nummer 26 zusammen mit meiner idiotischen Tante und meinem kleinen Bruder, der mich *braucht*!« Ihre Stimme versagt, und sie schlägt die Hände vors Gesicht. »Du musst mir helfen, Cam.«

Mich überläuft jedes Mal eine Gänsehaut, wenn sie meinen Namen sagt.

Ich stütze den Kopf in die Hand und ringe mit mir selbst. Gönn ihnen nicht den Spaß, darauf hereinzufallen, spiel das Spiel nicht mit. Ich hätte mich um sie gekümmert, wenn ich sie gestern Nacht verletzt im Gebüsch bemerkt hätte – falls ich gewusst hätte, dass sie real ist. Aber sie ist eine Schauspielerin und will mir nur ein schlechtes Gewissen machen. Ich lasse das Gesicht und die Tränen auf mich wirken. Er hat sie wahrscheinlich vor allem wegen ihres tragischen Aussehens engagiert. Oder vielleicht …

Vielleicht verarscht Logan sie genauso?

Nein, das wäre zu viel, selbst für ihn. Sie muss daran beteiligt sein. Ich sollte sie auf die Probe stellen, zusehen, ob ich ihre Geschichte auffliegen lassen kann. Ich krame in meinem Gedächtnis nach all den abgedrehten Science-Fiction-Büchern, -Geschichten, -Filmen oder -Fernsehserien, die ich je gelesen oder gesehen habe. Mir fällt eine Serie über seltsame Begegnungen ein, in der unter anderem ein Jäger erzählte, im Wald sei mal ein Mann wie aus dem Nichts vor ihm aufgetaucht, der zwischen den Bäumen herumgelaufen und dann wieder verschwunden sei. Er habe eine Uniform aus dem Unabhängigkeitskrieg getragen.

»Was für ein Datum ist dort, wo du herkommst?«, frage ich superschlau.

Sie zeigt auf die Zeitung von heute auf dem Tisch. »Dasselbe wie hier. Daran habe ich auch schon gedacht. Aber ich bin keine Zeitreisende.« Sie scheint sich ganz auf die Zeitung zu konzentrieren, doch dann wirft sie mir einen verstohlenen Blick zu. »Ich glaube allerdings, ich weiß … wie ich zurückkehren kann.«

»Warum tust du's dann nicht?«

Sie reißt eine Ecke der Zeitung ein und macht lauter gleichmäßige Fransen aus dem Rand.

»Ich hab's versucht. Irgendwann im Laufe des Tages bin ich zurück zu der Straßenecke gegangen, weil ich dachte, wenn es dort angefangen hat, gibt es womöglich auch einen Weg zurück. Aber ich habe nichts gefunden.«

Aha, so läuft der Hase. »Logan hat dich also geschickt, um mich wieder an diese Ecke zu locken. Was plant er? Hat er die ganze Schule dorthin eingeladen, damit alle mich auslachen und sehen können, was für ein Spinner ich bin? Um dafür zu sorgen, dass ich auch ja nicht wieder ins Footballteam aufgenommen werde?«

Sie sieht mir fest in die Augen. »Meine Haut hat gekribbelt, als wir uns gestern Nacht berührt haben.«

Was es auch war, was ich noch weiter sagen wollte, die Worte bleiben mir im Hals stecken. Ich balle die Hand zur Faust, dieselbe Hand, die sie gestern Abend so fest gepackt hatte. Beinahe spüre ich das elektrische Gefühl noch unter meiner Haut zucken. Wie kann Logan das nur inszeniert haben?

»Du hast es auch gespürt?«

Sie zieht eine Grimasse und nickt. »Das hat mich darauf gebracht … Vielleicht brauche ich *dich*, um zurückkehren zu können.«

»Nein.«

»Du hast mich geschubst.«

»Kommt nicht infrage.«

»Und ich bin hier gelandet.«

»Das geht nicht.«

Sie rutscht von ihrem Hocker und baut sich verzweifelt vor mir auf. »Wenn wir das Gleiche noch mal versuchen, schaffe ich es vielleicht zurück!«

Ich wehre sie ab. »Vergiss es, ich gehe nicht noch mal mit dir dorthin!«

Müde reibe ich mir die Augen und starre sie an, die wie ein verängstigtes Tier aussieht und doch in unserer Küche sitzt, als wäre es nichts Besonderes, dass sie hier ist. Logan kann mich nicht zum Narren halten, wenn ich weiß, was er vorhat …

Aber etwas nagt an mir tief drinnen.

Ein Kribbeln unter meiner Haut.

Als wir zur Fowler High kommen, müssen wir natürlich zuerst warten, bis es dunkel wird. Es ist kühl, aber sonnig, und auf dem Schulgelände herrscht reges Treiben. Das Leichtathletikteam läuft Runden um den Block und trabt immer wieder an Vivs Schrein vorbei. Eine Gruppe von Skatern übt Ollies auf dem Parkplatz. Ich sehe nicht zum Sportplatz hinüber.

Weil ich fix und fertig bin und das Geistermädchen den Eindruck macht, als wollte sie sich mit Zähnen und Klauen dorthin zurückkämpfen, wo sie hergekommen ist, kaufe ich uns beiden einen Kaffee an der Tankstelle ein Stück die Straße hinunter. Dann lehne ich mich an das Bushäuschen. Sie setzt sich. Keiner von uns redet viel. Gegen meinen Willen muss ich sie ansehen. Ihre Wangen sind rosig vor Kälte, was irgendwie merkwürdig aussieht zu ihrer Haarfarbe. Sie ist nicht so apart wie Viv mit ihren dunklen Augen und Locken, aber auf ihre Art ganz hübsch. Ich spiele mit dem Zippo in meiner Hand und überlege, ob ich mir eine Zigarette anstecken soll, lasse es jedoch. Ein Bus kommt, die Türen gehen auf. Als wir uns nicht rühren, durchbohrt uns der Fahrer mit einem Blick, der vermutlich seinen ganzen Montag zusammenfasst, und fährt weiter.

»Das bedeutet dir viel, oder?«, fragt sie. Sie deutet mit dem Kinn auf das Feuerzeug in meiner Hand. »Du lässt es nicht aus den Augen, aber du rauchst nicht.«

»Ich dachte, ich hätte es verloren«, murmele ich.

»Als ich neulich morgens zu der Ecke hier kam, ist es plötzlich aus dem Gebüsch herausgeschlittert.« Sie klingt auf einmal munterer. »Ich hätte dich nie entdeckt, wenn ich mich nicht danach umgesehen hätte, wo es herkam.«

Ich verdrehe die Augen und stecke das Zippo wieder in die Tasche. Mir reicht es jetzt mit ihren Geschichten.

Sie starrt auf ihren Schoß.

Als alle endlich weggefahren oder von ihren Eltern abgeholt worden sind, dämmert es bereits. Wir überqueren nebeneinander die Straße, und ich erschrecke, als die Scheinwerfer eines langsam fahrenden Autos auf uns zukommen. Die hellen Strahler gleiten über uns hinweg. Sie kneift die Augen zusammen und drückt sich leicht an mich. Ich gebe mir Mühe, nicht zurückzuzucken. Dann ist die Straße wieder dunkel. Das Schulgelände wirkt verlassen im Vergleich zu einer halben Stunde vorher, aber das erleichtert mich eher. Falls sich das Ganze hier doch als Falle herausstellen sollte, gibt es wenigstens nicht viele Zeugen.

Wir gehen an dem Schrein vorbei. Die Fotos von Viv, die Abschiedsworte, die Plüschtiere. Sie zögert, als wir zu dem Strommast kommen, und verweilt mit den Augen auf den Bildern.

»Was ist?«, frage ich.

»Nichts, ich habe nur …« Sie schüttelt den Kopf. »Ich habe sie gekannt.«

»*Du* hast Viv gekannt?« Ich bleibe stehen und beiße mir auf die Zunge. Gehört das auch zu dem abgekarteten Spiel? Würde sie es wagen, so weit zu gehen? Oder, falls es stimmt, woher kannten sie sich dann? Ich wusste alles über Viv. Wie hätte mir das entgehen sollen?

Sie sieht sich die Botschaften genauer an. »Es war ein Autounfall?«

Ich kriege die Zähne nicht auseinander, sie sind zu fest zusammengebissen. Also nicke ich nur, aber ich glaube, es wirkt mehr wie ein Erschauern.

»Das tut mir leid«, flüstert sie und blickt zur Seite.

Wir stehen unter der Straßenlampe, die gerade flackernd angeht. Um den Sockel des Masts und im Gebüsch ist es dunkel. Nirgendwo ein unheimliches grünes Licht.

»Und was jetzt?«, stoße ich hervor und halte verstohlen nach Logan Ausschau. Ich will diese ganze beschissene Sache einfach nur schnell hinter mich bringen.

Sie holt tief Luft, teilt das Gebüsch und kriecht dort mit den Armen fuchtelnd herum. Es bleibt dunkel, und sie bleibt hier. Wenn sie keine Schauspielerin ist, ist *sie* ja vielleicht die Verrückte. Vielleicht würde sie gern Dr. Summers kennenlernen. Sie kommt wieder zwischen den Sträuchern hervor.

»Es klappt nicht.« Sie blickt sich flüchtig um, als hätte sie etwas übersehen. Dann schluckt sie sichtlich und stottert: »Ich … ich glaube, wir sollten vielleicht versuchen, uns an den Händen zu halten?«

Scheiße, vergiss es. Ich stecke die Hände demonstrativ in die Hosentaschen und funkele sie an, aber es ist ihr ernst. Sich auf die Lippen beißend hält sie mir ihre Hand hin. Mein Bein schmerzt. Ich verlagere das Gewicht vom rechten auf den linken Fuß. Kaum zu glauben, dass das alles noch absurder werden kann. Andererseits, wenn es mir hilft, sie loszuwerden …

»Okay.«

Sie macht einen langsamen Schritt auf mich zu, woraufhin ich meine Rechte ausstrecke, damit sie nicht noch näher kommt. Sie nimmt sie mit ihrer Linken. Ihre Berührung ist sanft und warm, aber kein bisschen prickelnd.

Jetzt bin ich gespannt, was als Nächstes passiert. Wird Logan aus dem Gebüsch gesprungen kommen und dann ein Filmchen von uns ins Netz stellen? Wird sie sich wieder in einen Geist verwandeln und verschwinden?

Sie zieht mich vorwärts, woraufhin ich so ein schreckliches Déjà-vu habe, wie ich in das grüne Licht gezerrt werde, aber es bleibt alles dunkel. Wir trampeln durchs Gebüsch und beschreiben einen weiten Kreis um den Strommast herum. Es verschafft mir eine kindische Freude, bei diesem seltsamen Ringelreihen in das stachelige Gestrüpp zu treten.

Nach ein paar Minuten fängt sie an, an meinem Handgelenk zu zerren, als könnte sie die Dinge erzwingen, wenn sie nur fest genug zerrt. Ich blicke sie an, worauf sich ihr Gesicht verzieht. Sie wendet den Kopf ab, aber in dem matten Straßenlicht sehe ich neue Tränen auf ihren Wangen glänzen.

»Äh, vielleicht sollten wir näher an den Strommast herangehen«, brumme ich. »Irgendwie kommt es mir vor, als wären wir das letzte Mal näher dran gewesen.«

Sie nickt nur, also ziehe ich sie diesmal hinter mir her und komme mir ziemlich albern dabei vor. Ich schiele zu Vivs Fotos hin, die mich beobachten, und fühle mich schäbig, weil ich mit diesem fremden Mädchen hier Händchen halte. Sie weiß hoffentlich, dass sie die Einzige für mich ist und bleibt. Sie versteht das hoffentlich.

Wir bleiben vor dem Mast stehen. Nichts hat sich verändert. Meine Hand wird langsam taub vom Gedrücktwerden, aber ich sage nichts. Das Geistermädchen sieht sich wild um, als wollte sie die ganze Ecke auseinandernehmen, und ich bin drauf und dran, ihr zu sagen, dass ich das kenne, dass es mir genauso geht. Doch dann lässt sie meine Hand los und wirft ihre Haare nach hinten.

Die Spitzen leuchten grün auf.

Nur eine Sekunde lang, denn sobald die Strähnen auf ihre Schultern fallen, sehen sie wieder normal aus. Ich traue mich kaum zu blinzeln und greife schnell an ihr vorbei hinter den Mast, wo ich das Phänomen bemerkt habe, und beobachte, wie meine Fingerspitzen grün werden.

Sie kribbeln. Passiert das … wirklich?

»Da«, sage ich atemlos.

Sie dreht sich um und schnappt nach Luft. Dann reckt sie sich in das Dunkel unterhalb meines Arms, wo die Luft normal aussieht, und senkt ebenfalls ihre Finger hinein. Ihre Nägel fangen an zu leuchten, und sie schiebt die Hand weiter voran, bis sie bis übers Handgelenk hinaus grün ist. Mit offenem Mund sehe ich ihr zu. Mir stockt der Atem. Sie lässt mich los und will in das grüne Licht hineingehen, aber ich halte sie am Ärmel fest.

»Warte – bist du dir auch sicher?«

Sie dreht sich mit einem schmerzlichen Gesichtsausdruck zu mir um. »Ich kann nicht hierbleiben. Ich muss zurück nach Hause, zu meinem Bruder.«

Die Hälfte ihres Körpers erscheint normal, während die andere Hälfte durchsichtig geworden ist und leuchtet. Ich muss blinzeln. Es war schon ein Schock, beim ersten Mal durch sie hindurchzuschauen, aber zuzusehen, wie sie hineingeht und auf einmal durchsichtig *wird* …

Ich deute in das Licht. »Und wenn dich das nicht nach Hause bringt?«

Sie beugt sich noch weiter hinein, so weit, dass sie zur Hälfte ganz verschwindet, während ihre untere Hälfte vollständig grün wird. Ich bin erleichtert, als sie sich aufrichtet und nun zwar von Kopf bis Fuß durchsichtig, aber immerhin in einem Stück ist.

»Es sieht hier aus wie zu Hause, aber dort drüben wohl auch, schätze ich«, sagt sie unsicher.

Ihre Stimme klingt wieder so metallisch wie bei meiner ersten Begegnung mit ihr, nur der Ton ist jetzt sanfter. Ihre Augen sind grün statt braun und blicken sehr entschlossen.

Sie zwingt sich zu einem Lächeln. »Es war schön, dich wiederzusehen, Cam.«

Ich mache den Mund auf, weiß jedoch nicht, was ich sagen soll. Sie kann doch nicht einfach so fortgehen – sie hat mir noch nicht einmal erzählt, woher sie mich kennt oder gar Viv. Von wo kommt sie? Wohin führt das Licht? Wie ist das alles überhaupt möglich? Mein Kopf schwirrt vor lauter Fragen, die ich ihr längst gestellt hätte, wenn ich ihr nur eher geglaubt hätte.

Noch bevor ich ein Wort herausbringe, wendet sie sich ab und verschwindet mit dem Licht.

Ich warte noch ein paar Minuten. Es ist still hier draußen. Ein Hund bellt irgendwo in der Nachbarschaft. In der Ferne heult schwach eine Sirene, mal leiser, mal lauter. Nichts geschieht mehr bei dem Holzmast. Ich habe Angst, mich zu bewegen.

Wo ist sie hingegangen?

Mein Atem kommt in kurzen Stößen. Ich hebe die Hand und will meine Finger wieder zu der Stelle ausstrecken, halte mich jedoch zurück. Was ist, wenn ich es tue, und das grüne Licht noch da ist? Und was, wenn nicht? Eine Windböe fährt mir in die Haare und lässt mich frösteln. Ich ziehe die Hand zurück und mache meine Jacke zu.

Soll ich jetzt einfach so gehen? Ich starre in die Nachtluft und habe Angst, woanders hinzusehen oder dem Mast den Rücken zuzukehren. Halb hoffe ich, dass noch etwas passiert, halb bete ich, dass nicht. Selbst wenn sich noch etwas ereignen würde, würde ich meinen Augen wohl sowieso nicht mehr trauen. Habe ich hier tatsächlich ein Mädchen gesehen? Das plötzlich aus dem Nichts aufgetaucht ist und den Nachmittag bei mir zu Hause verbracht hat? Ich kicke einen Stein auf die Straße und höre zu, wie er klickend über den Asphalt hüpft. Meine Lippen kräuseln sich, und ich lache lauthals, aber meine Stimme schnappt über, sodass ich mir den Mund zuhalte, um das Krächzen zu ersticken.

Vorsichtig berühre ich den Strommast und fahre mit den Fingern über die Karten und Fotos, die mich mit Viv verbinden. Ich greife nach dem Foto, das am nächsten hängt – dem Cheerleader-Schnappschuss –, und reiße es ab, zögere aber, als ich es in der Hand halte. Die Lücke, wo es hing, wirkt vollkommen falsch, als würde etwas Wichtiges fehlen. Ich werde panisch und versuche, es wieder anzubringen, doch die Heftklammern und das Klebeband spielen nicht mit. Nach einigen Minuten gebe ich es auf. Das Foto ist zerknittert, also streiche ich es glatt, bis Vivs Lächeln fast wieder richtig aussieht, und stecke es in die Tasche. Ohne diesen Schrein wüsste man gar nicht, was ihr zugestoßen ist. Ich blicke argwöhnisch zu der Stelle hin, wo das Geistermädchen – Nina – abgetaucht ist. Ich mag mich irren, doch ich könnte schwören, dass es *dieselbe* Stelle ist.

Zwei Mädchen sind dort verschwunden. Und ich bin immer noch allein, ohne auch nur einen Geist an meiner Seite.

ACHT

In unserem Haus ist alles dunkel, aber Moms Auto steht in der Einfahrt, also schleiche ich mich auf Zehenspitzen hinein und schließe so leise wie möglich ab. Ich habe den Abend vor einer Tankstelle verbracht, einen Kaffee nach dem anderen geschlürft, den Styroporbecher mit beiden Händen haltend. Irgendwie muss ich alles, was ich sehe, anfassen und festhalten, um sicherzugehen, dass es nicht verschwindet. Mein Kopf ist schwer, ich fühle mich benommen und trotz des vielen Koffeins kein bisschen wacher als heute Morgen. Diese Nacht kommt mir jetzt schon wie ein merkwürdiger Traum vor, und im Moment will ich auch gern glauben, dass es einer war.

Um zu meinem Zimmer zu gelangen, muss ich durch das Wohnzimmer. Mom schläft auf dem Sofa, ins Licht des Fernsehers getaucht. Die Lachkonserve einer alten Sitcom ist als Wispern zu hören. Sie hat noch ihr Bürokostüm an, die Schuhe liegen auf dem Boden. Nichts Ungewöhnliches. Sie schläft jetzt öfter hier als im ehemaligen gemeinsamen Schlafzimmer.

Es zieht mich zu meinem eigenen Bett am Ende des Flurs, aber ich bleibe zögernd beim Sofa stehen. Sie sieht so klein aus, wie sie da zusammengekauert liegt. Ich beschließe, ihr eine Decke aus dem Wäscheschrank zu holen, doch bevor ich es tun kann, spricht sie mich an.

»Spät geworden, Cam?«

»Ich dachte, du schläfst. So spät ist es noch gar nicht.«

Sie setzt sich auf und hält ihre Armbanduhr in das blaue Leuchten des Bildschirms. »Nein, wohl nicht.«

Gelächter quäkt aus den Lautsprechern. Mom drückt die Stummtaste und klopft neben sich aufs Sofa.

»Ich wollte jetzt eigentlich gern ins Bett«, sage ich, gehe aber um den Couchtisch herum und setze mich zu ihr. »Mathetest morgen.«

»Was macht die Schule?«

»Gut.«

Sie verschränkt die Hände im Schoß.

»Dein Vater hat heute wieder angerufen. Er sagt, er hätte dir auch gemailt.«

»Interessiert mich nicht.«

Ich starre auf glückliche Familien in Schwarz-Weiß, die sich geräuschlos über den Bildschirm bewegen.

»Cam, Dr. Summers hat ebenfalls angerufen. Sie macht sich Sorgen um dich.«

»Oh.« Das kaputte Küchentelefon drängt sich in mein erschöpftes Bewusstsein. Ich reibe mir die Augen. »Tut mir leid wegen dem Telefon. Ich kaufe uns ein neues.«

»Möchtest du mir vielleicht auch erklären, warum überall Glasscherben auf dem Küchenboden lagen?«

»Was?«

Dann fällt es mir wieder ein. Ich schnelle so abrupt hoch, dass mir schwindelig wird, gehe in die Küche und mache das Licht an. Der geflieste Boden ist sauber, aber der Mülleimer steht auf dem Tresen, voller Glas und Schmutz.

»Ich habe sie aufgefegt … zum Glück, bevor ich mir die Fußsohlen aufgeschnitten habe«, sagt Mom, die hinter mich getreten ist und meine Schulter knetet. »Schatz, was ist denn los?«

Ich stehe in der Tür und reiße mich zusammen. Die Zeitung liegt ausgebreitet auf dem Küchentresen, ein Rand ist zu säuberlichen Fransen eingerissen. Zwei Barhocker stehen so, als hätten zwei Personen dort zusammen gesessen. Sie und ich.

Es ist wirklich passiert.

Ich schüttele Moms Hand ab und unterdrücke ein Schaudern.

»Nichts. Ich … ich habe es einfach vergessen. Entschuldige.«

»Cam?«

»Wie war es heute bei Gericht? Hast du einem Staatsanwalt die Hölle heißgemacht?«

»Schatz«, sie nimmt ihre Brille ab, »ich habe Dr. Summers gesagt, dass wir vielleicht über Medikamente nachdenken sollten.«

Ich schließe entsetzt die Augen, weil ich weiß, dass sie mein Gesicht nicht sieht. Glückspillen, damit man nichts mehr spürt. Sie haben schon einmal versucht, mir die zu verabreichen. Ich will ohne Viv nicht leben, aber die Qual, sie zu vermissen, ist immer noch besser, als gar nichts mehr zu fühlen.

»Nein.«

»Wir müssen das nicht jetzt sofort entscheiden, ich wollte es nur ansprechen.«

»*Nein*, Mom.«

Sie denkt wahrscheinlich, ich merke nicht, dass sie vor mir zurückgewichen ist und ganz vorsichtig spricht. Sie wartet ab, was nach einem malträtierten Telefon und einem zerschmetterten Glas kommt, und tatsächlich gab es einmal eine Zeit, zu der ich möglicherweise noch mehr Sachen zertrümmert hätte.

»Ich brauche das nicht«, erwidere ich ruhig.

Da überrascht sie mich, indem sie meine Hand nimmt und mir direkt in die Augen sieht. Bevor Dad ging, hatte sie immer so eine starre Helmfrisur. Ich weiß nicht, ob sie sich einfach nicht mehr die Mühe macht, zum Frisör zu gehen oder was, aber ich finde, sie sieht jünger aus so, wenn sie ihre braungrauen Haare einfach hochsteckt. Ohne die Brille treten die verschiedenen Braunschattierungen ihrer Augen klar hervor. Sie kommt mir irgendwie kleiner vor heute, aber dann fällt mir ein, dass ihre hochhackigen Schuhe ja drüben auf dem Boden liegen.

»Ich bin stolz auf dich, weil du so tapfer mit … alledem umgehst.« Ihre Stimme bebt leicht. Sie will Vivs Namen nicht sagen. Sie tut es nie. »Aber du musst mir versprechen, dass du keine Termine bei deiner Ärztin mehr auslässt. Du brauchst sie zurzeit.«

»Okay. Versprochen.«

Mom drückt meinen Arm, stellt sich auf die Zehenspitzen und gibt mir einen Kuss. Ich umarme sie halbherzig, brummele etwas von Geometrie und gehe in mein Zimmer, wo ich mich erschöpft gegen die geschlossene Tür sinken lasse.

Ich sitze in Dr. Summers' Warte- und zugleich Wohnzimmer, obwohl es erst Dienstagmorgen ist. Lance hechelt laut zu meinen Füßen. Das war der einzige freie Termin vor Freitag, womit ich jedoch ganz einverstanden bin, weil ich die Sache so schnell wie möglich aus der Welt schaffen will. So viel dazu, mich am Riemen zu reißen. Ich weiß nicht, was ich sagen muss, um mir die Pillen zu ersparen, aber ich gehe hier nicht mit einem Rezept raus, selbst wenn sie mich für komplett verrückt erklärt. Ich lege die Hände auf die Knie und starre auf meine Fingerknöchel. Endlich geht die Tür auf, und Dr. Summers begleitet ihren ersten Patienten hinaus.

Lance winselt, als wir ins Sprechzimmer gehen und die Tür hinter uns schließen. Dr. Summers setzt sich, wie so oft, mit einer Tasse Kaffee in der Hand auf ihren Stuhl. Sie trägt ein Exemplar aus ihrer Sammlung von beigen Pullis. Der Hund ist vor der Tür. Die Wanduhr tickt rhythmisch. Das alles entspannt mich. Nichts allzu Sonderbares an der Situation – außer dass heute nicht Freitag ist.

»Ich weiß, dass meine Mutter mit Ihnen gesprochen hat«, beginne ich, noch ehe sie es sich richtig bequem gemacht hat.

Sie lässt sich Zeit damit, die Beine übereinanderzuschlagen.

»Und ich weiß auch ungefähr, worüber«, fahre ich fort. »Also bin ich hergekommen, um Ihnen zu sagen, dass ich darüber nachgedacht habe. Aber ich will keine Medikamente nehmen.«

Sie wartet lange mit ihrer Antwort, sodass die Stille mir unter die Haut kriecht.

»Weshalb denkst du, dass deine Mutter das möchte?«

»Sie hat es mir gesagt. Ich stand ihr direkt gegenüber.«

»Nein, entschuldige, ich meinte, was glaubst du, aus welchem Grund sie das möchte?«

Ich rutsche auf der Couch herum und studiere die Rollen ihres Bürostuhls.

»Keine Ahnung.«

»Gibt es vielleicht Gründe dafür, dass sie sich in letzter Zeit verstärkt um dich sorgt?«

Es gibt tausenderlei Gründe, weshalb meine Mom sich um mich sorgen müsste – ich mache mir ja selbst Sorgen –, aber deswegen bin ich nicht hier. Ich bin hier, um die Psychopharmaka zu vermeiden, und nicht, um mir welche verpassen zu lassen. Doch genau das wird passieren, wenn ich

Dr. Summers von meiner Begegnung mit dem merkwürdigen Mädchen erzähle, das behauptet hat, Viv gekannt zu haben, um sich kurz darauf wieder in Luft aufzulösen.

Was ich brauche, ist ein Ablenkungsmanöver.

»Das war blöd von mir«, sage ich. »Keine große Sache. Ich war wütend wegen Dad, deshalb sind ein paar Sachen in der Küche zu Bruch gegangen.«

Sie zieht eine Augenbraue hoch. »Es ist schon länger her, dass du so wütend geworden bist.«

Mist, schlechter Plan. Unter anderem wollten sie mich nämlich schon mal wegen meiner Wutanfälle auf Pillen setzen. Bis Viv mir klargemacht hat, dass nichts und niemand diese Toberei wert ist. Sie blieb immer so ruhig, wenn ich ausgerastet bin, dass meine Wut nie lange anhielt. Solange wir uns hatten, zählte alles andere nicht. Meine Brust schmerzt. Eigentlich will ich Viv da nicht mit hineinziehen, zumal sie nichts mit dem zertrümmerten Telefon oder dem zerbrochenen Glas zu tun hatte, aber sie ist die einzige Ursache, die niemand infrage stellen wird.

»Ich habe nur einfach … Viv so vermisst.«

Dr. Summers macht ein unerträglich mitfühlendes Gesicht.

»Es ist nur so … Ich hatte nie das Bedürfnis, mit Dad zu reden, bevor sie …« Ich unterbreche mich. Hole tief Luft. »Also habe ich ihn angerufen.«

»Und wie war das, Cam?«

Ich mache den Mund auf und wieder zu und schiele zur Uhr hin, während ich überlege, was ich sagen soll und – noch wichtiger – was nicht.

»Nicht so gut«, antworte ich und hoffe, sie denkt sich ihren Teil.

»Oh?«

Ich blicke auf und möchte das für ein rhetorisches »Oh« halten, begegne aber einem emotionslosen Hirnklempnerstarren. Die Hand an eine Schläfe gepresst versuche ich nicht daran zu denken, dass Dad mich immer wieder angerufen und mir gemailt hat und ich nicht darauf reagiert habe. Dass ich wütender auf mich selbst war als auf ihn, als er sich am Telefon gemeldet hat – weil er nun auf die Idee kommen kann, dass ich ihn vermisse.

»Ich bin einfach noch nicht bereit, richtig mit ihm zu sprechen, okay?«

Dr. Summers bedenkt mich mit einem ihrer abschätzenden Blicke. So wie Androiden in Science-Fiction-Filmen ihr Gegenüber scannen, ehe sie es erschießen oder laufen lassen. »Wir können später noch einmal darauf zurückkommen. Aber ich bin froh, dass du ihn angerufen hast, als du durcheinander warst.«

Ich reibe meine schwitzenden Handflächen an den Hosenbeinen ab, sehe wieder zur Uhr und lache ein bisschen zu laut. »Na ja, könnte schlimmer sein. Ist ja nicht so, als würde ich mit kleinen grünen Männchen sprechen oder so was …«

Sie zieht die Augenbrauen hoch. »Ich hoffe, du würdest es mir sagen, wenn du auf einmal kleine grüne Männchen sähest, Cam.«

Ich reibe mir den Nacken. Wie wär's mit kleinen grünen *Mädchen*?

»Okay, ich gebe Ihnen Bescheid, falls es so weit kommt«, entgegne ich schnell und frage mich wieder einmal, ob sie meine Lügen durchschaut. »Aber mal im Ernst, dass ich mich über meinen Vater aufrege, weil er nicht da ist, wenn bei mir alles scheiße läuft, ist meiner Ansicht nach kein ärztliches Rezept wert.«

»Da stimme ich dir zu.«

»Ehrlich?«

Sie nickt und stellt ihre Tasse ab. »Ich möchte die Möglichkeit nicht für alle Zeit ausschließen, aber du hast meine Einschätzung schließlich schon einmal widerlegt. Anfangs hätte ich nicht gedacht, dass du es ohne Medikamente schaffst, doch dann hattest du dich bemerkenswert gut gehalten in diesem Jahr …«

Den Rest lässt sie ungesagt: *bis Viv starb.*

Der Minutenzeiger der Wanduhr kriecht im Schneckentempo voran. Ich bleibe drogenfrei, wenn ich nur weiter das Richtige sage.

Dann überrasche ich mich selbst mit etwas Wahrem.

»Ich möchte mich weiter ohne über Wasser halten – für Viv.«

Dr. Summers lächelt. »Ich finde, das ist eine vernünftige Einstellung.«

NEUN

Na, wie geht's?«, fragt Mike. Die Bässe hämmern so laut aus seinen Kopfhörern, dass ich noch mitkriege, was er gerade für einen grässlichen Indie-Rocksong hört, bevor er die Musik abstellt.

»Hey«, sage ich und klappe *Ethan Frome* zu. Ich hatte gedacht, ich könnte mal ernsthaft versuchen, die Lektüre für den Englischunterricht in Angriff zu nehmen, statt nur blind auf die Seiten zu glotzen, während alle anderen zu Mittag essen, aber die Figuren gehen mir seltsam nahe, und ich schweife immer wieder in Gedanken ab. Auf dem Weg zur Schule heute Morgen bin ich an Vivs Gedenkstätte vorbeigegangen, und sie sah kein bisschen verändert aus. Ninas Stimme habe ich auch nicht gehört. Ich blicke ins Leere, frage mich, warum ihr grün leuchtendes Portal sich ausgerechnet dort aufgetan hat, und wünschte zum hundertsten Mal, ich hätte sie gefragt, woher sie Viv kannte.

Mike unterbricht meine Grübeleien. »Die ganze Mannschaft geht nach dem Training noch im Fast Break was essen …«

»Äh, viel Spaß.«

Ich blättere mit dem Daumen durch mein Buch auf der Suche nach der Seite, auf die ich gerade gestarrt hatte.

Er räuspert sich. »Ich meine, du könntest ja vielleicht auch mitkommen.«

Ich höre auf zu blättern, sehe ihn jedoch nicht an.

»Ich bin nicht mehr in der Mannschaft.«

»Du brauchst nicht in der Mannschaft zu sein, um was mit den anderen zu unternehmen.«

Ich mache das Buch zu und stopfe es in meinen Rucksack. Das Fast Break ist dieses schmuddelige, bis spät in die Nacht geöffnete Imbisslokal, in das wir manchmal nach dem Training und nach jedem Spiel gegangen sind. Die Jungs haben dann immer auf der einen Seite gesessen und die Cheerleaderinnen auf der anderen. Ich beiße mir auf die Lippen bei der Erinnerung. Damals, in meinem ersten Jahr auf der Highschool, bevor Andy Lowery sich verletzte und ich plötzlich auf die Quarterback-Position katapultiert wurde, saß ich gerade mit anderen Fowler Rams in einer der klebrigen Nischen, als ich Viv zum ersten Mal sah. Wir kamen direkt vom Training, und ich fühlte mich super. Als die Cheerleaderinnen hereinströmten, fingen die Jungs an zu pfeifen und zu johlen, also machte ich mit. Die älteren Mädchen würdigten uns keines Blickes, aber Viv drehte sich um, erhitzt und strahlend nach ihrem allerersten Training, und mir verschlug es die Sprache. Sie ging zu der angrenzenden Nische und setzte sich auf Logans Schoß. Frustriert beobachtete ich, wie er besitzergreifend einen Arm um sie legte, doch dann sah sie auf, und unsere Blicke trafen sich.

Ich zwinkerte ihr zu. Viv lächelte. Logan hatte keine Chance.

Die Szene scheint aus einem anderen Leben zu stammen.

Mike sieht mich erwartungsvoll an, als wüsste er nicht, dass ich in den vergangenen zwei Jahren keinen Fuß mehr ins Fast Break gesetzt habe. Als wäre es kinderleicht, jetzt wieder dorthin zu gehen. Ich blicke durch den Gang hinüber zur Kantine. Eine Gruppe von Leuten lungert vor dem Eingang herum, und ich entdecke Logan unter ihnen. Er kneift gerade Tash Clemons in den Hintern. Die Cheerleaderin wirbelt kreischend herum und tut empört, vermasselt aber den Flirt.

»Danke, aber das geht einfach nicht«, sage ich.

Mike folgt meinem Blick und grunzt. »Ach, komm schon. West ist ein Idiot, aber die anderen …«

Ich schüttele den Kopf. Bei den anderen kann ich im Moment auch nicht punkten.

Er runzelt die Stirn und zerknüllt die Hülle seines Energieriegels.

»Dann vielleicht dieser neue Laden, Dina's Diner? Auf der anderen Straßenseite.«

»Was ist damit?«

Er seufzt. »Früher haben wir ständig zusammen abgehangen, Cam.«

Da hat er recht. Auch nach meiner Verletzung, als Viv ihre Puschel abgab und ich das Training nicht wieder aufnahm, hat er weiter was mit uns unternommen – mit uns beiden. Die Cheerleader-Truppe wurde gehässig, die Mannschaft redete nicht mehr mit mir, aber Mike machte diesen Mist nie mit. Nicht dass er aus lauter Solidarität mit dem Football aufgehört hätte oder so, er behandelte Viv und mich nur weiter ganz normal wie alle anderen auch. Als Viv daher meinte, wir sollten ihm aus dem Weg gehen, um ihn nicht bei den anderen in Misskredit zu bringen, konnte ich nicht richtig was dagegen einwenden. »Er ist wie ein süßer, anhänglicher Welpe«, meinte sie. »Einem Welpen will man nicht wehtun.«

Ich werfe einen Blick auf das Notizbuch in seinem Schoß. Heute skizziert er irgendeine Art haariges Monster – er zeichnet immer Monster oder Mädchen. Mit Mike einen Happen essen zu gehen wäre was richtig schön Normales, und ich könnte mal mit jemandem zusammen sein, der tatsächlich Wert auf meine Gesellschaft legt. Zurzeit freuen sich nur meine Ärztin und meine Mutter, mich zu sehen, wobei die eine auch noch von der anderen für dieses Vergnügen bezahlt wird.

»Äh, okay, warum nicht.«

»Hey, Mann, ist ja nicht so, als würde ich dich um ein romantisches Date bitten, weißt du.«

Gegen meinen Willen muss ich lachen. »Meinst du, dieses neue Lokal hat so gute Chilipommes wie das Fast Break?«

»Solche, die bis runter in den Magen brennen? Das bezweifele ich.« Mike versetzt mir einen Schulterstoß. »Pommes-Beurteilung um sechs Uhr heute Abend. Bis dann.«

Es ist frostig und windstill, als ich über den Parkplatz von Dina's Delicious Diner gehe. Zwar hat es noch nicht geschneit, aber der klare Himmel scheint geradezu danach zu lechzen, eine Wolkendecke über sich zu ziehen.

Ich sehe flüchtig zu dem orangefarbenen Neonschild auf der anderen Seite hin. »Fast« steht über der Tür, und dass es dort schnell geht, kann wohl niemand bestreiten. Die Garagentorfassade und die verrosteten Beleuchtungskörper, die sich schräg über den Parkplatz neigen, lassen darauf schließen, dass das Fast Break mal eine abgewirtschaftete Tankstelle war. Jetzt sieht es aus wie eine abgewirtschaftete Tankstelle, aus der jemand ein Speiselokal gemacht hat. Es ist noch schmuddeliger, als ich es in Erinnerung habe, oder vielleicht ist der Verfall auch einfach nur zwei Jahre weiter fortgeschritten, seit ich zuletzt darauf geachtet habe. Leute, die ich früher mal gut kannte, sitzen dicht gedrängt auf den harten, blauen Kunststoffbänken am Fenster und beugen sich über Chilifritten und riesige Schokomilchshakes. Es wäre jetzt ganz leicht, die Straße zu überqueren, die Tür aufzumachen und hineinzugehen.

Noch leichter ist es, es nicht zu tun.

Also ziehe ich die Tür von Dina's Diner auf und werde von grünem Teppichboden, warmer Holzeinrichtung und … Hühnern empfangen. Hühner überall: Sie prangen aufgemalt an der Wand über dem Empfangspult, schmücken die Vorhänge, hocken oben auf Wandborden und belauern mich hinter Plastikpflanzen. Im Vorraum steht eine Vitrine mit mindestens zwölf verschiedenen Sorten Pie, alle von buntem Geflügel aus Ton oder Plüsch bewacht. Es herrscht viel Betrieb, trotzdem entdecke ich Mike sogleich in einer Nische.

Ich zwänge mich an einem Tisch mit alten Männern vorbei und dann an einer Mutter, die gerade zwei Kleinkinder zur Toilette scheucht. Als ich mich schließlich auf den weichen grünen Sitz an Mikes Tisch fallen lasse, sehe ich mich plötzlich Auge in Auge mit einem echten Hahn – oder was mal einer war. Ich rutsche am Tisch entlang zum Fenster.

»Was soll das mit den Hühnern?«, frage ich.

Mike will gerade antworten, aber da kommt schon die Kellnerin, sodass er nur den Kopf schüttelt und sich das Lachen verbeißt. Ich kriege meine Antwort, als sie uns die Speisekarten reicht und ich mich mit Dinas köstlicher Auswahl an Bauernburgern, Bauernsteaks, Bauernkartoffeln, Soße nach Bauernart und Bauernpies vertraut mache. Wenn man ländlich essen will, geht das offenbar am besten in einem kuriosen Hühnerstall.

»Irgendwie glaube ich nicht, dass sie Chilipommes nach Bauernart haben«, flüstert Mike mir zu.

Haben sie auch nicht, aber wir bestellen etwas, das sich Bauernfritten nennt und angeblich aus Pommes frites mit Bauernsoße besteht. Ist ja so ähnlich.

Ich zappele unruhig herum, während wir auf unser Essen warten. Die Hühner scheinen mich von allen Seiten her zu beobachten. Viv hätte sie auch grässlich gefunden.

»Hey, ist das nicht ...« Mike gerät ins Stocken. »Ich glaube, ich kenne das Mädchen dort.«

Ich drehe mich um, aber das Lokal ist voller Familien, sodass ich nicht sehe, auf wen er zeigt.

»Wo?«

»Die dort drüben.« Er schnippt mit den Fingern, deutet dann auf mich und grinst. »Habe ich dich nicht gestern Abend mit ihr gesehen?«

Ich verschlucke mich an meiner Limo, kriege sie in die Luftröhre und pruste sie zur Nase heraus. Ich huste, bis der Raum vor meinen kohlensäuregereizten Augen nur noch ein verschwommenes grüngelbes Meer an Federn ist. Als ich hektisch blinzele, glaube ich, einen kupferbraunen Schopf zu erkennen, der jedoch in der Küche verschwindet, ehe mein Blick wieder klar wird.

»Ich war gestern Abend nicht ...«, ich muss wieder husten und röcheln, »... mit einem Mädchen zusammen.«

Mike sieht mich komisch an. »Ich bin nach dem Training direkt an euch vorbeigefahren. Zuerst wollte ich anhalten, aber ihr wart so vertieft. Ich dachte, sie ist vielleicht eine Verwandte von Viv oder so.« Er gestikuliert durchs Lokal. »Willst du ihr nicht Hallo sagen?«

Ich sehe auf und vergesse schon wieder zu atmen. *Nina* steht am anderen Ende und nimmt eine Bestellung entgegen. Sie hat eine grüne Schürze an, und ihre Haare sind zurückgebunden. Ein Stift klemmt hinter ihrem Ohr, und sie lächelt – aber sie ist es.

Sie ist hier.

Die Geräuschkulisse des Restaurants schwillt zu schepperndem Lärm in meinem Kopf an. Es ist zu heiß hier drinnen, zu eng. Das Neonlicht ist zu grell. Die Hühner beglotzen mich mit ihren Glasaugen aus jeder Ecke. Das ist schlimmer, als sie unerwartet an meiner Türschwelle vorzufinden, denn nun ist Mike dabei und sieht sie, er *zeigt* sogar auf sie. Ich kann es nicht fassen, dass er da mit drinsteckt. Ich bin der größte Idiot der Stadt.

»Hat Logan dich dazu angestiftet?«, verlange ich zu wissen. »Soll das ein Scheißwitz sein?«

»Logan? Wie bitte, was?«

»Sag's mir.« Ich schlage mit der Faust auf den Tisch. »Das hätte ich nie von dir gedacht!«

»Hey, jetzt mal langsam.« Er hebt abwehrend die Hände. »Wovon redest du, Cam?«

Das ergibt keinen Sinn. Ich habe doch mit eigenen Augen gesehen, wie sie verschwunden ist. Logan kann so etwas nicht eingefädelt haben. Aber wenn sie dahin zurückgegangen ist, wo sie herkommt, wo auch immer das sein mag, warum nimmt sie dann dort drüben Bestellungen auf?

Ich beobachte, wie Nina mit den Gästen scherzt, ihre Wangen sind leicht gerötet. Sie hat mich noch nicht entdeckt. Nun geht sie allein zur Kasse, und ich springe von meinem Platz auf und marschiere quer durch den Hühnerhof. Am Tresen angelangt lehne ich mich darüber und fixiere sie unablässig, damit mir ihr Gesichtsausdruck nicht entgeht, wenn sie mich bemerkt.

Sie blickt lächelnd auf, sieht mich an und fragt: »Wie hat Ihnen das Essen heute geschmeckt?«

»Was?«

»Haben Sie noch ein Stück von unserer Bauernpie mit Pekannüssen abbekommen?«

Die Sommersprossen auf ihrer Nase bilden kleine Häufchen, wenn sie lächelt. Verunsichert lese ich ihr Namensschild: »Hallo, ich heiße Nina.«

»Mehr hast du mir nicht zu sagen?«

Ihr Lächeln verzieht sich.

»Entschuldigung, war etwas mit Ihrem Gericht nicht in Ordnung, Sir?«

»*Sir?*«

Ich will sie packen, doch in dem Moment taucht Mike neben mir auf und klemmt meinen Arm wie mit einer Schraubzwinge ein. Ich versuche, mich mit einem drehenden Ruck zu befreien, aber er hält mich fest und wirft etwas Geld auf den Tresen.

»Hier, tut mir leid, wir haben dich mit jemandem verwechselt. Entschuldige bitte.«

Sie blickt von mir zu Mike, dann auf das Geld, dann wieder zu mir. Ihre braunen Augen drücken zuerst Verwirrung, dann Besorgnis, aber keine Spur von Wiedererkennen aus, als Mike mich zur Tür hinausschiebt.

Auf dem Parkplatz lässt er mich los und geht ein wenig auf Abstand.

»Was zum Teufel sollte das?«

Ich bringe keinen Ton heraus, aber hier draußen bekomme ich wenigstens wieder Luft. Ich gehe in die Hocke, stütze den Kopf in die Hände und suche nach einer Erklärung für – alles. Weshalb sie hier ist und nicht fort …

»Cam?«, fragt Mike beunruhigt.

Ein Gedanke kreist ständig in meinem Kopf, obwohl ich weiß, dass ich mich irre. Ich habe *gesehen*, wie sie sich in dem Leuchten aufgelöst hat.

»Logan West will mich in die Knie zwingen!«

»Logan?«, wiederholt Mike verwundert. »Was hat das denn mit Logan zu tun?«

Ich richte mich auf und starre auf das Fast Break gegenüber.

»Ich wette, er bezahlt dieses Mädchen dafür.«

»Ich kann mir nicht vorstellen …« Mike hält kurz inne, doch als er weiterspricht, klingt seine Stimme ruhig. »Vielleicht hätte ich dich nicht dazu drängen sollen, heute Abend wegzugehen.«

Ich verdrehe genervt die Augen und überquere die dunkle, leere Straße. Logan wird mir dafür büßen.

»Cam? Wo willst du hin?« Mike holt mich rennend ein.

Mein Unterkiefer spannt sich in der Kälte an, und ich sehe nur noch die hell erleuchteten Garagentorfenster vor mir. Logan ist dort, inmitten einer Gruppe. Tash sitzt eingezwängt neben ihm und fährt ihm kichernd mit den Fingern durch die Haare. Die anderen Mädchen ziehen ein Gesicht, als wollten sie sie vor einen Bus werfen. Logan thront zwischen ihnen wie der King. So war ich auch mal, und ich könnte kotzen, wenn ich daran denke.

Mikes Schraubzwingengriff hält mich zum zweiten Mal an diesem Abend zurück, was mir deutlich macht, wie viel besser er in Form ist. Ich reiße mich los.

»Tu das nicht«, sagt er.

Doch ich habe bereits den Türgriff in der Hand, und auf einmal geht es nicht mehr nur um heute Abend. »Das will ich schon seit zwei Jahren machen.«

»Okay, also gut.« Mike redet so schnell, dass er beinahe über seine eigenen Worte stolpert. »Aber sei wenigstens so schlau und mach es nicht vor denen.« Er deutet mit dem Daumen über seine Schulter. »Er braucht nur den kleinen Finger zu heben. Du hättest nicht die geringste Chance.«

Ich schwanke und schätze die um Logan versammelte Meute ab. Zehn, fünfzehn Leute?

»Lass mich da reingehen«, sagt Mike. »Ich bringe ihn zu dir raus.«

Ich spucke aus. »Nix da.«

»Was glaubst du, was Viv von mir erwarten würde, Cam? Dass ich hier stehe und dabei zuschaue, wie sie dich abschlachten?«

Wieder dieses Ziehen in der Brust. Zähneknirschend sage ich: »Du hast zwei Minuten.«

Er geht hinein, ohne sich noch einmal umzudrehen.

Ich beobachte nicht, wie er auf Logan zugeht, sondern biege um die Ecke, wo man mich nicht sehen kann, und spähe durch ein anderes Fenster hinein. Ein Junge und ein Mädchen sitzen in einer Nische in der hintersten Ecke. Ihre Gesichter kann ich nicht erkennen, aber sie schmusen und lächeln sich an, abgeschottet von dem Wirbel nach dem Training, der um sie herum tobt.

Logan kommt aus dem Eingang gestürmt und zieht Tash hinter sich her wie ein Spielzeug. Mike folgt ihnen. Ein paar Leute drinnen zeigen zu den Fenstern, aber sonst kommt niemand heraus.

»Du hast mir was zu sagen, Pike?«

Er steht mit leicht gespreizten Beinen da, die Arme an den Seiten. Nicht auf Konfrontation aus.

Wir messen uns mit Blicken, und seine Augen sind klar, doch dann sehe ich es – das höhnische Grinsen, das um seine Mundwinkel zuckt. Das ist alles nur ein beschissenes Spiel für ihn.

Ich hole zu einem Hieb aus, und Tash kreischt los, doch bevor meine Faust auf ihm landen kann, zieht Mike mich an den Schultern zurück.

»Wenn du dich mit mir anlegen willst, dann mach es offen, von Mann zu Mann, du Arsch!«, brülle ich.

Logan weicht nicht von der Stelle, obwohl ich seine Nase nur um wenige Zentimeter verfehlt habe. Das Grinsen ist weg, doch er sieht eigentlich mehr verärgert aus als sonst was. Ich ramme Mike meinen Ellbogen in den Bauch, woraufhin er mich loslässt und hustend nach Atem ringt.

»Lass mich verdammt noch mal in Ruhe!«

Logan streicht unbeeindruckt seinen Ärmel glatt, zumal sein Gesicht keine Bekanntschaft mit meiner Rechten gemacht hat.

»Hör mal, Pike, ich hab keine Zeit für so etwas«, sagt er gelangweilt. »Such dir professionelle Hilfe.« Er legt seinen Arm um Tashs Taille und macht Anstalten, wieder hineinzugehen.

»Du bezahlst dieses Mädchen …« Meine Stimme versagt. »Um mir einzureden, dass ich verrückt bin.«

Logan bleibt stehen und wechselt einen Blick mit Mike. Dann sieht er mich an.

»Pike, ehrlich, das braucht dir doch niemand einzureden, oder?«

ZEHN

Alle halten mich für übergeschnappt.
Ich sitze auf dem Bordstein hinter dem Fast Break und starre auf eine Zigarettenkippe und einen platt gefahrenen Kronkorken zu meinen Füßen. Der Parkplatz riecht schwach nach Benzin. Ich picke an einem Fingernagel herum. Mike ist vor etwa einer Stunde gegangen und hat gesagt, ich soll ihn anrufen. Gegen Mitternacht leert sich das Restaurant, schließlich ist morgen wieder Schule. Jemand stolpert über mich, als er einen Müllsack zum Container trägt. Ich rege mich nicht und sitze noch lange da, nachdem die Neonlichter hinter mir erloschen sind.

Ich sollte nach Hause gehen.

Ich rappele mich hoch und wende mich in die entsprechende Richtung. Mein Bett wartet dort auf mich, bereit, mich zum morgigen Tag hinüberzutransportieren und zum nächsten und zum übernächsten. Ich setze einen Fuß vor den anderen, doch nachdem ich mich in Bewegung gesetzt habe, steuere ich nicht mehr unser Haus an.

Beim Strommast angekommen, bin ich total außer Puste. Ich weiß nicht mehr, wann ich angefangen habe zu laufen, aber danach konnte ich mich nicht mehr bremsen, selbst als mein Bein anfing, höllisch wehzutun.

Da muss etwas sein – irgendein Beweis, dass das Ganze wirklich passiert ist. Ich bin nicht verrückt.

Ich lehne mich an das dunkle Holz, um nicht zusammenzuklappen. Eine von den Trauerkarten flattert auf den Bürgersteig. Als ich wieder Luft holen kann, ohne dass meine Lunge wie Feuer brennt, mustere ich den Schrein. Abgestorbene Blütenblätter liegen auf dem Boden; ich hätte letzte Woche frische Blumen herbringen sollen. Und dort klafft eine leere Stelle, wo ein Foto von Viv fehlt. Mein Herz macht einen Satz vor Schreck, bevor es mir wieder einfällt und ich das zerknitterte Cheerleader-Bild aus der Hosentasche ziehe.

Lange betrachte ich ihr Gesicht und umrunde dabei den Mast, vergleiche ihr unschuldiges Grinsen aus dem ersten Jahr mit dem reiferen Ausdruck der späteren Bilder. Das jüngste habe ich selbst hinzugefügt. Zuerst wollte ich es nicht dorthin hängen, doch dann fand ich, dass ihr Schrein nicht nur von *denen* gestaltet werden sollte. Der Schnappschuss ist auf einem Campingausflug eine Woche vor ihrem Tod entstanden. Wir waren draußen im Wald. Gegen Abend sind wir auf einen Felsvorsprung gestiegen, um uns den Sonnenuntergang anzusehen. Ich habe sie gerufen und geknipst, ehe sie mitbekommen hat, was ich da mache. Ihre Miene ist fragend, aber die Augen blicken dunkel und zufrieden. Hinter ihr lodert ein leuchtend orangegoldener Himmel über den Baumwipfeln und signalisiert das Ende des Tages, das Ende des Sommers. Auf diesem Trip fühlten wir uns wie die beiden letzten lebenden Menschen auf Erden. Sie hat mich geküsst und gesagt: *»Ich war noch nie so glücklich.«*

Ich versetze dem Gebüsch einen halbherzigen Tritt. Die Gedenkstätte sieht aus wie immer. Ich weiß nicht, was ich zu finden gehofft habe. Die Straßenlampe über mir flackert, doch das Licht bleibt trüb. Hastig blicke ich über meine Schulter, halb fürchtend, dass Nina auftaucht, diesmal mit Logan im Schlepptau und immer noch in ihrer Schürze von

Dina's Diner. Sie werden zusammen mit Tash und Mike kommen und sich kaputtlachen, während ich mit den Armen rudernd im Gebüsch nach meinem Verstand suche.

Was ist, wenn Logan mich tatsächlich in den Wahnsinn treiben will?

Ich balle die Hände zu Fäusten, aber da ist nichts zum Draufschlagen, also boxe ich nach dem Schatten des Strommasts, nach genau der Stelle, an der, wie ich glaube, Vivs Kopf die Scheibe durchbrach.

Etwas Grünes blitzt auf, und meine Finger kribbeln.

Ich starre in die Dunkelheit.

Es ist nichts zu sehen.

Ich strecke den Arm aus, meine Finger werden durchscheinend grün. Ich bilde mir das nicht ein. Es ist, als würde man seine Hände in Wasser tauchen, das so klar ist, dass man es nicht sieht, bis die Finger darin schwimmen, und schon allein durch die Berührung damit wird einem bewusst, dass es unbekannte, unerforschte Tiefen hat. Ich wiederhole die Bewegung drei oder vier Mal und halte meinen Arm dann ganz hinein. Das elektrische Pulsieren setzt sich unter meiner Haut fort bis hinauf zum Bizeps. Es ist nicht gerade angenehm, tut aber auch nicht weh.

Ich bin nicht verrückt – ich sehe es deutlich vor mir. Suchend blicke ich mich nach der Quelle des merkwürdigen grünen Leuchtens um, doch als ich die Arme senke, verschwindet es. Ich strecke sie wieder aus, denn mir ist wohler, wenn ich das Licht klar vor mir habe und seine Existenz nicht infrage zu stellen brauche. Könnte ich doch nur herausfinden, was es ist. Ich wedele mit einem Arm hin und her und stoße gegen etwas. Links unverkennbar gegen den Strommast, aber rechts scheint der Arm bloß von leerer Luft aufgehalten zu werden. Ich beuge mich vor und spüre nichts als dieses kribbelnde Feld. Durch das Grün kann ich immer noch die Schule sehen, direkt gegenüber. Ich halte die Luft an und mache einen Schritt nach vorn, recke mein Gesicht in das Licht. Meine Nase und die Backen vibrieren vor Energie, und als ich die Augen öffne und meine Hände ansehe, sind sie durchsichtig. Ich kann durch meine Haut, die Adern und Knochen *hindurchsehen*. Mir wird schlecht. Das ist nicht wahr …

Es ist wahr.

Ich will mich in sichere Gefilde zurückziehen, aber als ich durch das Grün geradeaus blicke, lässt mich irgendtwas an der Fassade der Schule stutzen. Sie sieht anders aus. Ich kneife die Augen zusammen; inzwischen kribbelt mir der ganze Kopf, und ich kann mich kaum konzentrieren. Etwas, das Nina gesagt hat, als ich sie verschwinden sah, kommt mir in den Sinn: »*Es sieht hier aus wie zu Hause, aber dort drüben wohl auch.*«

Ich blinzele, mache noch einen Schritt und erkenne, woran es liegt. Das Fenster des Kunstsaals. Es sollte zugenagelt sein wegen eines Brands im Brennofen vor einiger Zeit – es ist schon seit fast einem Jahr verbarrikadiert. Das weiß ich so gut, weil Viv und ich in genau dem Kurs waren, in dem Scott Melore, das große Töpfertalent, ein Experiment mit einer Glasur machte, das nach hinten losging. Jetzt aber ist dem Fenster nichts davon anzusehen.

Als Nina sich in Luft aufgelöst hat, war das so surreal, dass ich mir keine großen Gedanken darüber gemacht habe, *wohin* sie verschwunden ist, bis ich sie in dem Diner gesehen habe. Wo ich ihre ganze Zaubernummer dann für einen gemeinen Streich hielt.

Aber wenn dieses seltsame grüne Licht nun wirklich woandershin führt?

Ich muss das ein für alle Mal klären.

Ich gebe mir einen Ruck und tauche völlig in das Grün ein. Alles ist sehr hell, jedoch ohne in den Augen zu blenden. Im Innern dieses Leuchtens erkenne ich irgendwie mehr, als in normalem Licht sichtbar ist, nicht wegen der größeren Helligkeit, sondern weil es alles tief zu durchdringen scheint. Als sähe ich meinen Arm und verstünde zugleich, woraus er besteht und auch den Raum, den er einnimmt.

Es fühlt sich an, als würde ich Elektrizität einatmen.

Ich blicke auf, um mich zu orientieren, und eine Welle der Panik schwappt über mich hinweg.

Der Strommast ist nicht mehr da.

Ich drehe mich um, ganz um mich selbst, wie ich glaube, doch ich bin völlig desorientiert. Alles, was ich wahrnehme, ist helles Licht. Mein Herz scheint explodieren zu wollen, und ich frage mich, wie Schweiß wohl mit elektrisch aufgeladener Luft reagiert. Vielleicht befinde ich mich in so einer Art Freiluft-Magnetfeld, das mein Hirn aufweicht. Vielleicht ist dieses Licht auch das Licht, das Leute bei Nahtoderfahrungen sehen. Man spürt keinen Schmerz beim Hinübergehen, genau wie es immer beschrieben wird.

Es ist mir recht zu sterben, wenn ich auf diese Weise Viv wiedersehen kann.

Ich schließe die Augen, sodass alles dunkel um mich herum wird, vertraut. Als läge ich zu Hause in meinem Bett und würde gerade einschlafen. Ich zwinge mich, Atem zu holen, und achte nicht auf das Blubbern tief in meiner Lunge. Dann strecke ich die Hände aus, atme noch einmal tief ein und mache einen Schritt. Und noch einen.

Schwankend taste ich mich voran, bis meine Finger etwas streifen, das sich wie Holz anfühlt. Ich öffne die Augen und sehe das splittrige Holz des Strommasts direkt vor mir.

Erleichtert stürze ich mich darauf, nichts wie raus aus dem grünen Licht, stolpere und fange mich an dem stabilen Pfahl auf. Er ist fest und real, ich bin in Sicherheit. Trotzdem dauert es noch ein paar Minuten, ehe das elektrische Kribbeln unter meiner Haut nachlässt und ich mich endlich losreißen kann.

Das grüne Licht ist verschwunden, und ich stehe wieder im Dunkeln und starre auf den Mast, auf den Schrein.

Oder vielmehr auf die Stelle, wo er sein sollte.

Ein ausgefranstes weißes Band ist um die Mitte des Pfahls geknotet. Ein paar Papierschnipsel hängen dort noch, abgerissene Blütenblätter liegen auf dem Gehweg, und auf dem Fetzen einer Karte steht: *Immer in unseren Herzen*. Kein einziges Foto weit und breit. Ich zerre den Cheerleader-Schnappschuss aus der Hosentasche und gehe im Uhrzeigersinn um den Mast herum, doch da ist nichts mehr, keine sonstigen Überreste von Vivs Gedenkstätte.

Ich blicke auf das Foto in meiner Hand und hole japsend Luft beim Anblick von Vivs Lächeln. Wie lange hat meine Atmung zwischendurch gestockt?

Lange genug, um einen Schrein abzuräumen?

Unmöglich, das wäre total krank.

Nicht einmal Logan würde so etwas tun.

Vielleicht hat diese grüne Energie ja alles verdampfen lassen.

Aber warum dann nicht mich?

Ein leichter Wind kommt auf, der mich kühlt und meinen Kopf klar werden lässt.

Ninas Worte gehen mir wieder nach. *»Es sieht hier aus wie zu Hause …«*

Mein Magen verkrampft sich. Das Schulgebäude liegt im Dunkeln. Ich zwinge mich, noch einmal zu dem Mast hinzusehen, zu den Überbleibseln der Karten und dem Band, und dann jenseits davon zum Fenster des Kunstsaals – unbeschädigt. Ich schlucke schwer. Mein Blick sucht nach einem Halt, nach etwas Sicherem und Wiedererkennbarem. Das Bushäuschen steht dreckig und verlassen an der Ecke gegenüber. Die Büsche vor mir sind immer noch von dem Autounfall deformiert.

Ich halte mir den Mund zu, doch meine Augen bleiben offen.

ELF

Nina wohnt in der Genesee Street. Das hat mich neulich schon stutzig gemacht, weil Mike in derselben Straße wohnt und sie sich nicht zu kennen schienen. Doch sie ist die Einzige, die außer mir durch dieses Licht gegangen ist, also ist sie auch die Einzige, die mir erklären kann, was hier eigentlich los ist – hoffe ich. Als ich zur Genesee Street komme, erinnere ich mich nicht mehr genau an die Hausnummer. Sechsundzwanzig? Vierundzwanzig? Langsam gehe ich weiter und halte kurz vor Mikes Haus, Nummer 17, inne.

Es sieht genauso aus wie immer. Ich gehe weiter.

Vor Nummer 24 bleibe ich lange stehen. Es unterscheidet sich kaum von den anderen Häusern in der Straße. Zweigeschossig, unscheinbar, dunkel. Ich denke daran, dass Nina gesagt hat, man hätte sie vom Haus ihrer Freundin vertrieben. Ich denke an Vivs nicht mehr vorhandenen Schrein.

Strauchelnd folge ich dem unebenen Gartenpfad zur Vordertür und überlege, was ich tun soll, falls es sich als das falsche Haus herausstellt. Weglaufen? Versuchen, alles zu erklären? Ich habe keine Ahnung, wie spät es ist, aber jedenfalls entweder zu spät oder zu früh. Kurz vor der vorderen Veranda werde ich auf etwas aufmerksam – ein Licht in einem Fenster von Nummer 26, im Erdgeschoss hinten. Ich blicke auf die dunklen Treppenstufen vor mir, dann wieder zu dem leuchtenden Fenster nebenan. Wenn ich es dort zuerst versuche, hole ich wenigstens niemanden aus dem Bett.

Ich nehme die Abkürzung über die beiden Vorgärten zur Nachbarstür, doch als ich den Daumen auf die Türklingel lege, bekomme ich Zweifel. Was ist, wenn sie doch nicht hier wohnt und ich irgendeine harmlose Familie belästige? Was ist, wenn sie da ist? Wird sie mich erkennen? Oder wieder vorgeben, dass sie mich noch nie gesehen hat? Diesmal kommt sie mir nicht damit durch.

Ein lautes Ding Dong im Haus erschreckt mich, und ich ziehe die Hand weg, mit der ich mich zu fest auf die Klingel gestützt habe.

Weglaufen? Erklären?

Es dauert eine Ewigkeit, bevor ich drinnen jemanden heranschlurfen höre, und dann wird mir klar, wie bescheuert das hier ist. Es muss drei oder vier Uhr morgens sein, und ich klingele bei Fremden an der Tür. Wenn das mein Zuhause wäre, würde ich nicht aufmachen, oder wenn, dann …

Es wird aufgeschlossen.

Schluckend trete ich einen Schritt zurück.

Die Tür öffnet sich einen Spalt weit, und jemand lugt heraus.

Das Außenlicht geht an, ich blinzele in dem hellen Schein. Ein braunes Auge mustert mich, das vor Schreck ganz groß wird, dann höre ich ein Keuchen. Ein Nintendo-Gerät fällt klappernd zu Boden.

»Owen, was machst du denn hier?«, fragt eine Mädchenstimme.

Die Tür schwingt auf, und Nina starrt mich mit offenem Mund an.

»Cam …«

Sie trägt keine Schürze. Sie lacht nicht. Und sie ist nicht grün. Ihre Augen sind groß wie Untertassen. Ein kleiner Junge im Schlafanzug hält die Tür auf. Er ist ungefähr zehn

Jahre alt und weiß wie eine Leinwand. Sie wirft einen Blick auf ihn, als hätte sie ihn gerade erst bemerkt, und schlägt mir die Tür vor der Nase zu.

Bis jetzt läuft es schon mal besser als in dem Restaurant.

Ich höre Gemurmel durch die Holztür, und als sie endlich wieder aufgeht, ist Nina allein. Sie macht das Außenlicht aus, sieht prüfend nach rechts und links und winkt mich eilig hinein. Hastig legt sie den Riegel vor und starrt mich an, als hätte ich die Pest oder so was. Ihr Arm schnellt zum Lichtschalter vor, und in der trüb beleuchteten Diele wird es schwarz. Sie hastet an mir vorbei und streift meinen Arm, woraufhin ich zurückzucke – und mir albern vorkomme. Dann zerrt sie an den Spitzengardinen zu beiden Seiten der Haustür, obwohl der Mond so hell durch die Fenster scheint, dass ich nicht verstehe, warum sie sich die Mühe macht.

Anschließend starrt sie mich wieder an, als würde sie ein Problem abwägen. Mich fröstelt, doch ich glaube nicht, dass es an der Kälte liegt. Ich werde die Erinnerung an sie in dem Diner nicht los, an diesen mitleidigen Ausdruck in ihren Augen. Mitleid mit einem Fremden.

»Sag mir, was hier vorgeht«, verlange ich.

»Wie bitte?«

»Was ist das mit diesem grünen Licht? Was bewirkt es? Und wieso hast du in dem Diner so getan, als würdest du mich nicht kennen?«

Sie will etwas erwidern, aber ich schneide ihr das Wort ab.

»Woher wusstest du schon, wie ich heiße, bevor wir uns zum ersten Mal begegnet sind? Wenn du in Mikes Straße wohnst, wieso gehst du dann nicht auf unsere Schule?« Ich denke an das ausgefranste Band an dem leeren Holzmast. »Und was soll der Scheiß, die Gedenkstätte für meine Freundin zu demontieren?«

Nina blickt kurz zur Treppe und in den dunklen Flur oben und marschiert dann wortlos auf die einzige Lichtquelle im Haus zu – die Küche. Ich folge ihr, sie schließt die Tür hinter mir, und wir stehen in einem gelben Raum. Gelbe Hängeschränke, gelbe Arbeitsflächen, sogar gelbe Plastikstühle, die aus dem Konferenzzimmer eines Raumschiffs zu stammen scheinen. Sie durchquert die Küche und schließt die Tür zu einer schmalen Hintertreppe.

»Ich will nicht, dass mein Bruder dich hört«, fährt sie mich an. »Du hast ihn schon genug erschreckt.«

Erst jetzt fällt mir auf, dass sie vollständig angezogen ist, Jeans und Pulli. Entweder ist sie absurd früh aufgestanden, oder sie war heute Nacht noch nicht im Bett.

»Was ist mit ihm?«

Sie zögert. »Er ist krank. Ich hatte ihn gerade wieder ins Bett gebracht, als du aufgetaucht bist.« Sie wirft genervt die Hände hoch. »Warum bist du herübergekommen?«

Das macht mich fertig. Jetzt soll ich mich ihr gegenüber rechtfertigen, dabei ist sie es, die mir einiges zu erklären hat!

»Weißt du überhaupt, wo du bist?«, fragt sie.

»Ich bin an dem Punkt, wo ich irgendwas zu Bruch schlagen will. Aber wie.«

»Nein, bitte nicht.« Sie reibt sich die Stirn. »Pass auf, du bist jetzt bei mir zu Hause – welches dort, wo du herkommst, nicht mein Zuhause ist. Ich verstehe selbst nicht so richtig, warum, aber es ist als ob … also, wo du herkommst und wo ich herkomme, das ist das Gleiche. Nur anders.«

Eine Tür im vorderen Teil des Hauses fällt ins Schloss.

Nina dreht den Kopf in Richtung Küchentür.

»Owen?«, ruft sie.

»Ich bin's nur«, antwortet eine Frauenstimme. »Du bist früh auf.«

Schlüssel werden auf einen Tisch geworfen. Ich höre Rascheln, während sich jemand Jacke oder Stiefel auszieht. Nina sieht mich panisch an, packt mich am Arm und will mich zur Hintertür schieben. Ich stemme die Füße fest auf den Boden. Sie drückt mit aller Kraft, aber mit ihrer Statur kommt sie nicht gegen einen ehemaligen Footballstar an.

»Mach, dass du hier rauskommst!«, zischt sie.

»Wer ist das?«

»Geh einfach, geh, bitte!«

Sie kann mich nicht schnell genug zum Hinterausgang befördern, doch als sie an dem verschrammten Türknauf aus Messing zerrt, bewegt der sich nicht. Ihre Hand wandert automatisch zu dem Riegelschloss, nur dass da kein Schlüssel steckt. Sie tastet nach einem leeren Haken an der Wand. Ich ziehe selbst ein paar Mal an der Tür, als würde ausreichende Dringlichkeit sie öffnen. In der Diele vorn bricht die Frau in einen heftigen Raucherhusten aus, der lauter wird.

Nina sieht mich hektisch an, als wäre die Polizei vor der Tür und ich ihr Diebesgut. Sie wirbelt herum, ihr Blick schnellt zu der anderen Tür, die sie eben noch zugemacht hat.

»Die Treppe rauf«, flüstert sie und zerrt mich dorthin.

»Auf keinen Fall!«

»Tante Car wird in einer Viertelstunde eingeschlafen sein, bleib einfach so lange in meinem Zimmer.«

»Und dann?«

Ich stehe schon auf der zweiten Stufe und will flüsternd mit ihr debattieren, doch die Frauenstimme – Tante Cars vermutlich – treibt mich auf den Treppenabsatz und weiter hinauf, bis ich den Flur oben erreiche.

»Owen muss heute wieder zur Schule gehen, das habe ich dir doch …«

»Wird er auch«, erwidert Nina fest.

Ein Küchenschrank wird zugeschlagen, und die Frau seufzt schwer.

»Gut. Ich hatte eine lange Nacht. Sorg dafür, dass er in den Schulbus steigt. Ich geh ins Bett.«

»Nein, warte, ich könnte … dir Pfannkuchen backen!« Ninas Stimme klingt zu schrill.

»Pfannkuchen?«

»Ich wollte sowieso welche machen, für Owen.«

Ein schwacher Geruch nach verbrannten Pop-Tarts-Toastkuchen weht kurz darauf die Treppe hinauf.

»Okay, mir langt's.« Tante Cars Stimme klingt jetzt lauter, näher und als ob sie mit vollem Mund spricht. »Dieses zuckerfreie Zeug ist Mist.«

Nina ruft: »Na, dann schlaf schön – *dort oben!*«

Schwere Schritte kommen auf mich zu. Ich weiche von der Treppe zurück. Rechts von mir sind zwei Türen, beide geschlossen. Gegenüber steht eine Zimmertür halb offen, daneben ist ein Badezimmer. Der Flur macht eine Biegung um die Ecke und führt Gott weiß wohin. Nur eine Tür darf ich nicht erwischen – die zum Schlafzimmer der Tante. Ich stürze mich durch die einzige, die offen ist.

Leise klickend schließt sie sich hinter mir. Die Schritte erreichen die oberste Stufe und verharren. Ich höre schmatzendes Kauen, das kurz darauf näher kommt, und halte die Luft an.

Auf der anderen Seite des Flurs wird eine Tür auf- und wieder zugemacht. Erleichtert lasse ich mich gegen den Holzrahmen sinken.

Auf einmal hustet jemand hinter mir, und ich fahre herum.

Owen sitzt auf einer Tagesdecke mit einem Muster aus Footballs und Yardlinien. Er hat wieder sein Nintendo-Gerät in der Hand, aber offenbar das Interesse daran verloren. Er starrt mich an, als wäre ich ein Alien.

»Entschuldigung, falsches Zimmer«, wispere ich und will wieder hinausgehen, zögere jedoch. Ninas Tante kann unmöglich schon eingeschlafen sein, und ich weiß nicht, was passieren wird, wenn sie mich erwischt. Ich wende mich wieder dem Jungen zu, der immer noch total erschrocken wirkt. »Äh, hast du was dagegen, wenn ich einen Moment hierbleibe?«

Sein Mund steht ein wenig offen, während er den Kopf schüttelt. Seine Haare sind dunkler als die seiner Schwester, aber sie haben beide die gleichen braunen Augen und sommersprossigen Nasen.

»Danke.«

Ich reibe mir das Knie und sehe mich um. Peinliche Lage. Ein alter Fernseher steht am Fußende des Bettes, und Poster von verschiedenen Profiteams hängen an den Wänden, wenn die der Dallas Cowboys auch zu überwiegen scheinen. Mehrere Preise von Pee-Wee-Wettkämpfen für die Kleinen zieren das Bücherregal. Ich hatte auch mal einen Haufen von denen.

»Sieht aus, als würdest du auf Football stehen«, murmele ich.

In den ängstlichen Augen des Jungen flackert ein Leuchten auf.

»Ich hab an meinem Steilpass gearbeitet«, kommt es zögerlich. »Aus der Hüfte heraus werfen, wie du gesagt hast.«

Wie ich gesagt habe?

»Stimmt, so soll man's machen«, erwidere ich und vermeide seinen Blick. Wenn er nicht gleich den Mund zumacht und mal wieder blinzelt, türme ich. Egal, wer mich dann sieht.

»Und … hat es wehgetan?«, fragt er.

Ich reiße mich von seinen Postern los. Das hat mich noch nie jemand gefragt, außer Viv. Vor meinem inneren Auge blitzen die Schulfarben auf, Rot und Weiß, dann Blau und Orange – *freies Feld, meine Füße fliegen nur so dahin, plötzlich der Zusammenprall.* Ich reibe die Narbe über meinem Knie.

»Ja. Hat es.«

Die Tür fliegt auf und trifft mich am Schulterblatt.

»Au!«

»Psst«, zischt Nina. »Was machst du denn hier? Ich habe doch gesagt, du sollst in meinem Zimmer warten.«

Ich breite die Hände aus. »Hallo, woher sollte ich denn wissen …«

»Alles in Ordnung, Owen?«, unterbricht sie mich und sieht ihren Bruder besorgt an. »Tut mir leid das Ganze, lass mir eine Viertelstunde Zeit … beste Pfannkuchen, die du je gegessen hast. Alles okay?«

»Ja, ja.« Er wird rot. »Lass mich in Ruhe.«

»In einer Viertelstunde«, verspricht sie ihm und drängt mich zur Tür.

Er beachtet sie nicht, sondern fragt: »Cam?«

»Ja?«

»Tut es jetzt nicht mehr weh?«

Nina zieht mich hinaus, bevor ich antworten kann. Sie schließt sacht die Tür hinter uns und führt mich zu einem der anderen Zimmer.

Dabei hält sie meine Hand. Ich ziehe sie weg, als sie den Türknauf dreht. Sie sieht mich verwundert an, legt aber nur den Finger auf die Lippen und deutet auf das Nachbarzimmer. Tiefes, sonores Schnarchen dringt durch die Wände. Ich folge ihr in eine schlichte Kammer.

Das Bett ist ordentlich gemacht und mit einem weißen

Überwurf zugedeckt. Außerdem gibt es eine abgestoßene Kommode neben einem Wandschrank und einen kleinen Schreibtisch, auf dem nichts als ein Becher mit ein paar Stiften steht. Ein roter Sitzsack lehnt in der Ecke beim Fenster neben einem Bücherregal mit systematisch geordnetem Inhalt. Es liegen keine Kleider auf dem Boden, nicht einmal ein Paar Schuhe. Ich traue mich nicht, etwas anzufassen.

Vivs Zimmer war immer genauso unordentlich wie meines – na ja, vielleicht nicht ganz so schlimm wie es jetzt ist. Auf ihrem einzigen Stuhl türmten sich Berge von Klamotten, die sie als »weder sauber noch schmutzig« deklarierte. Sie hatte Fotos und Bilder aus Zeitschriften an sämtliche Wände gepinnt, dazwischen Zitate und Sätze aus Büchern, Filmen oder mitgehörten Gesprächen.

Ninas Wände dagegen sind kahl und vollkommen weiß wie die einer Zelle. Ihr Zimmer wirkt eher wie ein Gästezimmer, so als würde niemand dauerhaft darin wohnen. An ihrem Spiegel sind ein paar klebrige Stellen zu sehen, als hätte sie mal Fotos dort angebracht. Auf einem Regal steht ein Bilderrahmen, der einer dieser roten britischen Telefonzellen nachempfunden ist. Das kleine Foto darin zeigt einen Mann und eine Frau mit einem Baby und einem kleinen Mädchen. Das Mädchen hat kupferbraune Haare und ein breites, strahlendes Lächeln wie Nina in dem Diner.

»Wie kommt es, dass dein Bruder mich kennt?«, will ich wissen.

»Was?« Sie blickt aus dem Fenster und scheint weit weg zu sein.

»Wieso benimmt sich Owen, als würde er mich kennen – und du auch, abgesehen von gestern Abend in dem Restaurant?«

Sie sagt nichts und starrt nur weiter zum Fenster hinaus.

»Hör mal, ich bin auch gar nicht mehr sauer«, lüge ich. »Ich will nur den Grund verstehen.«

Endlich dreht sie sich um, und es glänzen Tränen in ihren Augen.

»Du bist mein ... bester Freund.«

Darauf war ich nicht vorbereitet. Ich weiß nicht, was ich sagen soll, schließlich hatte ich dieses Mädchen bis vor Kurzem noch nie gesehen. Sie wischt sich übers Gesicht, das wieder ausdruckslos wird, emotionslos, als würde sie sich eine Art kriegerhafte Selbstbeherrschung auferlegen.

»Hör zu, du bist durch das grüne Licht gegangen, richtig?«

»Ja«, antworte ich wahrheitsgemäß. »Aber was ist das denn nun eigentlich ...«

»Hat dich jemand gesehen?«

»Ist das wichtig?«

»Es ist wichtig, Cam – hat dich jemand gesehen?«

»Wen kümmert's?«

Sie macht ein komisches Geräusch, und zuerst denke ich, sie lacht, aber als sie sich die Haare aus dem Gesicht streicht, merke ich, dass ihre Hand zittert. Ihr Blick ist so ernst, dass ich es kaum ertrage.

»*Dieses* Fayetteville hat schon einen Cam«, erklärt sie.

Das muss ich erst einmal verdauen, wobei ich auf einmal wieder das seltsame Kribbeln unter der Haut spüre.

»Deshalb ... deshalb kannst du nicht einfach ... Es wäre schlimm, wenn dich jemand sehen würde.« Das Letzte flüstert sie so leise, dass ich es von ihren Lippen ablesen muss.

Ich denke daran, wie sie bei uns in der Küche stand und hysterisch etwas davon stammelte, dass ihr Haus nicht ihr Haus sei. Dann fällt mir das verrammelte Fenster des Kunstsaals ein und dass das Fenster, das ich heute Abend gesehen habe, völlig unbeschädigt zu sein schien. Ich warte darauf, dass sie blinzelt oder zuckt oder sonst irgendetwas tut. Endlich blinzelt sie.

»*Dieses* Fayetteville?«, hake ich nach.

Sie zwängt sich an mir vorbei zu ihrem Nachttisch und kramt in der Schublade herum. Mein Blick wandert nach draußen, zu den Häusern in der Genesee Street. Sie sehen aus, wie sie sollten, wie immer. Wie könnte hier etwas anders sein? Nina hat gefunden, was sie sucht, und macht die Schublade wieder zu.

»Das war in diesem Sommer, draußen am See.« Sie gibt mir ein Foto.

Mir rutscht das Herz in die Magengrube.

Das sind wir. Nina und ich, wie wir lachend einen Fisch in die Höhe halten, der fast einen Meter lang ist. Sie hält das eine Ende und ich das andere, während unsere freien Arme umeinandergelegt sind. Ich führe das Bild dichter an meine Augen und suche nach Anzeichen für eine Photoshop-Bearbeitung, kann aber keine feststellen. Das Ufer im Hintergrund kenne ich gut, und die Kiefern auf dieser Anhöhe könnte ich mit geschlossenen Augen zeichnen. Wir haben ein Boot dort liegen – hatten es dort liegen, bevor Dad uns verließ –, und ich entdecke seinen blau-weißen Bug über Ninas Schulter. Der Anlegesteg erstreckt sich hinter uns. Beinahe kann ich die Wellen hören, die unter den Bohlen herumschwappen.

»Das ist unmöglich«, sage ich und vergesse zu flüstern. »Ich war seit zwei Jahren nicht mehr an dem See. Dad hat das Boot verkauft, als er und meine Mom sich scheiden ließen.«

»Er hat den Verkauf abgesagt, nachdem du ihn angerufen hattest.«

Ich schüttele den Kopf. »Niemals, und außerdem war ich dort immer nur mit meiner …«

»Viv war immer noch deine feste Freundin«, sagt sie sanft. Ich starre sie wortlos an. Sie wird knallrot. »Wie gesagt, du bist mein bester Freund.«

Nina hat jetzt diesen verlegenen Gesichtsausdruck, den alle bekommen, wenn sie in meiner Gegenwart aus Versehen Vivs Namen nennen.

Ich atme tief durch und betrachte das Foto, betrachte mich selbst – kann ich diesen Jungen dort als »ich« bezeichnen? Seine Haare sind kürzer, so wie ich sie immer schneiden ließ, damit der Footballhelm gut saß. Er grinst über beide Wangen wie ein Idiot. Auch Nina lächelt breit.

Ich blinzele verwirrt. »Wie kann das sein?«

»Ich verstehe es auch nicht, aber …«

»Es gibt mich nicht zweimal!«

Sie kneift den Mund zusammen. »Nein«, sagt sie dann, »du bist du … in deiner eigenen Welt.«

Meiner eigenen Welt? Meine Welt …

Alles, was ich weiß, ist, dass ich nach Hause zurückwill, wo Vivs Schrein noch intakt ist und mein Vater kein Boot mehr besitzt. Ich greife nach dem Türknauf.

Nina versperrt mir den Weg. »Was ich dir zu erklären versuche, ist … du kannst jetzt nicht da rausgehen. Du hast mich gestern Abend gesehen, ja? Nur dass ich es nicht war, stimmt's?«

Ich sehe sie in dieser grünen Kellnerinnenschürze vor mir und wie sie die Nase mit den Sommersprossen krauszieht, wenn sie lächelt. Meine Haut fühlt sich feuchtkalt an.

»Ich weiß nicht …«

Ihre Stimme bebt, als sie fragt: »Wie war sie?«

»Sie sah genauso aus wie du.«

Sie lächelt gezwungen und tritt näher an mich heran. Ich sehe dieselbe Anhäufung von Sommersprossen auf ihrer Nase, nur dass sie sich nicht bewegen. »Und sie hat sich auch so verhalten wie ich?«

Ich schüttele den Kopf. »Nein.«

»Was war anders?«

Ich überlege kurz. »Sie war irgendwie … fröhlicher. Glaube ich.«

Ihre Miene verdüstert sich. »Siehst du? Du hast den Unterschied bemerkt. Genauso werden alle hier merken, dass du nicht unser Cam bist.«

Ich denke daran, wie ich Nina zum ersten Mal gesehen habe, und frage mich, wie ich wohl auf eine durchsichtige grüne Version von mir selbst reagiert hätte. Schnell stecke ich die Hand in die Hosentasche und berühre Vivs Foto.

»Dann sollte ich wohl schleunigst zurückkehren«, sage ich.

»Ja, sicher, du musst zurück, aber wenn du jetzt gehst, könnte dich jemand hindurchschlüpfen sehen.«

Ich blicke zum Fenster, wo sich die erste Morgenröte am Himmel zeigt. Bis ich wieder an der Schule angekommen bin, wird es heller Tag sein.

»Wenn ich mich beeile …«

»Es ist zu spät.«

Sie verschränkt entschlossen die Arme vor der Brust, was albern ist, denn es wäre ein Leichtes für mich, sie wegzustoßen, egal, ob ich in Form bin oder nicht. Aber an ihrem Argument mit dem Gesehenwerden ist was dran. Ich bin nicht gerade scharf darauf, jemandem zu begegnen, der mich für *ihn* hält. Ich senke den Blick auf das Foto von uns beiden – von ihnen – und reibe mir das Kinn, nicht sicher, ob ich überhaupt zu einem solchen Strahlen fähig bin. Sicher ist nur, dass ich mich rasieren muss. Ich sehe in Ninas ernstes Gesicht. Wieder fällt mir auf, wie verschieden sie ist, wir beide sind, von unseren anderen … Versionen. Wieso hat sie einen Job und er ein Boot und wir nicht? Wieso ziehen sich ihre Sommersprossen nicht zusammen, wenn sie lächelt? Warum sieht er so verdammt glücklich aus auf diesem Bild?

ZWÖLF

Nina schließt die Tür hinter sich, und ich höre, wie sie nach unten tapst, um ihrem kleinen Bruder Frühstück zu machen. Da niemand zum Reden da ist, stellen sich meine Ohren auf das durch die Wand dringende Geräusch ein. Tante Car hört sich an wie ein ferner Güterzug, aber solange sie vor sich hin rattert, bekommt niemand Schwierigkeiten. Ich schlendere zum Fenster hinüber. Mikes rostroter Toyota steht ein Stück weiter die Straße hinunter vor seinem Elternhaus – nichts Ungewöhnliches zu erkennen dort. Müßig nehme ich einen Stift aus dem Becher und lege ihn schräg auf den leeren Schreibtisch. Keine Ahnung, wie Nina es hier drinnen aushält.

Das Foto liegt mit der Bildseite nach unten auf der Kommode. Ich stelle mir vor, wie ich Dr. Summers die guten Neuigkeiten erzähle: Ich bin vollkommen klar im Kopf – die *Welt* ist verrückt geworden! Welten? Ich wünschte, ich hätte Physik gewählt oder besser in Mathe aufgepasst oder so. Vorsichtig hebe ich den Rand des Fotos an und beäuge mein anderes Ich. Der Versuch, das alles mit meinem Verstand zu erfassen, verursacht mir Kopfschmerzen.

Ich gehe ein bisschen im Zimmer hin und her, doch die absurde Ordnung erschwert das Herumschnüffeln. Selbst die zerknautschte Stoffpuppe auf dem Bett hat die Arme artig im Schoß gefaltet. Wenigstens steht die Tür des Kleiderschranks einen Spalt offen, also spähe ich hinein. Es riecht nach Zedernholz. Ninas Garderobe, vorwiegend in langweiligen dunklen Farben gehalten, hängt der Länge nach arrangiert auf Bügeln. Dann bemerke ich einen Stapel gerahmter Poster, der gleich neben der Schranktür an der Innenwand lehnt und meine Neugier reizt. Ich klappe das erste zurück, um es mir anzusehen. Es ist ein Filmplakat von *Die Nacht der lebenden Toten*, der Originalfassung. Als ich die anderen Rahmen herausziehe, stoße ich auf jede Menge Klassiker: *Die Grube und das Pendel*, *Suspiria*, *Der Exorzist*, sogar *Carrie*. Die habe ich alle gesehen und toll gefunden – obwohl Viv Horrorfilme gehasst hat. Ninas sterile Wände ringsherum und dann diese bunten Filmplakate. Seltsam.

Ich mache den Schrank zu und sehe mir die zwanghaft geraden Reihen im Bücherregal an – die Titel sind sogar alphabetisch nach Autoren geordnet, stelle ich fest. Das meiste ist Belletristik, sowohl zeitgenössische Sachen als auch alter Kram, den ich aus der Schule kenne. Unter anderem entdecke ich eine zerlesene Ausgabe von *Ethan Frome*. Vielleicht kann Nina mir ja bei den Schularbeiten helfen. Im untersten Fach ragt ein roter Band über das Bord hinaus, der sofort mein Interesse weckt. Es ist das einzige Buch, das nicht in das obsessiv-zwanghafte Muster passt. Zu hoch und zu breit.

Ich bücke mich, um es herauszuziehen, und lausche dabei auf Ninas Schritte auf der Treppe. Alles, was ich höre, ist das an- und abschwellende Schnarchen von nebenan. Ich bekomme den roten Buchrücken zu fassen und angele es aus dem Regal.

FOWLER HIGHSCHOOL
JAHRBUCH DER RED RAMS

Jetzt bin ich neugierig, muss ich mir eingestehen. Ob hier auch ein zweiter Logan West existiert? Ich ziehe eine Grimasse. Vielleicht sieht er auf den Fotos ja aus wie der Volltrottel, der er ist. Und vielleicht erfahre ich mehr über meine neue beste Freundin Nina. Vielleicht sehe ich Viv. Mein Herz schlägt schneller vor Hoffnung, bis mir der ramponierte Schrein und das zerdrückte Gebüsch bei dem Strommast in *dieser* Welt einfallen. Ich muss die Augen schließen, bis sie aufhören zu brennen. Hier ist leider mehr gleich, als dass es Unterschiede gibt. Wozu dann der Scheiß? Ich greife wieder nach ihrem Cheerleader-Foto aus unserem Jahrbuch in meiner Hosentasche, aber das wurde in unserem ersten Jahr auf der Highschool gemacht. Das hier dagegen ist das Jahrbuch vom letzten Jahr, der vorletzten Klasse. Darin kommen wir beide sowieso nicht vor.

Ich blättere wahllos darin herum. Manche Fotos sind schwarz-weiß, manche farbig. Reihen um Reihen von Gesichtern wechseln sich mit zeitschriftenähnlichen Doppelseiten über *Das Leben in der Fowler High* ab.

Ich stutze.

Da ist Viv. In voller Farbe.

Ihr Lächeln ist so breit, dass es die ganze Seite einzunehmen scheint, und sie trägt ein seidenartiges, rotes Abendkleid, das sich um ihre Formen schmiegt, als wäre es ihr auf den Leib geschneidert worden. Leute stehen um sie herum und neigen sich ihr entgegen. Papierherzen sprenkeln den Hintergrund. In ihren hochgesteckten schwarzen Haaren sitzt ein Diadem, und sie steht unter einem Transparent mit der Aufschrift: »Valentinstagsball, die rote Königin mit dem roten König.« Tatsächlich, sie hat einen steif wirkenden Typen im Smoking untergehakt.

Ich starre darauf.

Das bin ich.

Ich lasse mich auf den Sitzsack sinken und versuche, die anderen Gesichter zuzuordnen – Tash Clemons in Rosa, Nikita Roberts in Weiß. Sie stehen dicht bei Viv, wie ihre Hofdamen oder so was Ähnliches. Mike verbirgt sich halb im Schatten rechts von mir, und eine Gruppe von weiteren Leuten drängt sich unterhalb der Bühne zusammen. Alle strahlen sie mit Viv um die Wette. Die Kopfschmerzen, die sich schon seit einer Weile ankündigen, explodieren in meinem Schädel. Alles verschwimmt vor meinen Augen.

Aber wir gehen doch nicht auf Schulbälle …

Wütend klappe ich das Buch zu.

Ich umklammere den festen Einband, als könnte ich durch Druckeinwirkung verändern, was ich darin gesehen habe – Viv und ich auf einem Ball, an dem wir nie teilgenommen haben, zum Königspaar der Liebe gekrönt von allen, die wir hassen? Ich schlage es erneut auf und blättere durch die Seiten, suche nach irgendetwas Vertrautem, irgendetwas Wahrem. Logans ätzendes Grübchengrinsen fliegt vorbei, woraufhin ich etwas langsamer zu dem Bild zurückblättere. Es gehört zu einer Doppelseite über das Footballteam der Rams.

Die Bildunterschrift lautet: »Die Kapitäne der Schulmannschaft«. Logan West und Rashad Davis, der viel gelobte Runningback aus der letztjährigen Abgangsklasse, sind dort in voller Montur zu sehen. Sie posieren auf dem Feld, die Helme in der Hand, und knien rechts und links von … mir.

Mir gehen die Augen über.

Ich stecke in unserem rot-weißen Trikot, halte einen Ball in der Hand und grinse wie ein Irrer. Die Aufnahme ist offensichtlich gestellt, denn nicht nur kniet Logan zu meinen

Füßen, ich mache auch ein Gesicht, als würde mir das Feld gehören. Mir wird ganz anders, bis mein Blick auf die Überschrift oben auf der Seite fällt: *»Fowler-Quarterback spielt Rekordsaison nach verheerender Verletzung.«*

Ich versuche zu schlucken, aber mein Mund ist staubtrocken. Dann überfliege ich den Artikel, wobei meine Augen zwischendurch zu den anderen Fotos hinschnellen. *»Camden Pike ... rechtes Bein zerschmettert ... Eröffnungsspiel zum Schulanfang im vergangenen Jahr ...«* Daneben ein Schnappschuss von mir wie ich über meine Schulter gucke und den Linebacker nicht sehe, der mit vollem Tempo auf mich zugerast kommt. Ich fühle mich zu dem letzten Moment meines letzten Spiels zurückversetzt und ziehe mein schmerzendes Knie an meine Brust.

Ein einziger Moment, das hat ausgereicht. Danach drehte sich mein Leben nicht mehr um Stundenpläne und Trainingseinheiten, sondern wurde zu einem verschwommenen Albtraum aus Schmerz, unterbrochen von Morphiumdosen. Die Ärzte sagten, ich würde wieder laufen können, aber die Saison ging ohne mich weiter. Manchmal gewann die Mannschaft sogar mit Logan. Ich war nicht mehr von Bedeutung. Nichts war mehr von Bedeutung.

Mit zitternder Hand streiche ich über das Kapitänsfoto, habe fast Angst, es zu berühren.

Zwischen meinen Fingern erhasche ich einen Blick auf Viv an der Seitenauslinie, ganz Puschel und Pferdeschwanz und knackig sitzende Uniform ... Das dumpfe Ziehen wandert von meinem Knie hinauf in meine Leistengegend.

»Hey, ich dachte, ich sehe mal nach, ob du Hunger ...«

Nina hält inne, als sie das Buch auf meinem Schoß bemerkt, und macht die Tür zu.

»Das ist mein Jahrbuch«, sagt sie.

»Ganz offensichtlich ist es nicht meins.«

Sie lehnt sich unbehaglich an den Schreibtisch.

»Ist schon komisch.« Ich stehe auf und halte ihr das Foto unter die Nase. »Dein bester Freund ist der Mannschaftskapitän, er ist der verdammte rote König, und seine Cheerleader-Liebste wird von der ganzen Schule beneidet.«

»Sprich leiser«, zischt Nina.

»Wolltest du deshalb nicht, dass ich hier durch die Gegend laufe?«, frage ich. »Aus Angst, ich könnte jemandem begegnen, obwohl ich doch so kein bisschen bin wie *er*?«

Mein Bein pocht. Ich starre sie wütend an, doch sie erwidert meinen Blick nicht, antwortet nicht. Da stoße ich sie zur Seite und mache, dass ich hier rauskomme.

»Du kannst jetzt nicht ...«

»Scheiß drauf.«

»Nein, meine Tante!«

Ich bin schon halb durch den Flur, als ich höre, wie hinter mir eine Tür aufgeht und eine schläfrige Stimme ruft: »Nina, was machst du? War das eben nicht ...?«

Schon bin ich die Treppe hinunter und draußen, sodass ich die Antwort nicht mehr mitbekomme.

Die Morgenluft ist noch frisch, aber es sieht aus, als würde die Sonne bald durch die Wolken brechen. Erst am Ende der Genesee Street merke ich, dass ich immer noch Ninas Jahrbuch in der Hand halte. Zuerst will ich es in den nächsten Vorgarten schleudern, doch dann drehe ich es hin und her, starre auf den roten Ledereinband und klemme es mir unter den Arm. Ich bin nicht bereit, etwas loszulassen, das ein so schönes Foto von Viv enthält, egal, wie bestürzend es war, es zu sehen. Sie wirkt darauf glücklicher, als ich sie je erlebt habe – am Arm ihres gefeierten Quarterbacks. Mir wird schwer ums Herz bei dem Gedanken, und ich muss mir fest auf die Lippen beißen, um mich ans Atemholen zu erinnern. Ich suche die Straße ab, aber es kommt mir niemand entgegen, was echt schade ist, denn ich möchte zu gern jemanden anbrüllen, dass er sich verpissen soll. Mein anderes Ich wird schon damit klarkommen. Der Kerl hat Glück genug im Leben.

DREIZEHN

An der Decke meines Zimmers ist ein kreisförmiges Mal, das an den Planeten Jupiter erinnert und auch so einen großen roten Fleck hat. Ich starre schon den ganzen Tag darauf, seit ich mich durch das gruselige grüne Licht zurückbugsiert und es nach Hause geschafft habe. Wenn ich ihn weiter beobachte, wird er bestimmt bald anfangen, seine Umlaufbahn durch mein Zimmer zu ziehen.

Heute käme mir das noch nicht mal besonders eigenartig vor.

Mein Handy klingelt direkt neben meinem Ohr. Ich taste unter meinem Kopfkissen herum.

»Hallo?«

»Camden? Wo bist du? Deine Schicht hat vor zwanzig Minuten angefangen.«

Ich sehe zum Fenster hinaus. Es fängt schon an zu dämmern.

»Scheiße.«

»Wie bitte?«

»Verzeihung, Sir.«

Benommen starre ich auf meinen Kleiderschrank, während ich versuche, mir eine Entschuldigung einfallen zu lassen. Ein paar T-Shirts und Hemden hängen noch auf Bügeln, aber die meisten meiner Klamotten quellen heraus und ergießen sich lawinenartig auf den Boden. Ein weißer Ärmel ragt wie eine Kapitulationsfahne ganz hinten heraus.

Er gehört zu einem weißen Trikot mit einer großen roten Nummer fünf darauf. Mein Griff um das Telefon wird eisern. Mein anderes Ich hat es irgendwie geschafft, diese Nummer wieder zu tragen.

»Ich kündige.«

Ich lege auf und schalte das Handy aus. Es ist viel leichter, Leute abblitzen zu lassen, wenn man sich nicht ihr Gemecker anhören muss.

Ich schiebe den Klamottenberg in den Schrank und lehne mich gegen die Tür, damit ich dieses rot-weiße Trikot nicht sehen, nicht an ihn denken muss. Wie habe ich – er – es nur geschafft, wieder Football zu spielen? Wir hatten bestimmt nicht die gleiche Verletzung, das muss es sein. Die Schmerzen waren … Na schön, ich war so zugedopt, dass ich mich kaum an die Schmerzen erinnern kann. Doch an dem ersten Tag, als sie mich zwangen, mit der Physiotherapie anzufangen, waren schon die einfachsten Gehversuche schlimmer als alles, was Coach Reed uns je im Training zugemutet hatte.

Die Ärzte sagten, es sei unwahrscheinlich, dass ich je wieder spielen könne. *Unwahrscheinlich* – vergiss es, Junge, deine Laufbahn ist beendet. Viv war dabei, sie hat meine Hand gehalten, als sie es mir sagten. Ich habe mich zusammengenommen, bis sie alle gegangen waren, bevor ich zusammenbrach, und sie ist daraufhin ganz vorsichtig zu mir ins Bett geklettert. Sie hat mir über die Haare gestreichelt, zotteliger als seit Monaten, und gesagt, sie gefielen ihr länger besser. Dann hat sie ihre Wange an mein Gesicht geschmiegt und mich getröstet. *»Wer braucht schon Football, solange wir uns haben?«*

Sie blieb an meiner Seite, Tag und Nacht, während alles um uns herum den Bach runterging. Dad zog im selben Monat aus. Mom verwandelte sich in einen noch übleren

Workaholic-Zombie. Das Team verpasste den Saisonsieg ohne mich.

Aber ich hatte immer noch Viv.

Ninas Jahrbuch liegt am Fußende meines Betts. Ich schlage es bei dem Foto von dem roten Königspaar auf und fahre mit der Fingerspitze Vivs Schönheitsköniginnenlächeln nach. Sie hat mit dem Cheerleading erst aufgehört, als ich mit dem Football aufhörte. Sicher war ihr nicht klar, dass es sie ihre Freundinnenclique kosten würde, wenn sie sich für mich entschied. Und nun, da ich das hier sehe … Es ist, als würde dieses Foto ihr ihren rechtmäßigen Platz in der Welt zurückgeben.

Ich frage mich, ob sie so glücklicher war.

Irgendwann gegen zehn weckt mich mein Magen. Ich drehe den iPod auf und versuche, das unglückliche Knurren zu überhören, doch nach einer Weile fühlt es sich an, als würde er sich selbst annagen, also taumele ich in die Küche. Im ganzen Haus ist es dunkel. Kein Wagen in der Einfahrt. Entweder ist Mom im Büro eingeschlafen, oder sie arbeitet noch. Es steckt kein Zettel in der Obstschale.

Ich hole die Packung mit Toasty-O's-Kringeln aus dem Schrank, aber es liegen nur noch ein paar vereinzelte, pappige Os unten auf dem Boden. Als Nächstes durchwühle ich Speisekammer und Kühlschrank, bis ich ein paar vereiste Waffeln ganz hinten im Gefrierfach finde, hinter einer Forelle in einem Ziploc-Beutel, die noch von meinem letzten Ausflug mit Dad an den See stammt. Eindeutig über dem Verfallsdatum. Ich toaste die gelben Waffelscheiben, bis sie essbar sind, klatsche Erdnussbutter darauf, die irgendwie nie schlecht zu werden scheint, und schlurfe zurück Richtung Bett.

Auf dem Weg durchs Wohnzimmer bemerke ich, dass das

Nachrichtenlämpchen am schnurlosen Telefon blinkt. Ich lecke die Erdnusscreme von meinen Fingern und spule die Nachrichten ab, eine von der Schulsekretärin wegen meines Schwänzens, eine von meinem neuen Exchef und zwei von Dad, die ich sofort lösche, ohne sie anzuhören. Ich setze die Anrufanzeige auf null und gehe zurück zur Obstschale.

Hallo, Mom,
bin zu Hause geblieben, weil mir nicht gut war. Geht jetzt besser. Brauche eine Entschuldigung für morgen.
Cam

In meinem Zimmer kicke ich das Jahrbuch unters und werfe mich aufs Bett. Die Bettwäsche muffelt ein wenig. Weil ich vorhin in meiner Jeans eingeschlafen bin, schneidet sie mir jetzt in den Schritt, sodass ich sie ausziehe und nur noch Boxershorts anhabe. Ich drehe das Kissen herum und versuche, nicht zu denken. Nicht an grüne Lichter, nicht an Nina, Football, Viv oder irgendetwas, das gewesen sein könnte. Auf dem iPod klicke ich etwas mit vielen Bässen und ohne Worte an.

Ich bin fast eingeschlafen, als das Schlagzeug auf einmal zu heftig und irgendwie unrhythmisch trommelt. Das nervt, weil ich das Stück gerne mag, doch so plötzlich, wie es angefangen hat, hört es auch wieder auf. Ich rolle mich an die Wand, da geht das Gewummere wieder los, scheppert in meinen Ohren und dröhnt sogar durch meine Schulterblätter hindurch. Ich drücke die Pausetaste. Der komische Beat setzt wieder ein, er kommt von dem Fenster über meinem Kopf und hat etwas sehr Dringliches – vier Schläge, dann zwei, dann drei. Mir gefriert das Blut in den Adern.

So haben Viv und ich uns immer beieinander angekündigt.

Ich reiße den Vorhang zur Seite – und erblicke Ninas Gesicht hinter der Scheibe. Meine Lunge dehnt sich, Luft strömt wieder durch meine Brust.

Immer Nina, niemals Viv.

Ich lasse das Bettlaken los, das ich in der Faust zusammengeknüllt habe, und werde im gleichen Maß wütender, wie mein Schock nachlässt. Schnaubend öffne ich das Fenster.

»Was willst du?«

»Wir müssen miteinander reden. Lass mich rein.«

»Warum gibst du dich mit mir ab? Rede doch mit *ihm*.«

Sie verdreht genervt die Augen. »Lass mich einfach rein.«

»Niemand kommt durch dieses Fenster ohne den Zoll von mindestens zwei Zigaretten«, fahre ich sie an. Bei der Erinnerung an Viv, wie sie den Vorhang mit zwei Zigaretten zwischen den Lippen beiseiteschiebt, wünschte ich, ich hätte nichts gesagt.

Nina geht sowieso nicht darauf ein, sondern klettert über die Fensterbank auf mein Bett, als hätte sie das schon öfter gemacht. Sie trägt hohe braune Stiefel und eine warm aussehende Strumpfhose, was ich kaum übersehen kann, da ihr Rock bei der Aktion hochrutscht.

»Du rauchst nicht«, erwidert sie, richtet sich auf und zieht ihren Rock herunter.

»Tatsächlich.« Ich verschränke die Arme. »Und was weißt du sonst noch alles über *mich*?«

Sie wird rot.

Ich durchbohre sie mit meinem Blick, wie ich es immer bei Viv gemacht habe, wenn ich darauf aus war, einen Streit zu gewinnen. Sie hält nicht lange durch – sie kann Viv nicht das Wasser reichen.

»Gott …« Sie gerät ins Stocken. »Du bist anders, und trotzdem bist du manchmal genau wie er.«

»Der Typ hat mein Gesicht, aber das ist auch alles«, murmele ich.

Ich warte darauf, dass sie sich hinsetzt, um zu reden, aber sie bleibt stehen. Mit geradem Rücken, als wollte sie eine Ansprache halten. Meine Augen folgen ihren zu dem umgekippten Schreibtischstuhl, der kaputten Anlage und dem Mist auf meinem Schreibtisch, der den Laptop unter sich begräbt. Sie steht auf der einzigen freien Stelle des grünen Teppichbodens, obwohl ich bei genauerem Hinsehen feststelle, dass sich dort lauter Krümel tummeln. Ihr Blick wandert zu mir, dann wieder nach unten. Ich wünschte, ich hätte ein T-Shirt an. Und die Bettwäsche gewechselt.

»Also«, sagt sie, »ich bin nur hergekommen, um dir zu sagen, dass du nicht wieder da durchgehen sollst – durch dieses Ding. Es ist nicht sicher.« Sie reibt sich über den Handrücken, als wollte sie ein unangenehmes Gefühl abstreifen.

»Das grüne Lichtding? Das hatte ich auch nicht vor.«

»Gut«, erwidert sie steif. »Ich weiß nicht, was es ist und wie es dorthin gekommen ist, aber mein Gefühl sagt mir, dass wir nicht weiter damit herumspielen sollten.«

Ich sehe sie skeptisch an. »Du bist hindurchgegangen, nur um mir das zu sagen?«

»Ja, schon …« Sie zögert, dann wendet sie sich brüsk zum Fenster um. »Okay, ich gehe dann mal wieder.«

»Warte!« Ich halte sie am Arm fest, woraufhin wir beide verdutzt auf meine Hand starren und ich sie schnell wieder loslasse. »Es gibt da etwas, das ich wissen muss.«

»Je weniger du weißt, desto besser.«

»Du hast dir meine Frage ja noch nicht mal angehört.«

»Vertrau mir, sie bringt dich nicht weiter.«

Eiskalte Luft strömt durch das offene Fenster herein, sodass ich eine Gänsehaut bekomme, aber bei dem Zustand meines Zimmers kann die frische Luft wohl nicht schaden. Ich entdecke mein schwarzes Hoodie, das zwischen Wand und Bett eingeklemmt ist, zerre es heraus und streife es über. Nina beobachtet mich, während ich es über die Brust herunterziehe, und ihre Wangen färben sich rosa. Ich zeige auf den umgekippten Schreibtischstuhl, damit sie sich setzt, doch sie rührt sich nicht. Ihr Blick ist ausdruckslos. Es ärgert mich, dass ich nicht erraten kann, was sie denkt; bei Viv konnte ich das immer.

Ich rutsche vom Bett, schüttele ein altes Paar Jeans vom Stuhl herunter und drehe ihn um.

»Bitte«, fordere ich sie auf.

Sie seufzt. »Was willst du wissen?«

Ich lasse mich zurück aufs Bett sinken, froh, dass wenigstens meine Boxershorts sauber sind.

»Ich konnte nicht mehr Football spielen seit … meiner Verletzung.« Es laut auszusprechen bewirkt ein Brennen in meiner Kehle. »Wie … wie hat er es dann geschafft?«

Sie reibt sich nachdenklich die Schläfe.

»Er wollte zuerst auch nicht mehr spielen«, beginnt sie langsam. »Nachdem er mit den Ärzten gesprochen hatte, gab er auf.«

Ich beuge mich gespannt vor. So weit kenne ich die Geschichte.

»Und was dann? Was ist passiert?«

»Ich weiß es nicht.« Sie zuckt die Achseln. »Er hat seine Meinung geändert.«

»Irgendwas muss bei ihm anders gewesen sein – vielleicht war er nicht so schwer verletzt?«

Sie schüttelt den Kopf, geht ein paar Schritte hin und her und lässt sich auf dem Drehstuhl nieder. Ihre Miene bleibt undurchdringlich, außer dass sie die Lippen schürzt, als würde sie abwägen, was sie sagen soll und was nicht.

»Nein, es war schlimm. Er lag mit Owen im selben Krankenhauszimmer, ich war dabei.« Sie sieht mir in die Augen. »Es war einfach … An einem Tag hatte er noch aufgegeben und am nächsten … Ich kam herein, um Owen zu besuchen, und ihr beiden – die beiden saßen zusammen im Bett und unterhielten sich angeregt über Football.«

»Owen war im Krankenhaus?«

»Er hat Diabetes«, murmelt Nina. »Er war sehr krank.«

Irgendetwas passt da immer noch nicht zusammen. Ich taxiere sie, suche nach einem Hinweis. Sie spielt mit ihrem Rocksaum, aber ihre Augen sind unverwandt auf mich gerichtet.

»Hm. Du bist also meine beste Freundin und hast keine Ahnung, wie es dazu kam, dass ich das Footballspielen wieder aufgenommen habe?«

»Nein. Ich habe dich damals noch nicht so gut gekannt.« Sie errötet wieder. »Aber ich weiß, dass du, wenn du dir etwas vorgenommen hast …« Sie hält kurz inne. »Das macht dir so schnell keiner nach.«

Ich blicke in meine offenen Handflächen. Mein Vater hat früher mal so etwas Ähnliches über mich gesagt. Aber dieser Kerl, dieses Ich, fährt immer noch mit seinem Dad an den See. Er ist Mannschaftskapitän. Ich versuche, mir den roten König in diesem Krankenhauszimmer vorzustellen, sehe aber nur mich selbst. Es gab dort ein leeres Bett hinter einem Vorhang … Mom hat ein paar Mal darin geschlafen, bevor sie wieder zur Arbeit ging. Dad hat verlegen darauf gesessen und mir Gummibärchen angeboten. Viv ist immer zu mir unter die Decke gekrochen. Niemand sonst hat das gemacht, schon gar nicht Ninas Bruder.

»Er ist wirklich wild auf Football, Owen, was?«

»Wenn er auf die Highschool kommt, will er genauso werden wie …« Sie unterbricht sich.

Wir sehen beide verlegen weg. Wenn ich eines sicher weiß, dann dass dieser Junge nicht so werden will wie ich.

Sie steht auf und geht wieder zum Fenster. »Ich muss zu ihm zurück. Mach's gut, Cam.«

»Warte mal, brennst du nicht darauf, alles über dein anderes Ich zu erfahren?«

Sie dreht sich halb um. »Eigentlich nicht.«

Ich starre sie an und werde nach wie vor nicht aus ihr schlau. Sie muss schauspielern. Wer würde sich nicht für scin Parallelleben interessieren?

»Also, ich tippe mal darauf, dass du nicht in einem Diner jobbst, aber hier habe ich dich in einem gesehen. Du bist herumgeflitzt, hast Bestellungen aufgenommen, ganz der freundliche Service mit strahlendem Lächeln.«

Ich warte auf eine Reaktion, vielleicht sogar ein Lachen, weil ihr das so gar nicht ähnlich sieht, aber sie steht nur in der Eiseskälte am Fenster und regt sich nicht.

»Sie ist nicht ich.«

»Du gehst nicht auf meine Schule, falls du dich das gefragt hast.«

»Ich will es nicht wissen.«

»Bist du denn kein bisschen neugierig?«

Sobald die Frage heraus ist, merke ich, wie neugierig ich selbst bin. Warum ist die Nina, die vor mir steht, so düster, während das Mädchen im Diner ständig gelächelt hat und es allen recht machen wollte? Was ist bei ihr anders? Wenn Camden Pike in ihrer Welt alles hat, was man sich wünschen kann, sollte das nicht auch für sie gelten?

»Hör mal, ich muss gehen. Owen wartet auf mich«, sagt

sie. »Du wirst auch wirklich nicht mehr durch das Licht kommen?«

Stumm schüttele ich den Kopf.

»Okay. Ich wollte nur … ich wollte mich nur verabschieden.«

Sie kommt auf mich zu, zögert, stellt dann einen Stiefel aufs Bett und klettert über mich hinweg, wobei ihre langen Haare meinen Hals streifen. Sie schwingt die Beine aus dem Fenster, und ich höre trockenes Laub knistern, als ihre Füße auf dem Boden auftreffen. Ich recke mich und will ihr noch etwas hinterherrufen, sie zum Beispiel fragen, wo ihre Eltern sind oder warum sie Poster von Horrorfilmen in ihrem Kleiderschrank versteckt, aber als ich aus dem Fenster spähe, ist sie schon in der Nacht verschwunden.

VIERZEHN

Dr. Summers hat heute unaufhörlich über Tiefenatmung geredet, sodass ich mich richtig zwingen musste, sitzen zu bleiben und den Teppich anzustarren. Als ich nach Hause komme, finde ich wieder den Pizza-Zettel in der Obstschale. Ich stecke das Geld ein und halte mich nicht damit auf zu antworten. Dann schalte ich den Fernseher an und zappe herum, bis ich auf eine Reportage über Motocross stoße. Es geht doch nichts über einen Freitagabend allein, an dem man gemütlich zusieht, wie andere auf zwei Rädern durch den Schlamm dreschen.

Allerdings ist das gar nicht das Thema. Da ist so ein Typ, der mit seiner Maschine auf dem Hinterrad herumjumpt, das aber in der Stadt, wo er auf Laderampen springt und über stehende Autos hinwegbrettert. Er vollführt so irrsinnige Kunststücke, bei denen er das Motorrad von einer Rampe jagt, sich in der Luft dreht und dann tadellos auf dem mit Müll übersäten Straßenpflaster landet. Zum Schluss zeigen sie, wie er sein Bike in einen Lastenaufzug schiebt und hinaus auf das Flachdach eines alten Backsteingebäudes saust. Er springt auf die Dachkante und macht sich daran, einmal ganz herumzufahren. Die Kamera zoomt auf das dreckige Pflaster acht Stockwerke darunter, und als sie wieder nach oben schwenkt, hat die Wartungscrew das Vorderrad seines Bikes entfernt. Mir wird schon beim Zusehen übel. Eine falsche Bewegung nach links, und der Junge stürzt auf diesem kostspieligen Blechgeschoss in den Tod. Doch er vollendet die Runde auf dem Hinterrad, wackelt nur ganz leicht an den Ecken und springt zu tosendem Applaus aus dem Sattel. Meine Handflächen sind schweißnass.

Ich sollte wohl darüber staunen, was der Schwachkopf dort geleistet hat, aber ich kann nur daran denken, was alles hätte passieren können. Was, wenn er mit seiner Hose wo hängen geblieben und vom Motorrad gefallen wäre? Wenn der Wind sich gedreht oder er nur einmal unglücklich gezuckt hätte? Was wäre gewesen, wenn *ich* anders gehandelt hätte? Wenn ich das Feuerzeug nicht hätte fallen lassen – oder überhaupt nie mit dem Rauchen angefangen hätte? Wäre alles anders gekommen, wenn ich Nina und ihrem Bruder begegnet wäre? Oder wenn Viv mit Logan zusammengeblieben wäre? Was wäre gewesen, wenn ich nicht mit dem Football aufgehört hätte und sie Cheerleader geblieben wäre? Was, wenn wir uns nie kennengelernt hätten? Wäre sie noch hier, glücklich und lebendig?

Ich wünschte, ich hätte Ninas blödes Jahrbuch nie aufgeschlagen.

Ich schalte den Fernseher aus und gehe in mein Zimmer.

Wer weiß, vielleicht ist das Leben des anderen Cam gar nicht so toll, wie es den Anschein hat … Der Typ muss doch irgendeine Schwäche haben. Perfektes Leben, perfektes Team, perfekte Freundin – mein Atem stockt, Tränen schießen mir in die Augen, als mir die zerfledderten Überbleibsel der Gedenkstätte auf seiner Seite wieder einfallen.

Er hat alles anders gemacht und sie trotzdem verloren.

Aber er hat sie offenbar nicht zu würdigen gewusst. Nicht so wie ich.

Ich mache das Licht an und knie mich hin, um unters Bett zu schauen, wo sich diverse Gegenstände wie Treibholz angesammelt haben. Da sind meine alten Kopfhörer, um eine übel aussehende Socke gewickelt. Ich ziehe das ganze Knäuel vorsichtig an dem Kabel heraus und bringe – zusammen mit meinem Schülerausweis vom ersten Highschool-Jahr, einem Essstäbchen, einem CD-Rohling und jeder Menge Staub – auch das Jahrbuch in rotem Leder wieder zum Vorschein. Niesend werfe ich mich aufs Bett und öffne den Buchdeckel.

Auf der ersten Seite ist ein Foto von der Fowler High in ihrer ganzen architektonischen Pracht der 1960er Jahre. Die Adresse steht darunter, während der Rest der Seite frei ist. Ich will gerade umblättern, als mir etwas ins Auge fällt. Auf der Innenklappe, ganz unten in die Ecke gequetscht, steht etwas Handgeschriebenes.

Als ich es mir genauer ansehe, erkenne ich meine eigene Schrift wieder!

Der Typ hat also nicht nur mein Gesicht, sondern auch meine Handschrift. Toll.

N.,
du hast mir das Leben gerettet.
C.

Ich lese die Botschaft noch einmal. Nina hat mich gerettet? Vor was? Ich kann es noch so oft lesen, es ergibt keinen Sinn. Okay, mein Bein ist beim ersten Saisonspiel zertrümmert worden, aber ich war nie wirklich in Lebensgefahr. Das einzige Mal, dass ich nahe dran war …

Schluckend blättere ich durch die Seiten, finde aber keine weitere Notiz mehr. Die Doppelseite mit dem Valentinstagsball überspringe ich, weil ich es nicht ertragen könnte, Viv noch einmal in diesem Kleid zu sehen. Hinten gibt es ein Namensregister mit Angabe der Seiten, auf denen die betreffende Person abgebildet ist. Ich überfliege die Namen, sehe, dass neben Pike und Hayward jeweils eine ganze Reihe von Zahlen steht, und stoße schließlich auf *Larson, Nina, Seite 32*.

Die Seiten kleben bei den Klassenfotos zusammen, aber ich finde sie, zweite Reihe von oben, sie sieht in die Kamera, als hätte der Fotograf ihr gerade »Lächeln!« zugerufen und bringt einfach keines zustande. Wenigstens etwas Vertrautes in diesem Buch. Trotz ihres Gesichtsausdrucks ist es eigentlich ein hübsches Foto. Ihre Haare sehen anders aus in Schwarz-Weiß, etwas heller. Ihr Mund ist ernst, aber nicht verkniffen. Ich ertappe mich bei dem Wunsch, sie besser kennenzulernen oder zumindest zu erfahren, wie wir uns angefreundet haben.

Ich klappe das Buch zu und presse meine Handballen gegen die Augen, bis ein Wirbel aus Farben hinter meinen Lidern tanzt.

Dann ziehe ich mich an.

Ich habe nie gesagt, dass ich nicht wieder durch das grüne Leuchten gehen würde. Nun stehe ich halb verborgen hinter dem Schrein und nehme all meinen Mut zusammen, um die Hand in die Nachtluft auszustrecken. Ich blicke flüchtig zu dem vernagelten Kunstsaalfenster hinauf, dessen Scheibe eindeutig noch nicht ersetzt worden ist, und beiße mir auf die Lippen. Nina hat recht, wahrscheinlich sollten wir nicht mit diesem Phänomen herumspielen, was immer es auch ist. Aber ich muss wissen, was diese Widmung bedeutet. Ich selbst hätte sie nie geschrieben, warum dann er? Was ist da passiert?

Durch ein seltsames überirdisches Licht zu gehen ist verdammt viel leichter, wenn man weiß, was einen auf der anderen Seite erwartet. Von dem elektrischen Kribbeln unter der

Haut wird mir diesmal nur ganz leicht übel, allerdings muss ich mich ein wenig ducken, um durch das Lichtfeld zu passen, und ich kann mich nicht erinnern, dass das zuvor so war.

Auf der anderen Seite hocke ich mich neben das Gebüsch und warte, dass mein Magen sich beruhigt. Ninas Jahrbuch klemmt unter meinem linken Arm. Dann drehe ich mich um, um mich zu orientieren und davon zu überzeugen, dass ich auch wirklich dort bin, wo ich zu sein glaube. Das Fenster des Kunstsaals ist wundersamerweise wieder ganz, und von Vivs Schrein sind nur noch ein paar Spuren vorhanden. Ich streiche über das schmutzige weiße Band um den Mast, woraufhin es als schlaffer Ring zu Boden fällt. Ein Teil eines Kerzenstumpfs klebt noch auf dem Gehweg, Papierschnipsel hängen am Holz. Man sieht noch, dass hier mal eine Gedenkstätte war, könnte jedoch nicht mehr sagen, für wen.

Wenn *er* jetzt hier auftauchen würde, würde ich ihn windelweich prügeln. Viv ist an dieser Stelle gestorben, und er kann noch nicht mal ihr Andenken ehren, indem er ihren Schrein instand hält? Ich schäme mich vor mir selbst, weil ich ihn um seinen Erfolg beneidet habe. Er hat eine schwere Verletzung überstanden, die ihn beinahe zum Krüppel gemacht hätte, hat seinen Ruhm und seine Footballkarriere gerettet – aber was zählt das alles, wenn er das Wertvollste, was er hatte, nicht zu schätzen wusste?

Das Blut rauscht in meinen Ohren, und ich sehne mich verzweifelt danach, Viv an mich zu drücken, damit sie diesen unaufhörlichen Schmerz spüren kann, der durch meinen Körper pulsiert, seit ich all das Blut und das zerbrochene Glas gesehen habe. *Ich* will sie zurückhaben. *Ich* lebe mit der Leere ihrer Abwesenheit. *Er* dagegen vermisst sie noch nicht einmal!

Ich nehme das Jahrbuch fest in die Hand und marschiere im Schnellschritt auf Ninas Haus zu. Wenn er ihr bester Freund ist, will ich wissen, warum. Ich will wissen, warum sie es für nötig hielt, diesem Arschloch das Leben zu retten.

Ich bin halb durch die Euclid Street, als ich an der Ecke zur Belleview stehen bleibe. Vivs Straße. Ich sehe ihr Haus in Gedanken vor mir, lang gestreckt und weiß, das vorletzte in der Reihe. Vor ihrem Fenster standen Wachholderbüsche. Meine Füße steuern wie von selbst darauf zu, ich könnte mit geschlossenen Augen dorthin finden. Ich möchte nur kurz einen Blick darauf werfen, möchte in der Nähe von etwas sein, das beweist, dass sie hier war.

Die Straße liegt überwiegend im Dunkeln, ich habe keine Ahnung, wie spät es ist. Hier und dort flimmert ein Fernseher oder brennt ein Verandalicht, aber ich höre keine Autos und nicht mal einen Hund bellen. Ohne aufzusehen, weiß ich es, als ich vor Vivs Elternhaus stehe. In unserem ersten Jahr auf der Highschool ließ die Stadt hier den Bürgersteig neu machen, und wir haben uns mitten in der Nacht hinausgestohlen und unsere Initialen in den noch feuchten Zement geritzt: V.H. + C.P. Die Buchstaben sind jetzt genau unter meinen Füßen. Von dieser Stelle aus sehe ich Vivs Fenster, jedoch nicht die Haustür, die hinter einer großen Trauerweide verborgen ist. Wenn Viv mir signalisierte, dass die Luft rein war, bin ich heimlich zu ihr hineingeklettert oder habe ihr hinausgeholfen. Ihre Eltern mochten mich zwar ganz gern, glaube ich, aber so ging es unkomplizierter und schneller. Kein Small Talk oder Ermahnungen, zur festgesetzten Zeit zu Hause zu sein, nur wir beide, allein.

Ich hebe den Kopf.

Es brennt Licht in ihrem Zimmer.

Mir bleibt das Herz stehen.

Der Gedanke macht mich fertig, dass da jemand in ihren Sachen herumstöbert. Räumen sie etwa das Zimmer aus? Machen ein Büro daraus? Ein Gästezimmer? Ich stelle mir vor, wie Vivs Allerheiligstes entweiht wird, wie ihre Lieblingszitate und -fotos von den Wänden genommen werden. Mir ist schlecht. Ich frage mich, ob ihr Parfum noch an ihren Kleidern hängt. Ehe ich einen Entschluss fassen kann, habe ich auch schon halb den Rasen überquert.

Leise krieche ich in die Wachholderbüsche, damit mich von drinnen niemand entdeckt. Ich habe Mr und Mrs Hayward seit der Beerdigung nicht mehr gesehen und gehofft, ihnen nie mehr begegnen zu müssen.

Jemand ist dort drinnen, ich erkenne eine Gestalt auf ihrem Bett.

Ich schleiche mich zur Fensterecke und spähe hinein.

Mir stockt der Atem. Ein Mädchen sitzt mit dem Rücken zu mir auf Vivs Bett. Sie ist dünn und hat kurz geschnittene schwarze Locken. Offenbar telefoniert sie, dabei malt sie mit dem Finger Kreise auf die Steppdecke. Hin und wieder nickt sie, aber falls sie etwas sagt, ist es zu leise, als dass ich es durch die Scheibe hören könnte. Sie trägt Rot und Weiß, und ihre langen Beine sind unter einem kurzen Faltenrock zum Schneidersitz gekreuzt.

Nachdem sie noch ein paar Mal schnell genickt hat, lässt sie das Handy auf die Decke fallen und wischt sich das Gesicht ab. Kurz darauf schwingt sie ihre Beine über die Bettkante und beginnt, sich auszuziehen. Ihr Outfit ist eine Red-Rams-Cheerleader-Uniform. Sie legt sie ab, fügt Oberteil und Rock dem Klamottenberg auf dem einzigen Stuhl im Zimmer hinzu und tauscht sie gegen einen zerknitterten rosa Pyjama. Seitlich unten am Rücken hat sie ein kleines Muttermal. Es sieht aus wie ein geschliffener Diamant – das weiß ich, ohne es näher in Augenschein nehmen zu müssen, denn ich habe es oft genug geküsst wie die heiligste Stelle auf Erden. Als sie sich umdreht, stürzt meine Welt von Neuem ein. Die schwarzen Locken, die ihr früher über den Rücken fielen, ringeln sich jetzt auf Kinnlänge und werden von einem roten Band zurückgehalten. Ihr Gesicht ist schmaler und ein wenig fleckig, die dunklen Augen sind gerötet. Doch die schön geschwungenen Augenbrauen, die ich immer mit dem Daumen nachgezeichnet habe, sind unverändert.

Ich bekomme keine Luft. Benommen sehe ich zu, wie sie in den Pyjama schlüpft, und es gibt nicht den geringsten Zweifel mehr. Drei Jahre habe ich damit zugebracht, mir jedes Detail dieses Körpers, dieses Gesichts einzuprägen, und die vergangenen zwei Monate damit, mir wie wahnsinnig zu wünschen, das alles nur noch ein einziges Mal sehen zu dürfen.

Ich schlage gegen die Scheibe und brülle ihren Namen.

»Viv!«

FÜNFZEHN

Ich werfe mich gegen das Fenster, hämmere und schreie. Weiß nicht mal, was ich da rufe. Ich traue meinen Augen nicht – ich muss zu ihr, muss sie berühren, sie in die Arme nehmen.

Sie macht einen erschrockenen Satz vom Bett weg und klammert sich dabei an eine Wolldecke. Ihr Blick schnellt durchs Zimmer, und als er sich auf die vibrierende Fensterscheibe richtet, grinse ich.

»Viv! Ich bin es, Viv! *Ich*!« Ich will das Fenster aufdrücken, doch es ist verriegelt, also hüpfe ich nur auf und ab wie ein Irrer.

Ihre dunklen Augen begegnen meinen Augen. Ihr Gesicht wird weiß wie ein Laken.

Sie zieht die Decke an ihre Brust und weicht zur Wand zurück. Ihre Lippen bewegen sich kaum merklich, aber ich glaube, meinen Namen ablesen zu können, bevor ihr Mund aufhört zu zucken und zu einem Schrei aufgerissen wird.

Das Geräusch dringt durch das Glas, durchdringt meine Brust, sodass ich das Gefühl habe, in die Dunkelheit geschleudert zu werden. Sekunden später kommt ihr Vater zur Tür hereingestürmt und sieht genauso panisch aus wie Viv, die zitternd auf dem Boden zusammengebrochen ist. Mrs Hayward folgt ihrem Mann auf dem Fuß und hockt sich neben Viv, die ihre Knie umfasst hält und weinend den Kopf schüttelt.

Mein Hirn fühlt sich wie Brei an, meine Glieder sind bleischwer. Ich starre auf Vivs tintenschwarze Locken, während ihre Mom ihr beruhigend den Rücken reibt. Viv hebt den Kopf und späht zaghaft über ihre Knie hinweg zum Fenster. Ich weiß, dass sie mich jetzt dort, wo ich stehe, nicht sehen kann, und beobachte, wie Enttäuschung und Erleichterung in ihr miteinander ringen. Mr Haywards Stimme dröhnt durchs Zimmer, dann eilt er zielstrebig hinaus. Die Außenbeleuchtung geht an und erhellt den Rasen. Adrenalin schießt durch meine Adern. Alles, was ich will, ist hineinlaufen, Viv in meine Arme ziehen und ihr sagen, dass sie jetzt in Sicherheit ist und uns nichts mehr trennen kann. Doch irgendetwas in ihrem furchtsamen Gesicht hält mich im Dunkeln zurück. Die Haustür knallt zu, woraufhin jede Faser meines Körpers mich zur Flucht drängt.

Hat sie mich denn nicht erkannt? Warum hat sie so geschrien?

»Wer ist da?«, brüllt Mr Hayward in meine Richtung.

Meine Füße setzen sich über meinen Kopf hinweg, und ich entkomme durch den Nachbarsgarten. Keuchend schnappe ich nach Luft, und meine Augen brennen beim Laufen, doch obwohl mein Herz heftig schlägt, ist in meiner Brust alles taub.

Als ich Ninas Haus erreiche, sind meine Augen geschwollen, und ich kriege keine Luft durch die Nase. Ich klappe auf der Veranda zusammen und lege meinen Kopf auf die Dielenbretter. Undeutlich nehme ich den zombieartigen Laut wahr, der aus meinem Mund entweicht.

Viv *lebt*.

Hunderttausend Mal habe ich davon geträumt, aber so war es nie.

Ein Lichtstrahl fällt auf mich, jemand japst erschrocken auf.

»Nina!«, ruft Owen.

Schritte hasten durchs Haus, werden langsamer und kommen zögerlich bei meinem Kopf zum Halten. Die Tür geht zu, sodass wir in Schwärze getaucht werden. Ich hebe mühsam mein Gesicht von der Veranda und wische mir die Nase mit dem Ärmel ab.

»Warum …«, stoße ich krächzend hervor und muss noch mal ansetzen. »Warum hast du es mir nicht gesagt?«

Mit meinen Triefaugen kann ich sie in dem blassen Mondschein kaum ausmachen. Sie steht vollkommen still, den geraden Rücken flach an die Tür gedrückt.

»Dir was gesagt?«

»Dass Viv lebt!«

Sie erbleicht. In der Stille wird mein Kopf wieder klarer, mein Herzschlag regelmäßiger. Sie hat es mir verheimlicht, und jetzt fällt ihr nichts dazu ein?

»Du hast ihre Gedenkstätte gesehen, du wusstest es doch!«

»Ich habe nicht …«

»Hör auf, mich anzulügen, Nina!«

Sie sieht mich an, wie ich da zusammengekauert auf dem Boden liege, und ich schwöre, dass sie mich mit demselben mitleidigen Blick mustert wie in dem Diner.

»Sie ist hier am Leben …« Ihre Stimme versagt. »Weil du es bist, der gestorben ist!«

In der Straße wird es auf einmal so still, als wären wir weit und breit die einzigen Menschen hier. Ich konzentriere mich aufs Atmen, aber die Luft ist irgendwie zu dünn, ich kann nicht genug davon einsaugen. Ächzend lehne ich mich an die Hauswand und schließe die Augen.

Viv lebt – und ich bin gestorben?

»Wie?«, flüstere ich.

Sie lässt sich Zeit mit der Antwort. »Unfall mit Fahrerflucht. Vor zwei Monaten, am Sonntag, dem fünften.«

»Sonntag, der fünfte«, murmele ich. »Fahrerflucht?«

»An der Ecke bei der Schule«, erwidert sie.

Ich versuche, mir das auszumalen – den Fall des roten Königs –, aber mein Verstand kann nur *einen* brutalen Tod an dieser Stelle und an diesem Tag verarbeiten. Ein unschönes Gefühl beschleicht mich und breitet sich in meinen Eingeweiden aus wie … schlechtes Gewissen? Noch vor einer Stunde war ich entschlossen, meine andere Version zu hassen. Aber hat er dieses Schicksal mehr verdient als ich?

»Hat …« Nina zögert. »Hat Viv dich heute Abend gesehen?«

Ich mache die Augen auf. »Was?«

»Ich muss es wissen – hat sie dein Gesicht gesehen?«

Ich denke an den Aufruhr in Vivs Zimmer. Sie hat mich garantiert gesehen, und trotz ihres Schocks bin ich sicher, dass sie in den Momenten danach, als sie wieder zum Fenster blickte, darauf gehofft hat, mich noch einmal zu sehen.

»Was geht es dich an, wenn ja?«, frage ich.

»Es geht mich eine Menge an, Cam. Sie hält dich für tot!«

»Na und? Ich habe sie auch für tot gehalten, und vielleicht sollen wir uns ja hier …«

»Nein!«

Überrascht lauschen wir beide dem Widerhall ihrer Stimme zwischen den Häusern.

»Sie ist nicht, was sie zu sein scheint.«

Nina kommt auf mich zu und will mich berühren, aber ich wende mich ab. Das Jahrbuch, das ich unter den Arm geklemmt hatte, fällt mit einem dumpfen Knall aufgeschlagen auf die Veranda. Ich bücke mich, um es aufzuheben, doch sie hält es bereits kniend in den Händen und starrt auf die erste Seite. Behutsam streicht sie über die Handschrift – *Du hast mir das Leben gerettet.*

»Tja, da hat er sich wohl geirrt«, bemerke ich.

Sie blickt verwirrt zu mir auf, dann wieder auf die Worte im Buch. Bedauern überkommt mich, als ich ihr Gesicht sehe, auf dem sich eine unnatürliche Mischung aus Entsetzen und Trauer abzeichnet, ein Gefühlschaos, das mir nur allzu vertraut ist. Am liebsten würde ich es zurücknehmen. Sie knallt das Buch zu und richtet sich zu ihrer ganzen zierlichen Größe auf.

»Warum bist du zurückgekommen?«, verlangt sie zu wissen.

Darauf hätte ich bis vor Kurzem noch eine Antwort gehabt, doch alles, was ich jetzt denken kann, ist *Viv*.

Wenn Viv an diesem Ort am Leben ist, dann muss das der Grund sein, weshalb ich hier bin.

»Wenn du wirklich das Beste willst, nicht nur für dich, sondern auch für sie …« Ninas Lippen bewegen sich weiter, aber ich verstehe nicht, was sie sagt. Sie schüttelt den Kopf und spricht lauter. »Bitte, Cam, geh einfach nach Hause, bitte.«

Eine Träne entwischt aus ihrem Augenwinkel und rollt über ihre Wange. Dann verschwindet sie im Haus und schlägt mir die Tür vor der Nase zu.

Verwirrt steige ich die Verandatreppe hinunter. Warum wollte sie mir nicht sagen, dass Viv am Leben ist? In einem Zimmer im oberen Stockwerk wird ein Licht gelöscht. Ich kicke wütend in den Rasen und will gerade auf dem Gartenweg davonstampfen, als die Tür hinter mir wieder aufgeht.

Ich fahre herum. »Weißt du, nur weil du …«

Owen steht in einem blauen Schlafanzug bedruckt mit Footballhelmen allein auf der Veranda.

Er wirft einen verstohlenen Blick über seine Schulter und schließt vorsichtig die Haustür. Erschöpft fahre ich mir mit der Hand übers Gesicht und gehe auf ihn zu. Eigentlich will ich nur noch weg hier, aber ich kann den Jungen ja schlecht einfach dort stehen lassen.

»Solltest du nicht im Bett sein?«, frage ich.

»Nina hat dich wirklich vermisst«, sagt er mit einem schüchternen Lächeln. »Ich bin froh, dass du wieder da bist.«

Ich zögere, unsicher, ob er mich immer noch für einen Geist oder einen Helden hält – oder inzwischen herausgefunden hat, dass ich keins von beiden bin.

»Hör mal, Owen …«

»Ich wünschte, Mom und Dad würden auch zurückkommen.« Er starrt traurig vor sich hin.

Ich schlucke schwer. »Was ist mit ihnen passiert?«

Er sieht mich seltsam an. Müsste ich das wissen?

»Manchmal ist es schwer, sich an alles zu erinnern«, sage ich. »Nachdem man zurückgekommen ist.«

Da nickt er, als wäre das durchaus verständlich. »Sie waren im Urlaub und sind nicht mehr aufgewacht. Die Polizei sagt, es war ein Leck.«

Muss wohl Kohlenmonoxid gewesen sein.

Meine Mutter hatte mal einen Fall, bei dem eine ganze Familie wegen einer lecken Leitung in ihrem Keller an Kohlenmonoxidvergiftung gestorben ist. Sie gingen abends schlafen und wachten einfach nicht mehr auf. Mutter, Vater, die zwei Kinder und sogar der Hund starben. Ich finde es unvorstellbar, meine Eltern zu verlieren, das gilt für beide. Der Gedanke überrascht mich, aber zugleich weiß ich, dass es stimmt.

Ich knie mich vor ihn hin und drücke sanft seine Schulter. »Das tut mir leid, Owen.«

Er zuckt die Achseln. »Ich war noch klein damals.«

Ich sehe zu dem dunkel gewordenen Fenster über uns hinauf, und Owen folgt meinem Blick.

Mit schräg gelegtem Kopf sagt er: »Als ich klein war, war Nina viel lustiger. Sie wurde wieder netter, nachdem wir dich kennengelernt hatten.« Sein Lächeln kehrt zurück. »Deshalb bin ich froh, dass du wieder da bist.«

Voller Unbehagen stehe ich auf. »Ja … ich auch.«

Er geht auf Zehenspitzen zurück zur Tür, dreht sich aber noch einmal um.

»Bleibst du jetzt in der Nähe, Cam?«

Ich zögere, denke an Ninas wunderliche Warnung, aber auch an die lebendige, gesunde Viv, allein in ihrem Zimmer, nur ein paar Blocks entfernt.

»Ich schätze, ich bin noch eine Weile in der Gegend«, antworte ich.

Dann gehe ich durch die Genesee Street und versuche, das Durcheinander in meinem Kopf zu ordnen. Ninas Eltern sind hier auf dieser Seite tot, aber da sie nicht auf meine Schule geht und drüben sehr viel glücklicher wirkt, vermute ich stark, dass sie dort noch leben. Die Beinverletzung habe ich an beiden Orten davongetragen, nur dass ich hier weiter Football gespielt habe. Allerdings bin ich hier tot, und Viv ist drüben tot. Mir schwirrt der Kopf. Wer – oder was – entscheidet, was passiert? Wäre es nicht fairer gewesen, Viv und mich wenigstens am selben Ort gemeinsam sterben zu lassen? Wenn ich bei dem Unfall mit Viv umgekommen wäre, er aber nicht, dann hätte Nina nicht ihren besten Freund verloren und wäre jetzt wahrscheinlich glücklicher. Mein anderes Ich hätte weiterhin alles richtig gemacht, und *seine* Viv …

Abrupt bleibe ich mitten auf der Straße stehen.

Ich bin so ein Idiot. Vor meinem inneren Auge sehe ich sie abgemagert auf dem Bett kauern und sich das tränenfleckige Gesicht wischen. Kein Wunder, dass sie geschrien hat, als sie mich sah – Viv hält *mich* für tot.

Ein dumpfer Schmerz strahlt in meiner Brust aus wie von einer wieder aufgeplatzten Wunde. Der Gedanke, dass sie hier und jetzt genauso leidet wic ich, überwältigt mich. Es interessiert mich nicht mehr, wer lebt und wer gestorben ist. Viv lebt, aber sie macht Furchtbares durch, und zwar meinetwegen.

Ich gehe schneller. Seit Monaten rede ich mir ein, dass es ihr gut ginge, dass sie schon damit fertiggeworden wäre, wenn ich an ihrer Stelle gestorben wäre. Doch ihre offensichtliche Verzweiflung ist etwas, das ich nur allzu gut kenne. Ihre gebeugte, ausgemergelte Gestalt erinnert zu sehr an das Bild, das mir seit zwei Monaten im Spiegel entgegenblickt. Ich muss unbedingt auf sie aufpassen und dafür sorgen, dass sie sich wieder erholt. Mein Schritt geht in ein Traben über, noch bevor ich am Fuß des Hügels bin. Wenn jemand weiß, wie Viv sich im Moment fühlt, dann ich.

Ich fange an zu rennen.

SECHZEHN

Bei Viv brennt noch Licht. Ich zwinge mich, auf dem Gehweg bei unseren Initialen zu warten, bis mein Bein nicht mehr pocht und ich sicher bin, dass die Luft rein ist. Die Außenbeleuchtung ist noch an, taucht aber genauso viele Ecken des Vorgartens in Schatten wie in Helligkeit.

Am Fenster bewegt sich etwas.

Ich verhalte mich mucksmäuschenstill.

Vivs schlanke Silhouette kommt in Sicht. Sie hat die Arme schützend um sich gelegt und verharrt vor der Scheibe, schwankt leicht vor und zurück, als suchte sie nach etwas im Garten.

Das ist meine Chance.

Ich sprinte über den Rasen bis zu der Weide, wo ich kurz innehalte. Zwischen hier und dem Fenster liegt ein hell erleuchtetes Stück, doch ich baue darauf, dass niemand in genau dieser halben Sekunde in die Richtung sieht.

Das Herz schlägt mir bis zum Hals, als ich wie vorhin von der Fensterecke aus hineinspähe. Viv geht in ihrem Zimmer auf und ab. Sie hat noch den rosa Pyjama an, aber zusätzlich ein übergroßes Sweatshirt mit dem Aufdruck der Fowler Rams darübergezogen. So eines hatte ich auch mal. Irgendwann bleibt sie mit dem Rücken zu mir stehen, und ich erkenne nicht, was sie macht, bis sie sich ein wenig zur Seite dreht und ich sehe, dass sie an den Fingernägeln kaut. Das tut sie immer, wenn ihr etwas zu schaffen macht. Ihr Zimmer ist dem, das ich kenne, gespenstisch ähnlich, aber doch irgendwie anders. Nicht chaotisch genug, um als Saustall zu gelten, da man immer noch einen großen Teil des Fußbodens sieht, aber Schreibtisch und Kommode sind schon ganz schön zugeräumt, sodass von ordentlich auch keine Rede sein kann. Auch hier hat sie lauter Zitate und Fotos an der Wand, allerdings andere. Es gibt mehr Glamour, mehr Leute, weniger Bilder von Gegenständen und Orten. Über dem Bett hängt eine Aufnahme von uns auf dem Valentinstagsball.

Sie dreht sich um und kommt aufs Fenster zu.

Unsere Blicke treffen sich.

Ich merke, wie sie erstarrt, doch sie schluckt nur und fängt nicht wieder an zu schreien.

Irgendwie brauche ich ein Erkennungszeichen, damit sie weiß, dass ich es tatsächlich bin, dass sie keine Angst zu haben braucht, und dann fällt es mir ein. Ich klopfe leise an die Scheibe, viermal, zweimal, dreimal.

Sie entspannt sich ein wenig, bleibt aber, wo sie ist. Ich rüttele am Fenster, und diesmal lässt es sich öffnen. Ihre großen, schönen, dunklen Augen werden noch ein bisschen größer, doch sie regt sich immer noch nicht und gibt keinen Laut von sich.

In der Grundmauer des Hauses ist eine kleine Vertiefung, in die mein Fuß schon immer genau hineingepasst hat. Ich behalte Viv sorgsam im Auge, bevor ich die Schuhspitze hineinschiebe und mich am Fenstersims hochstemme. Innen gibt es eine Banknische unter dem Fenster, doch ich traue mich nicht ganz hinein, für den Fall, dass ich mich wieder aus dem Staub machen muss.

Also hocke ich mich seitlich auf den Sims und nehme ihren Anblick in mich auf. Sosehr ich mich in den letzten zwei

Monaten angestrengt habe, sie genau in Erinnerung zu behalten, habe ich doch vergessen, wie schön sie ist. Selbst in einem alten Sweatshirt, mit verheulten Augen und strubbeligen Haaren, und ich muss mich schwer beherrschen, um nicht ins Zimmer zu stürmen und sie an mich zu reißen.

Ihre Unterlippe zittert. Sie hat sich nach wie vor nicht vom Fleck bewegt, aber ihre Augen glänzen. Unwillkürlich legt sie eine Hand auf ihren Magen und führt die andere bebend an den Mund. Mir wird klar, dass sie im Nachteil ist. Ich weiß inzwischen, dass keiner von uns beiden ein Geist oder Zombie oder sonst etwas ist, sie aber nicht.

Ich strecke die Arme nach ihr aus.

»Ich bin es«, sage ich leise. »Keine Angst.«

Sie keucht auf, aber das Eis scheint gebrochen zu sein. Sie stürzt auf mich zu, als würde ihr Körper instinktiv reagieren, zaudert jedoch plötzlich wieder, und ich halte gespannt die Luft an. Skepsis zeichnet sich auf ihrem Gesicht ab – und Furcht. Wie in Zeitlupe berührt sie meine Wange und zuckt bei dem Hautkontakt zusammen. Ihre Fingerspitzen gleiten vorsichtig über mein stoppelbärtiges Kinn, während ihre andere Hand sich meinem Hals nähert. Ich halte sie mit meinem Blick fest und will sie nicht verschrecken. Sie betastet mein Gesicht, meine Haare, als müsste sie meine Echtheit prüfen. Ich bemühe mich, nicht zu lachen – oder zu weinen. Schließlich, als verließen sie ihre Kräfte, sinkt sie mir gegenüber auf den Fenstersitz. Ihre Finger gleiten von meinem Nacken über meine Kehle zu meinen Lippen.

»Du bist es wirklich«, flüstert sie.

Ich ziehe sie an mich, woraufhin sie mich leidenschaftlich umarmt und alles Zögern über Bord wirft. Unsere Lippen finden sich, begierig, hungrig. Ihr Mund ist warm und weich und genau so, wie ich ihn in Erinnerung habe. Ihr Duft steigt mir zu Kopf wie der erste Frühlingstag des Jahres. Sie streichelt meinen Nacken und lässt mich erschauern, eine Spezialität von ihr. Ich grabe meine Finger in ihre kurzen Locken, die genauso sexy sind wie die langen Haare, und taste nach ihrer Taille, ihrer nackten Haut, so warm und weich, dass ich ganz darin versinken möchte. Wir küssen uns, als wollten wir uns gegenseitig verschlingen, und es ist das Tollste und Elektrisierendste, was ich je empfunden habe.

Irgendwann müssen wir Luft holen, halten uns aber weiter so eng umschlungen, dass wir praktisch eins sind. Ich ziehe die Schwünge ihrer Augenbrauen mit Küssen nach, wobei sie erregt seufzt, wie immer. Dann legt sie den Kopf an meine Schulter, und ich schließe die Augen und atme diesen Moment ein, tief und bewusst, damit er nie vergeht. Sie hält mich fest, wird aber auf einmal seltsam reglos. Ich spüre ihren Herzschlag. Ich spüre, wie sie zu zittern beginnt.

Als ich mich ein wenig zurückbeuge, sehe ich, dass sie weint.

»O nein«, sage ich und wische ihre Wange mit dem Daumen ab. »Es ist alles gut.«

Sie schluchzt erstickt und schüttelt den Kopf.

»Es tut mir so leid.«

Ich küsse ihre Augenlider, schmecke ihre Tränen.

Ein tiefes Stöhnen dringt aus ihrem Mund, und sie vergräbt ihren Kopf an meiner Brust.

Jemand donnert an die Tür.

»Viv? Ist alles in Ordnung? Mach auf.«

Sie fährt kerzengerade hoch und starrt mich an wie – ein Gespenst.

»Mein Dad!«

»Schon gut.« Ich mache Anstalten, vom Sims zu rutschen. »Ich verschwinde.«

»Nein!« Erschrocken senkt sie die Stimme. »Geh nicht – lass mich nicht wieder allein.«

Ihre Augen sind weit aufgerissen vor Panik.

»Viv, wenn du nicht sofort die Tür aufmachst …«

Ich nehme ihr Gesicht zwischen die Hände und küsse sie noch einmal fest. »Ich komme wieder, versprochen.«

SIEBZEHN

Von der anderen Straßenseite aus beobachte ich, wie Vivs Vater um das Haus patrouilliert, als wäre es Fort Knox. Er hätte ihr niemals geglaubt, wenn sie abgestritten hätte, dass sie sich über etwas aufgeregt hat, schon gar nicht nach einem Blick in ihr tränennasses Gesicht. Nach einer Weile geht das Licht in ihrem Zimmer aus, und wir müssen uns wohl damit abfinden zu warten.

Ein Tag ist ein Klacks nach zwei Monaten des Nie-wieder.

An der Straßenecke ist alles ruhig, als ich durch das grüne Licht trete – das wundersamste, schönste, seltsamste Licht der Welt. Ich sehe mich gründlich um, um mich zu vergewissern, wo ich bin. Schließlich bleibt mein Blick bei dem Schrein am Holzmast ruhen, und mich überkommt ein merkwürdiges Gefühl. Ich reiße das Foto mit dem Sonnenuntergang ab, meine Hände zittern, aber als ich über Vivs Gesicht streiche, stellt sich nicht die übliche schreckliche Leere ein. Diese Bilder haben mich zwei Monate lang Tag für Tag daran erinnert, dass ich sie nie wiedersehen werde, und nun brauche ich nur die Augen zu schließen und ihren Duft einzuatmen, der noch an meiner Haut hängt, und alles ist gut.

Ich reiße noch ein weiteres Foto ab, dann eine der Karten, und schließlich gibt es kein Halten mehr. Rote und weiße Bänder verheddern sich in meinen Fingern, die ich lachend herunterrupfe. Ein kleiner Teddybär fällt mitsamt seiner Reißzwecke herunter, was mich regelrecht zum Kichern bringt, ich kann kaum an mich halten. Nichts von diesem Zeug hat noch irgendeine Bedeutung. Als ich mit dem Mast fertig bin, ist er so kahl wie der alte vor dem Unfall, und mir tun die Seiten weh von dem ungewohnten Übermut. Ein Haufen Karten liegt zwischen Kerzen und verwelkten Blumen auf dem Gehweg. Ich raffe den ganzen Kram zusammen, achte darauf, keinen Fetzen Unaufrichtigkeit liegen zu lassen, und trage ihn grinsend über die Straße zu dem Mülleimer beim Bushäuschen.

Die Fotos klemme ich mir unter den Arm, um sie zu behalten. Sie haben mir bisher immer das Gefühl gegeben, total abgeschnitten von Viv zu sein, als wäre sie auf ihnen für alle Zeit eingefroren – ohne mich. Ich dachte, es gäbe nur einen Weg, wie ich sie eventuell jemals wiedersehen könnte. Ich lege den Kopf in den Nacken, blicke in den sternengespickten Himmel und überlege, ob es jemanden oder etwas gibt, dem ich danken sollte. Im gleichen Atemzug frage ich mich, ob ich meinen Dank überhaupt an den richtigen Himmel richten würde.

Abwartend bleibe ich beim Auto meiner Mom in der Einfahrt stehen. Sämtliche Lichter im Haus brennen, obwohl es erst kurz vor sechs an einem Samstagmorgen ist. Dass meine Mutter sich plötzlich wie eine Mutter benimmt, ist genau das, was ich jetzt nicht gebrauchen kann. Ich schüttele den Kopf, schließe die Augen und versetze mich zu unserem Kuss zurück, zu Vivs weichen, warmen Lippen, ihren lebensprühenden Augen. Schon allein an sie zu denken ist wie Musik, die in meinem Innern spielt. Ich erschauere vor freudiger Erregung, doch als ich die Augen wieder öffne, stehe ich immer noch allein neben dem Auto.

Schweren Schrittes steige ich die Stufen zur Haustür hinauf und stecke den Schlüssel ins Schloss.

Drinnen stinkt es nach Zigarettenqualm. Ich lasse die Tür zufallen, um Mom vorzuwarnen, und wappne mich meinerseits, als sie aus der Küche geschossen kommt, übermüdet und wütend.

»Wo warst du?«, fragt sie streng. »Weißt du, wie spät es ist?«

Ich öffne den Mund zu einer Erwiderung, aber meine Kinnlade hängt einfach nur herab. Ist ja nicht so, als wäre ich noch nie zu spät nach Hause gekommen. Neu daran ist, dass sie es mitkriegt beziehungsweise Platz in ihrem Terminplan schafft, um sich darüber aufzuregen. Meine Wange zuckt, denn ich weiß, was als Nächstes kommt – sie wird Gerichtsverhandlung mit mir spielen wollen. Rechtsanwälte quälen ihre Kinder nur zu gern damit.

Die Hände in die Hüften gestemmt baut sie sich vor mir auf. »Ich bin gestern spät nach Hause gekommen, und du warst nicht da. Warum gehst du eigentlich nie an dein Handy?«

Tja, jetzt muss ich wohl meine Verteidigung übernehmen. Ich zerbreche mir den Kopf nach einem guten, wasserdichten Alibi, doch was soll ich sagen? Die Wahrheit ist so fantastisch – und vollkommen unglaublich.

»Mom, es tut mir …«

»Ich wollte gerade deinen Vater anrufen.«

Die Musik in mir bricht ab. Auf keinen Fall darf sie ihn anrufen. Ich dachte, zu mir nach Hause zu gehen, wäre am unauffälligsten, bis ich mich heute Abend wieder zu Viv schleichen kann, aber wenn mein Dad auf den Plan tritt …

»Das brauchst du nicht«, sage ich.

»Camden, wo warst du heute Nacht?«

Ihre Augen sind blutunterlaufen. Ihre Kleider stinken nach Marlboros.

»Seit wann rauchst du wieder?«, frage ich.

Sie antwortet nicht und senkt den Blick. Streicht sich eine Haarsträhne hinters Ohr, aber ihre Frisur ist sowieso im Eimer.

»Bist du … high oder so etwas?«, will sie wissen.

Meine Augenbrauen schießen in die Höhe. Ihre Miene ist so ernst, dass ich beinahe einen Lachanfall bekomme, aber ich reiße mich zusammen, denn das würde ziemlich übergeschnappt wirken, und übergeschnappt wäre im Moment äußerst kontraproduktiv. Stattdessen strecke ich die Arme aus und berühre meine Nase abwechselnd mit den Zeigefingern, wie man es vor den Polizeibeamten bei einer Alkoholkontrolle machen muss. Dann breite ich die Arme seitlich aus und balanciere auf einer gedachten geraden Linie durch das Zimmer, rolle den Fuß ganz ab, mache am Ende kehrt und komme zurück.

Sie steht mit verschränkten Armen da, offensichtlich wenig beeindruckt von meiner Vorführung. Ich lasse die Arme fallen und sehe meine Mutter umgeben von verwelkten Zimmerpflanzen, Staub und lauter Lücken, wo Sachen fehlen. Sie wirkt so müde und einsam. Eine tiefe Traurigkeit bricht plötzlich durch meine euphorische Stimmung, und ich frage mich, wann sie so geworden ist. Schon bevor Dad ging?

»Cam, was machst du da?«

Ich zögere, dann platze ich damit heraus. »Das hier ist kein Zuhause mehr, Mom.«

»Was?«

Wir starren uns an, ich lasse den ganzen deprimierenden Anblick so richtig auf mich wirken, und auf einmal bin ich so sauer, dass ich nicht einmal mehr etwas sagen kann.

Das Schrankfach rechts vom Fernseher ist mit DVDs gefüllt, während die linke Seite leer ist, als hätte Dad sich einfach auf gut Glück die Hälfte genommen und dann immer so weitergemacht, ohne zurückzublicken. Einen schrecklichen Augenblick lang glaube ich zu wissen, was in ihm vorging, und hasse sie dafür. Ich ziehe ein paar Filme heraus und verteile sie gleichmäßig in den Fächern. Als Nächstes kommt die große freie Stelle überm Kamin dran, die früher ein Gemälde von einer Winterlandschaft bedeckte. Ein gerahmtes Poster von einer Picasso-Ausstellung hängt ein Stück weiter in einer dunklen Ecke, und ich schnappe es mir.

»Was soll das? Was tust du da?« Ihr Gesichtsausdruck ist von verkniffen-besorgt zu hitzig-verärgert übergegangen.

»Was wir gleich hätten machen sollen, nachdem er ausgezogen war«, antworte ich.

»Hör auf damit!«

Ich stoße sie wütend weg. Wie kann auf der einen Seite eines komischen grünen Lichts alles so harmonisch sein und auf der anderen so beschissen? Ich schiebe das Poster an der Wand entlang, bis der Aufhängedraht sich um den alten Nagel im Putz hakt, und trete ein Stück zurück. *Der blaue Akt* macht sich gut über dem Kaminsims.

»Hast du mit deinem Vater gesprochen?«, fragt sie scharf. »War das seine Idee?«

Ich funkele sie an. »War das seine Idee, dieses Haus zu einem Dreckloch verkommen zu lassen?«

Ich marschiere in die Küche und winde mich vor Peinlichkeit, als ich den Schmutz und die Unordnung mit Ninas Augen sehe. Herrscht im Haus meines anderen Ichs auch so ein Zustand? Das bezweifele ich stark. Ich öffne die Schränke und verteile das wenige saubere Geschirr in den halb leeren Fächern. Mom ist mir gefolgt, aber ich weigere mich, sie anzusehen. Ich zerre den überquellenden Müllbeutel aus dem Küchenabfalleimer und werfe ihn hinaus. Drehe das Wasser auf und fange an, die Gläser, Teller und Töpfe abzuwaschen, die sich in der Spüle stapeln. Sie sagt keinen Ton mehr. Nur das dumpfe Aneinanderstoßen der Gläser im Wasser ist zu hören.

»Sie war so schön, mein Schatz …«

Dampf steigt von dem laufenden Hahn vor mir auf. Ich drehe ihn ab.

Mom hält eine brennende Zigarette in der Hand. Ich hatte die Fotos von Viv auf dem Küchentresen abgelegt, und sie hat sie nun alle vor sich ausgebreitet. Eine Träne läuft ihr übers Gesicht. Sie tippt auf einen Schnappschuss von einer Biologie-Exkursion, die unsere Klasse gemacht hatte, kurz bevor ich mir das Bein brach. Darauf beugt sich Viv über einen rosa blühenden Strauch und beobachtet einen Schmetterling. Ein gespanntes Lächeln hat sich auf ihr Gesicht gestohlen, weil sie darauf wartet, dass das Insekt sie bemerkt und davonfliegt. Sie machte so etwas gern, den genauen Moment herauszufinden, wenn aus Nähe plötzlich zu viel Nähe wurde. Ich kämpfe die aufkeimende Trauer nieder, bevor mir einfällt, wie ich sie heute in den Armen gehalten habe.

Mom besieht sich die etwas weniger unaufgeräumte, wenn auch immer noch schmutzige Küche.

»Als ich nicht wusste, wo du warst, habe ich Dr. Summers angerufen. Sie will dir helfen …«

»Sie hat mir schon geholfen«, erwidere ich. »Aber langsam glaube ich, dass ich mal eine Weile pausieren möchte.«

Mom legt ihre Zigarette auf dem überquellenden Aschenbecher ab und runzelt die Stirn.

»Dein Trainer hat angerufen.«

»Reed?«, schnaube ich. »Er ist nicht mein Trainer.«

»Er ist der stellvertretende Direktor. Er macht sich Sorgen um dich, Schatz, so wie wir alle.« Ihre Schultern sacken herab. »Du hast in den letzten Monaten die Hölle durchgemacht, ich weiß.«

Ich beobachte, wie sich der Rauch ihrer Zigarette nach oben kräuselt. Das ist Moms Vorstellung von elterlicher Fürsorge – mir unter die Nase zu reiben, wie viel Sorgen sich alle machen. Es liegt mir auf der Zunge, es ihr zu sagen: Ihr könnt alle damit aufhören, euch zu sorgen, denn *ich habe sie wieder*. Aber weil das nicht geht, spiele ich lieber mit, um weniger Scherereien zu bekommen.

Ich setze mich zu ihr. »Es war … schon hart.«

Sie nimmt meine Hand. »Ich besorge dir alles, was du brauchst, um es dir leichter zu machen. Du musst es mir nur sagen.«

Ich räuspere mich. Sie hat gerade versprochen, es mir leichter zu machen, und wenn ich mit Viv zusammen sein will, sollten mir so wenig Leute wie möglich im Nacken sitzen.

»Wir können nicht so weitermachen, Mom.«

Sie starrt lange auf ihre Zigarette, lässt aber meine Hand nicht los.

»Ich weiß.«

»Verstehst du …« Ich lehne mich etwas zurück, damit ich ihr ins Gesicht sehen kann. »Ich brauche ein bisschen mehr Raum für mich. Ich möchte wirklich gern eine Pause bei der Therapie einlegen.«

Sie runzelt die Stirn. »Warum?«

Die auf dem Tresen verstreuten Fotos starren mich an, und mein Puls beschleunigt sich. Ich habe mich noch nicht daran gewöhnt, sie auf diese neue Weise zu betrachten, in dem Wissen, dass Viv noch lebt. Mir schwindelt. Ich sammele die Bilder wieder ein und ordne sie zu einem säuberlichen Stapel.

»Dr. Summers will immer nur über die Vergangenheit sprechen. Ich muss aber anfangen, nach vorn zu schauen.« Beim Anblick von Vivs Gesicht auf dem obersten Foto macht mein Herz einen neuen Satz. Wie soll ich denn weiter den Trauernden spielen, wenn sie gar nicht tot ist? Ich deute mit einer ausholenden Geste durchs Haus. »Ich meine, sieh uns doch mal an, Mom. Vielleicht sollten wir beide mehr nach vorn schauen.«

Die ersten Sonnenstrahlen erhellen die Küche.

»Das ist ja eine ganz neue Einstellung«, sagt sie kopfschüttelnd, zieht ein letztes Mal an der Zigarette und drückt sie in dem Haufen von Kippen aus. Dann sieht sie mich an, forschend und ruhiger als seit Monaten. Mir bricht der kalte Schweiß aus.

Sie *darf* nicht Nein sagen …

»Ich muss zuerst mit deinem Vater sprechen«, murmelt sie. Ich zucke zusammen, sage aber nichts. So etwas hat sie schon öfter gesagt. »Wir reden später weiter darüber.«

Mom rutscht von ihrem Hocker und umarmt mich lange und fest. Automatisch erwidere ich ihre Umarmung und blicke dabei über ihre Schulter in die halb saubere Küche. Jeder, der hier hereinkommt, würde zweifellos merken, dass diese Familie Probleme hat. Doch irgendetwas ist jetzt anders. Zuerst glaube ich, dass neben dem Kühlschrank etwas fehlt, bis ich begreife, dass es nur der Abwaschstapel ist. Ich habe Wasser auf den Fußboden vor der Spüle getropft, sodass die weißen Fliesen unter der Schmutzschicht hervorscheinen. Es türmt sich immer noch mehr schmutziges Geschirr als sauberes um die Spüle, aber ich denke zaghaft – das sieht beinahe vielversprechend aus.

ACHTZEHN

Es ist noch nicht richtig dunkel, als ich am Abend wieder zu Vivs Haus komme, aber ich habe es nicht ausgehalten, länger zu warten als unbedingt nötig. Ich husche über den Rasen. Es brennt kein Licht bei ihr, was jedoch nichts zu sagen hat, ich muss nur das richtige Signal klopfen.

»Psst!«

Ich stoppe vor der Trauerweide und lausche. Die Stille lastet in der Luft.

»Hallo?«, flüstere ich.

Meine Augen haben sich noch nicht ganz an die Dunkelheit im Garten angepasst, weshalb ich erschrecke, als die hängenden Zweige sich vor mir teilen wie ein Vorhang.

»Du bist wiedergekommen«, wispert Viv.

Ich sauge ihren Anblick in mich auf und lasse meinen Blick auf ihren tiefgründigen braunen Augen ruhen.

»Hab ich doch gesagt.«

Sie kommt mir immer noch wie eine Erscheinung vor, und ich will die Hände nach ihr ausstrecken und sie zur Vergewisserung berühren, zögere jedoch. Die kurzen Locken, die ihr Gesicht statt der langen Mähne einrahmen, erinnern mich daran, dass ich für sie auch anders aussehen muss. Ich denke an den kräftigen, selbstbewusst grinsenden Kerl in dem Jahrbuch und frage mich, ob ich überhaupt noch irgendwelche Ähnlichkeit mit ihm habe. Seit ich nicht mehr spiele, habe ich schätzungsweise fünfzehn Kilo abgenommen, aber es liegt nicht nur am Gewicht und den Muskeln. Er hatte noch etwas anderes an sich. So einen Ausdruck in den Augen, den ich im Spiegel nicht erkennen kann. Er war ganz klar ein Siegertyp, während ich …

Ich fahre mir nervös mit der Hand durch die Haare und wünschte, ich hätte sie in letzter Zeit mal schneiden lassen. Am Ende hält sie mich doch noch für einen Zombie.

Vorsichtig trete ich zu ihr unter das Weidendach. Die biegsamen Zweige reichen fast bis zum Boden, und es ist noch dunkler hier in ihrem Schutz. Viv weicht bis an den Baumstamm zurück und starrt mich an, ihr Atem geht flach und unregelmäßig.

»Bist du nervös?«, frage ich.

»Nein«, kommt die zu rasche Antwort.

Ich strecke die Hand nach ihr aus.

»Es ist alles in Ordnung.«

Sie schwankt.

Verwundert lege ich den Kopf schräg. So hat sie gestern Nacht nicht reagiert.

»Viv, ich bin es. Wovor hast du denn Angst?«

Sie hält sich an dem Baum fest, als wäre er eine Art Schutzschild.

»Warum bist du wirklich hier? Bist du zurückgekommen, um mich zu verfolgen?«

»Nein, natürlich nicht. Viv, ich bin kein Geist.« Wieder greife ich nach ihrer Hand. Sie will sie mir entziehen, aber ich verschränke unsere Finger und beuge mich nahe zu ihr. »Ich fühle mich lebendig an, oder?«

Ihr Mund ist nur Zentimeter von meinem entfernt. Unsere Herzen trommeln einen Rhythmus, der in der Luft vibriert. Schließlich entspannt sich ihre Hand in meiner, auch wenn wir beide nach wie vor den Atem anhalten. Sie schließt die Augen und seufzt, als wir uns küssen. Ich drücke sie leicht an den Baumstamm und erforsche sie mit meinem Mund neu. Unsere Kleider sind auf einmal zu dick und im Weg. Ich mache kurz die Augen auf, um ihr heimlich ins Gesicht zu sehen. Ihre langen Wimpern flattern über den Wangenknochen, wie stets, wenn sie sich vor etwas fürchtet.

Ich ziehe mich zurück.

Sie lässt mich nicht gleich los, aber ihre Hände beben.

»Das ist nicht richtig«, sage ich. »Du musst wissen, wer ich bin.«

Sie beißt sich auf die Lippen, aber nicht auf eine kokette Art. Sie hat Angst.

»Du bist … mein Cam.«

Ich seufze. »Nein, ich bin nicht dein Cam. Wie gesagt, Viv, ich bin kein Geist.«

»Na ja, das nicht, aber …«

Sacht nehme ich ihre Hand und lege sie auf mein Herz.

»Ich bin lebendig, aus Fleisch und Blut.«

Hätte ich mir doch nur früher überlegt, wie ich es ihr erklären soll, jetzt muss ich eben improvisieren. Sie soll es wissen, ich will, dass sie es weiß.

Ich bin nicht *er*.

»Ich bin nicht von hier. Ich meine, ich komme aus einer Welt, die genauso ist wie diese, nur dass dort *du* gestorben bist.«

Sie schiebt mich sanft weg und hält mich auf Armeslänge fern. Ich streichele ihre Hand und bemühe mich, sie ins Bild zu setzen, ohne die Dinge unnötig zu komplizieren. Ich erzähle ihr von dem Unfall, von dem grünen Licht und wie ich sie gefunden habe. Nina erwähne ich nicht. Ich beschreibe die Unterschiede zwischen unseren Welten, die sich so ähnlich sind und doch nicht identisch. Als ich meine letzten holprigen Erklärungen von mir gebe, sitzen wir inzwischen unter dem Baum.

»Zwei Welten?«, fragt sie nach. »Wie kann das sein?«

Ich zucke die Achseln und zerbreche mir zum hundertsten Mal über die Unmöglichkeit des Ganzen den Kopf.

»Vielleicht gibt es noch mehr als zwei«, sage ich. »Es ist, als wäre zwischen unseren beiden zufällig ein Fenster aufgegangen.«

Sie runzelt die Stirn. »Was glaubst du, warum?«

»Ich weiß es nicht. Wir sind beide an derselben Stelle gestorben …« Dabei fällt mir wieder etwas ein, was Nina gesagt hat: *vor zwei Monaten, am Sonntag, dem fünften*. Ich beuge mich aufgeregt vor. »Wenn es am selben Ort passiert ist, am selben Tag und ungefähr zur selben Zeit in beiden Welten – vielleicht hat das etwas bewirkt. Vielleicht haben *wir* etwas bewirkt.«

»Was denn?«

Ich zucke abermals die Achseln. »Womöglich hat unsere Trauer eine Art Trennwand eingerissen oder so?«

Ich merke, dass sie mich jetzt mit anderen Augen betrachtet, und blicke stur auf meine Hände. *Ihn* kann sie nun einmal nicht wiederhaben, und die Enttäuschung in ihrem Blick wäre zu viel für mich.

»Du … hast mich also in deiner Welt verloren?«, will sie wissen. »Und vermisst sie ebenso sehr wie ich ihn?«

»Ja.« Ich nehme das als Stichwort und platze heraus: »Weißt du, ich dachte, weil wir uns gegenseitig so schrecklich vermisst haben, ist das vielleicht eine abgedrehte Art des Universums, alles wiedergutzumachen.«

Sie nimmt überraschend meine Hände und streicht mir die zu langen Haare aus den Augen. Genau wie damals im Krankenhaus, in einer anderen Welt. Als ich sie ansehe, strahlt sie mich mit einem wunderschönen, aber fremden Lächeln an, dem Lächeln einer Schönheitskönigin.

»Es ist mir egal, wie es dazu gekommen ist, Cam. Ich kann es einfach nicht fassen, dass ich dich wiederhabe.«

Ihre Lippen pressen sich warm und köstlich auf meine, dann seufzt sie zufrieden und legt ihren Kopf in meinen Schoß. Ich lehne mich an den Baumstamm und traue mich kaum, mich zu bewegen, streiche ihr nur durch die kurzen Locken, lausche ihrem Atem und frage mich, ob irgendetwas von alledem real ist.

»Woran denkst du?«, frage ich nach einer Weile. Sie schweigt, aber ich habe es schon immer gemerkt, wenn Viv etwas beschäftigt.

Sie hebt den Kopf, und in ihren Augen funkelt eine Mischung aus Glück und Neugier, die mich umhaut. Sie sieht einfach so sehr – wie sie selbst aus.

»Erzähl mir mehr darüber, was alles anders ist dort, wo du herkommst.«

»Ach, keine Ahnung.« Ich rutsche nervös herum und vergleiche mich wieder mit Cam, dem Footballstar, und seinem großen Comeback, konzentriere mich dann aber lieber auf sie. »Also, du warst nicht bei den Cheerleadern, das heißt, warst du schon, bis du aufgehört hast.«

»Ich habe aufgehört?« Sie fährt hoch. »Wieso das denn?«

»Äh …« Wie soll ich ihr das erklären, ohne dass sie erkennt, was für ein Loser ich bin? »Na ja, weißt du, ich hatte mir ziemlich schwer das Bein verletzt und du, äh, bist dann sozusagen aus Solidarität ausgestiegen.«

Sie sieht mich verwirrt an. »Aber warum denn? Du bist doch wieder gesund geworden!«

Ich strecke das Bein aus und betaste mein Knie.

»Für mich lief es leider nicht so günstig.«

Ein lastendes Schweigen senkt sich über uns, doch dann nimmt sie meine Hand, die auf meinem Oberschenkel liegt.

»Du hast die Mannschaft verlassen?«, fragt sie.

»Ich brauchte den Football nicht mehr, solange ich dich hatte.« Lächelnd streichele ich ihre Wange. »Du … sie hat immer so einen Spruch gehabt: *Wer braucht die schon, solange wir uns haben?*«

Viv blickt einen Moment perplex drein, nickt dann jedoch nachdenklich, und ich frage mich, ob sie ihre eigenen Worte akzeptieren kann, da sich hier doch alles so anders entwickelt hat. Da erscheint ein hintergründiges Grinsen auf ihrem Gesicht, und sie küsst mich schnell, aber zärtlich. Ihre Hand gleitet mein Bein hinauf, sodass ich mich plötzlich sehr eingeengt in meiner Jeans fühle.

»Das habe ich tatsächlich immer gesagt!«

Ich seufze wohlig und gebe mich dem erregenden Kitzeln ihrer Finger und ihrer Haare hin, ihrem Duft.

»Ich liebe deine Welt«, murmelt sie an meinem Bauch.

Ich lache überrascht. »Viv, nachdem wir unsere Teams verlassen hatten, waren wir nicht mehr sehr beliebt.«

»Wer braucht Beliebtheit, solange wir uns haben?«

Ihre Worte wecken eine Regung in mir, die ich längst für tot gehalten hatte. Ich ziehe sie an mich und rolle mich auf sie, sorgfältig darauf achtend, kein kostbares Stück von ihr zu zerdrücken. Sie funkelt mich mit einem sehr typischen schalkhaften Ausdruck in den Augen an.

»Deine Welt ist besser«, widerspreche ich. »Ich will nie wieder nach Hause.«

Da zuckt so etwas wie Abwehr in ihr auf. Sie scheint sich nicht wohlzufühlen, sodass ich mich sacht auf die Seite rolle und mich auf den Ellbogen stütze, um sie weiterhin ansehen zu können.

»Warum?«, fragt sie.

Ich zögere mit der Antwort, aber es gibt einen entscheidenden Unterschied zwischen dieser Welt und meiner.

»Weil du hier bist – das ist Grund genug für mich.«

Viv reagiert zuerst nicht darauf, sodass ich schon befürchte, etwas Falsches gesagt zu haben. Dann aber streichelt sie meinen Unterarm, anfangs zaghaft, schließlich immer selbstsicherer.

»Also, das kommt mir irgendwie unfair vor«, sagt sie mit einem Anflug von Verschmitztheit.

Ich entspanne mich bei ihrem neckenden Ton und beschnüffele ihre Haare. »Was?«

»Woher soll ich wissen, dass diese Welt besser ist, wenn ich deine nicht gesehen habe?«

Ich verliere mich in ihren seidigen Locken. »Du verpasst dort nichts.«

»Bring mich dorthin.«

»Wohin?«

»Na dahin, wo du herkommst, ich will es sehen. Ich will mich davon überzeugen, dass es wirklich existiert.«

Ich richte mich auf, sehe befremdet auf sie herab. »Du willst … hinüber in meine Welt?«

»Ja, lass uns gleich gehen.«

»Jetzt?«

Sie hockt sich auf die Knie. »Klar, dann können wir vergleichen, welche Welt besser ist. Los, komm!«

»Moment mal, wieso ist das denn plötzlich ein Wettbewerb?«, murmele ich und versuche, sie zu bremsen.

Meine Gedanken rasen, ich bin unschlüssig, was ich tun soll. Das scheint mir keine gute Idee zu sein. Andererseits, war ich selbst nicht genauso neugierig auf diese Seite? Natürlich möchte sie so etwas Unglaubliches mit eigenen Augen sehen. Meine Viv war schon immer impulsiv, und als ich jetzt das fröhliche Funkeln in ihren Augen sehe, wird mir ganz warm ums Herz. Genauso hat sie mich angeguckt, als sie vorschlug, mit Zelt und Rucksack in die Wildnis aufzubrechen, an unserem letzten gemeinsamen Wochenende. Wir zogen einfach los, obwohl wir wussten, dass es Leichtsinn war, so etwas auf eigene Faust zu unternehmen. Aber es war auch ein Abenteuer, spontan und aufregend. Sie wollte beweisen, dass wir das konnten, oder zumindest, dass sie es konnte. Ich blicke in diese vertrauten dunklen Tiefen, und aus der Wärme wird eine Hitze, die mich verzehrt. Das *ist* meine Viv.

»Bitte, bitte«, bettelt sie. »Das ist nicht gerecht, dass du hierherkommen darfst, und ich darf nicht sehen, wie es dort drüben ist. Ich bin total gespannt.«

»Es ist eigentlich nicht viel anders.«

Sie wirft mir die Arme um den Hals. *»Bitte!«*

Ich schließe die Augen, kann aber dem seidigen Timbre ihrer Stimme nicht entrinnen. Es wird ewig eine starke Sehnsucht nach ihr in mir auslösen. Flüchtig denke ich an Nina, die dieses Vorhaben zweifellos für mehr als riskant halten würde, aber Nina ist nicht hier. Ich seufze schwer, wie schon so oft, wenn ich Viv nachgeben musste, doch kaum habe ich den Atemzug ausgestoßen, fühlt sich alles so wunderbar richtig an, gerade weil es ein altes Spiel zwischen uns ist. Sogar das habe ich vermisst. Jetzt muss ich mich richtig anstrengen, nicht zu lächeln und weiter so zu tun, als wäre ich überhaupt nicht einverstanden.

»Na schön, aber du wirst dich langweilen.«

Sie klatscht jubelnd in die Hände, ehe sie merkt, was sie tut, und sich den Mund zuhält. Ich ziehe sie auf die Beine.

»Wir müssen aber sehr vorsichtig sein, damit dich niemand sieht, denn …«

»Ach so, klar.« Sie grinst. »Ich bin ja tot.«

Sie schleicht auf Zehenspitzen zu ihrem offenen Fenster und klettert hinein. Die Außenbeleuchtung ist heute zum Glück nicht an. Ich höre sie drinnen im Dunkeln herumkramen, und als sie wieder herausspringt hat sie ihre rot-weiße Rams-Jacke gegen einen schwarzen Pulli ausgetauscht. Obendrein hat sie sich einen Seidenschal um den Kopf gebunden und eine dunkle Sonnenbrille aufgesetzt. Die Kombination verleiht ihr Ähnlichkeit mit einem Hollywood-Starlet von früher.

Ich ziehe die Brille herunter. »Eine Sonnenbrille? Nachts?«

Sie schiebt sie sich wieder auf die Nase und wirft den Kopf zurück.

»So erkennt mich niemand.«

Ich ziehe spöttisch die Augenbrauen hoch. Dieses Ensemble würde für alle, die sie kennen, total nach Viv aussehen, doch ich widerspreche ihr nicht. Schließlich habe ich nicht vor, heute Nacht jemandem zu begegnen.

»Na gut, dann spare ich mir die für später auf.« Sie nimmt die Brille ab, steckt sie in die Hosentasche und hakt sich bei mir unter. »So, jetzt zeig mir dieses grüne Licht.«

Lächelnd drücke ich ihre Hand. Ich halte es nicht aus, wenn wir uns nicht berühren, denn ich will in jedem Moment daran erinnert werden, dass sie bei mir ist.

»Hier soll es sein?«, fragt Viv.

»Ja, aber du kannst es nicht sehen, bevor du hineinfasst.«

Ich strecke die Hand seitlich des Strommasts nach der richtigen Stelle aus.

»Genau hier?«

Ihr panischer Ton lässt mich herumfahren. Sie steht neben mir, die Arme um sich geschlungen, als würde sie frieren. Ihre Augen funkeln wild, ihr Gesicht aschfahl. Sie macht den Eindruck, als müsste sie sich gleich übergeben.

»Was hast du denn?« Ich fasse sie an den Schultern, reibe ihre Arme. Ihre Haut ist feuchtkalt.

Vivs Blick wandert gehetzt von dem Mast über das Gebüsch auf den Gehweg und wieder zurück, aber ich halte sie fest, und schließlich sieht sie mich an. Ihr Atem beruhigt sich, und ihr Gesicht bekommt langsam wieder Farbe in dem trüben Straßenlicht.

»Ich bringe dich nach Hause«, sage ich.

Sie fasst mich am Ärmel.

»Nein, ich …« Sie gerät ins Stocken. »Es ist nur hier, wo du …«

»Wir sind beide an dieser Stelle gestorben«, sage ich, nehme ihre Hand und reibe sie sanft, um sie zu wärmen. »Aber darauf kommt es nicht mehr an, denn jetzt stehen wir zusammen hier.«

Sie nickt mechanisch und klammert sich an mich.

»Bist du sicher, dass du das tun willst?«, frage ich. »Es gibt wirklich nicht viel zu sehen.«

Sie richtet sich gerade auf. »Doch.«

Ich fuchtele in der Luft herum, und wir beobachten, wie sie grün aufleuchtet, als meine Finger den richtigen Punkt treffen.

»Oh.« Viv streckt ebenfalls die Hand aus, aber vorsichtiger. »Ist das … ungefährlich?«

»Keine Angst, ich pass auf dich auf.«

Ich gehe zuerst in das Leuchten hinein, ohne ihre Hand loszulassen. Als ich vollständig in das prickelnde Licht eingetaucht bin, drehe ich mich um und will ihr hindurchhelfen.

»Du bist ganz grün!«, ruft sie erschrocken.

»Mach einfach die Augen zu«, sage ich hastig. »Es kribbelt ein bisschen, aber ich ziehe dich schnell hinüber.«

Sie packt meine Hand ganz fest und schließt gehorsam die Augen. Auf der anderen Seite trete ich rasch aus dem Licht heraus und ziehe sie mit mir wie bei einem Tanz. Sie strauchelt ein wenig, doch ich fange sie auf, woraufhin sie nach Luft schnappt und die Augen öffnet.

»O Gott, das war …« Sie sieht sich um, erkennt die Schule, das Gebüsch, die Ampel. »Wir sind ja nirgendwo hingegangen!«

Ich küsse sie lächelnd.

»Hab ich doch gesagt, alles genau das Gleiche. Total langweilig, außer dass *du* jetzt hier bist.«

»Und das soll ich dir einfach glauben? Ich will selbst sehen, was anders ist.«

»Na ja, da wäre das Fenster vom Kunstsaal.« Ich zeige auf die Schule. »Auf eurer Seite ist es nicht mit Brettern vernagelt.«

Sie hebt eine Augenbraue, ohne sagen zu müssen, wie schwach das ist.

»Hm, okay, lass mich nachdenken.«

Ich zermartere mir das Hirn nach etwas, das sie zufriedenstellen könnte. Mom liegt möglicherweise zu Hause auf der Lauer, das wäre ihr zuzutrauen. Ein Jahrbuch besitze ich nicht, außerdem wären wir da sowieso nicht drin. Und es ist ziemlich schwer, jemandem so ungreifbare Sachen zu zeigen wie mit wem man *nicht* befreundet ist und was man in dieser anderen Welt *nicht* getan hat. Es bedrückt mich, nur daran zu denken. Wir könnten natürlich zu ihrem Haus hier gehen, aber das wäre vielleicht ein Schock, und ich will es nicht riskieren, auf ihre Eltern zu treffen. Alles, was mir einfällt, ist so furchtbar deprimierend.

»Ich weiß! Bring mich zu meinem Grab!«, schlägt sie vor.

Es schaudert mich – das ist ja morbid. Noch kälter überläuft es mich, als mir klar wird, dass es dort hinter dem grünen Licht ein Grab mit meinem Namen darauf gibt.

»Nein«, sage ich.

»Ach komm schon, ja? Sonst glaube ich doch nie, dass ich tot bin.« Ihre Miene wird zweifelnd. »Vielleicht bin ich ja auch nur verrückt geworden?«

Ich seufze. Das Gefühl kenne ich. »Kannst du mir nicht einfach vertrauen?«

Sie schweigt einen Moment.

»Ich weiß nicht. Was ist, wenn du aus irgendeinem anderen Grund zu mir zurückgekommen bist?«

Ich streiche ihr die Haare aus der Stirn. »Aus was denn für einem anderen Grund?«

Ein betroffener Ausdruck huscht über ihr Gesicht. »Vielleicht treibt das Universum sein Spiel mit mir – wegen all der schlimmen Sachen, die ich gemacht habe«, sagt sie tonlos.

»Schlimme Sachen?« Ich hebe ihr Kinn an, damit sie mir in die Augen sieht. »Wie dich aus dem Haus zu schleichen, um mit mir Unfug zu treiben?«

»Vielleicht.« Sie bringt ein Lächeln zustande. »Unfug treiben fällt mir schwer, bevor ich gesehen habe, was ich sehen muss.«

»Aber es ist ein Friedhof.«

»Ein Friedhof ist ein Ort wie jeder andere auch. Das hat nichts zu bedeuten.« Sie lehnt ihre Stirn an meine. »Außerdem stehe ich hier quicklebendig vor dir.«

Sie erstickt die Einwände, die mir auf der Zunge liegen, mit einem langen, leidenschaftlichen Kuss. Mein Herz hüpft wie wild, und ich kann nicht klar denken. Möglicherweise hat sie recht, es ist nur ein Ort.

»Na schön, sehen wir es uns an«, willige ich schließlich ein. »Es ist eben nur ein bisschen deprimierend.«

Sie zieht mich die Straße hinunter in Richtung des Friedhofs. »Wie deprimierend kann es schon sein, mein Grab zu besuchen – *mit mir zusammen*?«

Es gibt nichts Stilleres und Gruseligeres als einen Friedhof mitten in der Nacht. Seit ihrer Beerdigung bin ich nicht mehr hier gewesen. Ich habe einfach nie das Gefühl gehabt, dass sie hier zugegen ist, nicht so wie an der Straßenecke. Jetzt verstehe ich wohl auch, warum.

Ich verlaufe mich ein paar Mal, aber das Gelände ist nicht besonders groß, und schließlich finde ich die richtige Reihe von Haywards. Den Grabstein könnte man fast übersehen, nur ein kleiner Naturstein mit einer Gedenktafel; es ist jedoch die einzige Grabstelle, die erst vor Kurzem ausgehoben wurde.

»Dort ist es, dort drüben«, sage ich und zeige darauf.

Viv zieht mich am Arm. »Dann komm.«

Ich schüttele den Kopf. »Geh du allein.«

Sie sieht mich mit gespielter Empörung an. »Du willst mich doch nicht im Ernst allein an meinem eigenen Grab stehen lassen.«

Ich spähe zu dem rechteckigen Stückchen Erde hin. Das Gras wächst langsam darüber und schließt sie ein, als hätte sie schon immer dort gelegen.

Viv verstellt mir den Blick und streichelt meine Wange. »Ich bin hier bei dir, Cam – munter und lebendig.«

Seufzend greife ich nach ihrer Hand und drücke sie. Sie nimmt das alles so gelassen; ich wünschte, ich wäre nur halb so tapfer. Gemeinsam gehen wir auf die Grabstelle zu. Den Grabstein sehe ich heute tatsächlich zum ersten Mal, denn bei der Beerdigung war er noch nicht gesetzt. Viel steht nicht darauf, nur ihr voller Name – Vivian Frances Hayward – sowie ihr Geburts- und Todesdatum.

Ohne Vorwarnung strömen die Erinnerungen an den Unfall wieder auf mich ein: die Straße, der Regen, Reifenquietschen, das Feuerzeug. Alles spielt sich vor mir ab, als würde es in diesem Moment erneut passieren. Ich zucke zusammen, als das Auto gegen den Mast knallt, dann steige ich aus und sehe die zerschmetterte Frontscheibe, all das Blut – und falle ohnmächtig ins Gebüsch. Als ich wieder zu mir komme, zittere ich, drücke Viv fest an mich und vergrabe mein Gesicht an ihrem Hals. Sie flüstert beruhigend auf mich ein, aber irgendwann höre ich, dass auch sie weint.

Ich streichele sanft ihren Rücken, während sie mein Gesicht mit kleinen Küssen bedeckt.

»Es tut mir leid, Cam«, flüstert sie. »Es tut mir so leid.«

»Nein, mir tut es leid«, sage ich kopfschüttelnd.

Wir entfernen uns von dem kalten, leblosen Stein und gehen eine Weile ziellos umher, bis wir auf eine Holzbank an einem der Friedhofswege stoßen. Ich lasse mich darauf fallen und atme in tiefen Zügen die kalte Luft ein.

»So schlimm habe ich es mir nicht vorgestellt«, sage ich, den Kopf in die Hände stützend. Obwohl sie bei mir ist, ist sie zugleich auch dort unter der Erde. »Wir hätten nicht herkommen sollen.«

Sie sagt nichts darauf, und als ich zu ihr hinsehe, weint sie stumme Tränen. Das macht mich fertig. Wenn Viv von Traurigkeit überwältigt wird, geht gar nichts mehr. Meine eigenen schrecklichen Erinnerungen treten zurück, und ich ziehe sie auf meinen Schoß und wiege sie hin und her, während sie nach Atem ringt und von Schluchzen geschüttelt wird.

»Was ist los?«, frage ich leise. »Du kannst es mir sagen.«

Sie schüttelt heftig den Kopf. »Es war so unfasslich, als ich dich verloren habe ... Es ist einfach plötzlich passiert und ... *Wie konntest du nur*?«

»Oh, Viv, ich wollte doch nicht ... Ich würde dich nie mit Absicht ...«

Ich tätschele ihren Rücken, während sie an meiner Schulter weint, und fühle mich schrecklich hilflos. Das Einzige, was ich tun kann, ist sie halten und ihrem Weinen zuhören. Endlich scheint sie sich zu beruhigen. Sie schnieft noch ein wenig und sagt mit bebender Stimme: »Du warst plötzlich fort, und ich konnte es nicht ertragen ...«

»Schsch«, mache ich und ziehe den Schal herunter, um ihr über den Kopf zu streicheln. »Es ist nicht deine Schuld.«

Sie stößt ein trauriges Wimmern aus, legt wieder den Kopf an meine Schulter und hält sich an mir fest. Schließlich entspannt sie sich so weit, dass unser Atem im gleichen Rhythmus geht.

»Du hast gesagt ... Versprichst du mir, dass du mich nie wieder verlässt?«, fragt sie.

Eine morbide Sekunde lang denke ich an den Jungen in dem Grab in ihrer Welt und dass ich kein Ersatz für ihn bin.

»So lange du mich willst«, sage ich.

Sie packt mich und zerrt an meiner Jacke, als genügte es ihr nicht, meine Arme um sich zu spüren. »Diesmal werde ich ein besserer Mensch sein, das verspreche ich.«

Mit geschlossenen Augen sauge ich ihren Duft in mich ein, als wir uns küssen. »Wir beide, wir werden uns beide bessern.«

NEUNZEHN

Können wir nicht hierbleiben?«, fragt Viv.

Ich taste um den Strommast herum, ein Auge auf den heller werdenden Himmel gerichtet.

»Wir können nachts herkommen, sooft du möchtest«, antworte ich. »Aber ich will nicht riskieren, dass uns jemand entdeckt.«

Stirnrunzelnd wedle ich weiter in der Luft herum. Ich könnte schwören, dass die Stelle ziemlich genau hier … Endlich fangen meine Finger an zu kribbeln. Ich verstehe nicht, warum sie diesmal so schwer zu finden ist. Als ich in Vivs tränenverschmiertes Gesicht blicke, sieht sie ängstlich aus.

»Bist du bereit? Möchtest du lieber wieder die Augen zumachen?«

Sie knetet den Bund ihres Pullovers.

»Was ist, wenn ich … nicht nach Hause will?«

Ich zögere, weiß nicht, ob sie das ernst meint. »Also, ich kann dich schlecht mit zu mir nehmen und dich in meinem Kleiderschrank verstecken.«

Sie zieht eine Grimasse, sagt aber weder etwas, noch bewegt sie sich von der Stelle.

»Wir kommen morgen wieder her, versprochen.«

Sie beäugt meinen ausgestreckten, durchsichtig grünen Arm und seufzt.

»Du zuerst.«

Ich nehme sie bei der Hand und trete in das elektrische Feld vor mir, das sich daraufhin leuchtend grün färbt. Diesmal muss ich mich noch ein bisschen stärker bücken, um hindurchzupassen. Als ich auf der anderen Seite herauskomme und mich halb umwende, um Viv zu helfen, sehe ich eine Gestalt auf dem Bürgersteig, die uns beobachtet. Panisch will ich Viv warnen, aber sie ist schon dicht hinter mir, und es gibt keine Versteckmöglichkeiten, nur kniehohes Gestrüpp und den Mast.

»Cam?«

Obwohl mein Gehirn noch dabei ist, das elektrische Sirren abzustreifen, erkenne ich Ninas Stimme und seufze erleichtert auf. Viv steigt gerade hindurch, ein Fuß materialisiert sich vor dem grünen Licht, dann der zweite. Sie hält immer noch meine Hand fest, und als sie es geschafft hat, drückt sie sie fest und ringt keuchend nach Luft.

»Das war irgendwie cool diesmal!«

Da sie nun in Sicherheit ist, atme ich auf und lasse ihre Hand los.

»Nina, du bist's, Gott sei Dank«, sage ich.

Ihr Blick wandert von mir zu Viv, und ich merke, wie sie sich versteift. »Was machst *du* denn hier?«

Ich will auf sie zugehen, doch Viv hält mich zurück.

»Ist schon gut«, sage ich, »Nina weiß Bescheid.«

Vivs Griff um meinen linken Arm wird noch fester. »Ach ja?«

»Ich, äh, wollte Viv nur zeigen, wie es funktioniert.« Ich deute vage auf den Strommast.

Nina hat sich nicht vom Fleck gerührt. Sie trägt eine leichte Jacke und enge Jeans. Ihre Haare sind offen – sie steckt sie nie hoch wie ihre andere Version in dem Diner –, und ihre Arme liegen locker an den Seiten, nur die Finger der einen Hand zucken. Ich habe immer noch ein schlechtes Gewissen wegen meiner Bemerkung über die Widmung in ihrem Jahrbuch, aber irgendwie macht es mich verlegen, mit ihr zu reden, während Viv an meinem Arm hängt. Die beiden starren sich an wie Gegner an der Gedrängelinie.

Nina schüttelt den Kopf, ohne Viv aus den Augen zu lassen.

»Es ist nicht sicher für dich, mit ihr zusammen zu sein, Cam.«

Ich richte mich auf und blicke mich hastig um. »Niemand hat uns beobachtet.«

»Und was machst *du* hier?«, stößt Viv zwischen den Zähnen hervor.

Nina fixiert sie etwa fünf Sekunden über die Höflichkeitsgrenze hinaus und sieht mir dann gerade ins Gesicht. »Das hier ist gefährlich.«

»Wir wissen genau, was wir tun«, sagt Viv und stellt sich vor mich. »Und es hat nicht das Geringste mit dir zu tun.«

Nina presst die Lippen aufeinander. »Ist euch klar, was passiert, wenn euch jemand sieht?«

»Natürlich«, erwidert Viv. »Aber es geht dich trotzdem nichts an.«

Nina wirft mir einen durchdringenden Blick zu, und ich überlege, was mein anderes Ich wohl getan hätte. Dann stelle ich mich neben Viv und nehme ihren Arm. Ninas Augen ziehen sich zu Schlitzen zusammen, dann reckt sie entschlossen das Kinn, wendet sich ab und geht davon. Verdutzt will ich ihr nachlaufen, doch Viv hält meine Hand so fest, dass es wehtut. Ich verziehe schmerzhaft das Gesicht und mache mich los, aber bevor ich noch etwas sagen kann, stolziert sie schon in die entgegengesetzte Richtung davon.

»Viv, warte!«

Ich laufe ihr hinterher. Als ich sie festhalten will, wirbelt sie herum und funkelt mich empört an.

»Was ist los?«, will ich wissen. »Was war das eben?«

»Wieso weiß *sie* denn, dass du lebst?«

Darauf fällt mir zunächst keine Antwort ein. Viv wartet mit verschränkten Armen. In was habe ich mich da nur hineingeritten?

»Das ist eine lange Geschichte, weißt du …«

»Warst du bei ihr, bevor du zu mir gekommen bist?«

Ich denke an Nina in dem geisterhaft grünen Licht an diesem ersten Abend und daran, wie sie später vor meiner Haustür stand. Wann war das? Letzte Woche? Es scheint Monate her zu sein.

»Nina ist zu mir gekommen – ich wusste nicht mal, wer sie ist. Ich wusste nicht, dass du am Leben bist.«

Sie kneift skeptisch die Augen zusammen. »Was soll das heißen?«

Ich schiele zu der pinkfarbenen Morgenröte im Osten hin. »Wo ich herkomme, gibt es keine Nina. Das heißt, schon, aber wir sind uns nie richtig begegnet.«

»Du hast sie in deiner Welt nicht gekannt?«

Ich schüttele den Kopf und hebe hilflos die Hände. »Ich bin mir nicht sicher, ob ich dich ohne sie gefunden hätte.«

Sie spielt mit ihrem Seidenschal und geht dabei weiter. Ich folge ihr. Ich verstehe immer noch nichts.

»Worum ging es da eben?«, frage ich.

Sie gleitet mit ihren gewohnten langen Schritten dahin. Die Sonne steigt über den Horizont, und sie holt ihre Sonnenbrille heraus.

»Sie war ziemlich besessen von dir, als du noch gelebt hast«, erklärt sie.

Ich stolpere über irgendetwas auf dem Gehweg. »Was?«

»Sie war beinahe genauso am Boden zerstört wie ich, als du gestorben bist. Sie hat mir richtig leidgetan, tut sie immer noch.«

»Aber … ich dachte, Nina und ich wären bloß gute Freunde gewesen?«

Viv schneidet eine Grimasse, ehe sie antwortet: »Sie war eine Zeit lang sehr verliebt in dich und hat es nicht gut aufgenommen, als du ihr gesagt hast, dass du nur mit ihr befreundet sein willst – weil du natürlich mit mir zusammen warst. Jedenfalls wurde das ein bisschen beängstigend mit ihr, sie tauchte ständig unerwartet irgendwo auf, wollte mit dir in der Öffentlichkeit gesehen werden, schrieb dir kleine Botschaften. Ein bisschen zu stalkermäßig.«

Mein Bein beginnt zu schmerzen, und ich muss langsamer gehen. Viv passt ihr Schritttempo an.

»Stalkermäßig? Nina ist doch kein Stalker!«

»Na ja, wenn sie dir geholfen hat, mich zu finden, ist sie vielleicht endlich darüber hinweg.«

In meinem Kopf dreht sich alles. Es ist irgendwie zu spät, um ihr zu erklären, dass Nina mir nicht absichtlich den Weg zu ihr gewiesen hat, daher sage ich nichts. Wir stehen wieder vor ihrem Haus, in dem immer noch alles dunkel ist, obwohl die Sonne schnell höher steigt.

»Ich sollte jetzt besser gehen, bevor mich noch jemand erkennt«, sage ich.

Sie zieht mich am Jackenkragen an sich.

»Aber du kommst wieder? Du holst mich ab?«

»Natürlich.«

Eine dünne Falte bildet sich zwischen ihren Augenbrauen. »Wirst du auch Nina besuchen?«

»Ich … ich weiß es nicht«, antworte ich. »Wäre es schlimm, wenn ja?«

Sie legt mir die Arme um den Hals und gurrt mir ins Ohr: »Ich könnte es nicht ertragen, wenn sie dich mir wegnehmen würde.«

Ich erstarre. Vivs zärtliches Lächeln überzeugt mich davon, dass sie den Stachel in ihrer Bemerkung nicht beabsichtigt hat. Wie kann sie so etwas sagen, nach allem, was wir zusammen durchgemacht haben? Ich fasse sie um die Taille und lösche die Worte von ihren Lippen.

ZWANZIG

Den ganzen Sonntag verbringe ich damit, mein Zimmer aufzuräumen. Ich habe vor, Viv bei der ersten Gelegenheit hierherzuschmuggeln, und sie soll nicht sehen, wie ich mich habe verkommen lassen. Ich sammele eine Tonne Müll unter dem Bett und aus den Schreibtischschubladen zusammen. Hausaufgaben vom letzten Jahr, die ich nie abgegeben habe, alte Arzneirezepte, ein paar Teller und Becher, die wohl mal etwas Essbares enthielten. Dann mache ich mit dem Kleiderschrank weiter und lege erst eine Pause ein, als mir das weiße Footballtrikot mit der roten Fünf darauf in die Hände fällt. Ich werfe es in den Mülleimer, ziehe es kurz darauf jedoch wieder heraus. Das erste Mal, dass ich »Pike« auf der Rückseite eines Trikots von den Fowler Rams sah, war, als Mike und ich unsere Sachen für das Unterstufenteam abholten. Der Drucker hatte *Liu* falsch geschrieben, und wir lachten uns auf dem ganzen Nachhauseweg darüber kaputt, wie jemand so blöd sein kann, einen Namen mit drei Buchstaben zu vermasseln. Ich fahre die Nähte mit den Fingern nach. Es ist zu spät für ein Comeback, das weiß ich, egal, was Logan da fantasiert, aber es war schon eine gute Zeit, als ich dieses Trikot trug.

Ich falte es zusammen und lege es in die Kommode.

Viv und ich haben Pläne für unsere nächste romantische Nacht geschmiedet. Sie besteht darauf, wieder auf meine Seite herüberzukommen, und obwohl Mom angekündigt hat, heute Abend zu Hause zu bleiben, schleiche ich mich eine Stunde später davon. Ich habe ein paar Decken mitgenommen und führe Viv auf den Spielplatz der Grundschule, wo wir auf den Schaukeln durch die Luft fliegen, bis unsere Nasen taub werden vor Kälte. Es gibt dort so eine Kletterburg aus Holz mit Türmchen und Rutschen an den Seiten, in die wir anschließend hinaufklettern und uns aneinanderkuscheln, um uns warm zu halten.

»Ich möchte für immer hierbleiben«, sagt Viv.

»Ist ein bisschen frisch auf Dauer«, erwidere ich und ziehe die Decken fester um uns.

»Nicht hier auf dem Spielplatz, ich meine hier in deiner Welt.«

»Warum das denn?« Ich kann ihren Locken nicht widerstehen und muss sie um meine Finger wickeln. »Du hast doch alles bei dir in deiner Welt. Deine Eltern, das Cheerleading …«

»Aber hier bin ich so *frei*«, entgegnet sie.

»Sei nicht albern, was hast du denn schon für Probleme dort?«

»Also, ich brauche das Cheerleading nicht!« Sie zögert kurz, ehe sie fortfährt. »Du hast gesagt, ich hätte es hier aufgegeben, um mehr mit dir zusammen sein zu können – offensichtlich hatte ich also meine Gründe.«

Ich blicke durch die kleinen Fenster im Dach zu den Sternen hinauf und denke daran, wie glücklich sie früher in ihrer Uniform aussah, wenn sie vom Spielfeld aus ins Publikum strahlte.

»Ich hatte immer den Eindruck, dass du es vermisst.«

»Puh.« Sie zieht eine Schnute. »Ich fasse es nicht, dass ich nach dem Unfall damit weitergemacht habe. Meine Eltern fanden, dass es gut für mich wäre.«

Daran hatte ich noch gar nicht gedacht, dass Viv genauso viel Schwierigkeiten mit ihren Eltern haben könnte wie ich. Mich schicken sie zur Therapie, sie muss weiter anfeuern.

»Willst du ihretwegen weg?«, frage ich.

Sie sagt eine Weile lang nichts, starrt nur ins Leere. Dann setzt sie sich gerade auf, sieht mir tief in die Augen und streichelt über die sprießenden Bartstoppeln an meinem Kinn.

»Es spielt keine Rolle, weshalb ich wegwill. Du bist der Grund, weshalb ich *bleiben* möchte.«

Sie küsst mich, aber es ist so kalt, dass wir beide die Augen aufreißen, als unsere eisigen Lippen sich treffen. Wir lachen. Ich ziehe sie an mich und halte sie in den Armen, lausche unserem gleichzeitigen Atemrhythmus. Sie hat recht, das spielt alles keine Rolle, wenn man bereits das Unmögliche erlangt hat.

»Was meinst du, wohin sollen wir nach dem Schulabschluss gehen?«, frage ich. »Irgendwohin, wo uns niemand kennt, oder?«

»O ja, Tahiti – dein Tahiti!«, sagt Viv fröstelnd. »Lass uns ganz weit weg gehen, wo es immer warm ist.«

Überrascht schaue ich sie an. »Ich dachte, du wolltest im Leben keinen Strand mehr sehen nach diesem Trip mit deinen Cousinen nach Hawaii.«

»Hawaii? Da war ich noch nie. An eine Reise ins Inselparadies würde ich mich wohl erinnern.«

Ich schüttele verwirrt den Kopf. »Im zweiten Highschool-Jahr, in den Frühjahrsferien, nachdem deine Cousine Amanda in Harvard aufgenommen wurde? Du bist mit einem so schlimmen Sonnenbrand nach Hause gekommen, dass du geschworen hast, nie wieder an einen Ort zu fahren, wo es Palmen gibt.«

Viv wird aschfahl. »Harvard?«

»Aber ja, sie ist immer noch dort, Grundstudium Medizin.«

Sie runzelt die Stirn. »Amanda ist gerade zum zweiten Mal in einer Entzugsklinik.«

Jetzt wird uns beiden unbehaglich. Nach meiner Erinnerung hatte Vivs Cousine ihr aufkeimendes Drogenproblem noch vor Harvard überwunden, aber ich traue mich nicht, weiter darauf herumzureiten.

»Aus ihr hätte wirklich was werden können«, schnieft Viv. »Anscheinend ist sie hier mit dem Druck besser klargekommen. Noch etwas, das für deine Welt spricht.«

Ich huste erstaunt. Viv hat Amanda immer bewundert, auch dann noch, als sie ihre ältere Cousine mit Problemen kämpfen sah. Es klingt seltsam in meinen Ohren, dass sie sie jetzt so einfach abschreibt.

»Na ja, Tahiti ist ein bisschen weit weg«, wechsele ich das Thema. »Was ist, wenn du mal deine Familie und Freunde besuchen möchtest?«

Sie winkt ab. »Ich schreibe eine Ansichtskarte. Was braucht man wohl für eine Briefmarke, um sie durch das grüne Licht zu schicken?«

Ich lache, und wir kichern und bibbern zusammen und schmiegen uns enger aneinander.

»Wir brauchen aber gar nicht so lange zu warten«, meint Viv nach einer Weile.

»Wenn du in meiner Welt bleiben willst, schon. Meine Mom findet mich todsicher und bringt mich um, falls ich in dieser Dimension meinen Abschluss nicht mache.«

Sie lacht, und ich fasse ihr sacht unters Kinn, damit sie mir in die Augen sieht.

»Aber wenn wir auf deine Seite gingen …«

Sie schüttelt unnachgiebig den Kopf. »Auf keinen Fall.«

Ich verdrehe die Augen. Sie war schon immer dickköpfig, und in dieser Frage lässt sie offenbar überhaupt nicht mit sich reden. »Wenn wir die Schule erst einmal hinter uns haben, lässt man uns sowieso in Ruhe. Dann können wir uns immer noch überlegen, wohin wir gehen.«

Sie kuschelt sich unter der Decke an mich und schmiegt ihre Wange an meine Brust.

»Du meinst, dann können wir uns überlegen, wie wir es hinkriegen, beide *hierzubleiben*.«

EINUNDZWANZIG

Als ich am Montagmorgen zur Schule aufbreche, betritt ein Putztrupp von der Firma HappyMaids im Gänsemarsch unser Haus. Mom hat sich doch tatsächlich einen Tag freigenommen, um den Leuten Anweisungen zu erteilen. Ich habe mir die Bemerkung verkniffen, dass wohl eher eine Woche für die Grundreinigung nötig sein wird. Soweit ich mich erinnere, ist unser Küchenfußboden nämlich weiß und nicht grau.

Trotzdem schön, dass sie sich Mühe gibt.

Ausnahmsweise einmal erreiche ich den Haupteingang der Fowler High, noch bevor es läutet. Ich hatte schon ganz vergessen, was für ein Gedränge dort herrscht, wenn man zusammen mit den anderen hineingeht. Einer aus dem ersten Jahrgang trägt einen Plakatkarton mit sich herum, wohl ein Hausaufgabenprojekt, an dem er übers Wochenende gebastelt hat, und ein Mädchen, das ich von der Raucherecke an der Bushaltestelle kenne, rennt an mir vorbei, um sich schnell noch eine Nikotindröhnung auf dem Klo zu holen. Ein anderes Mädchen, das auf lächerlich hohen, pinkfarbenen High Heels vor mir herschwankt, stürzt beinahe rückwärts die Treppe hinunter, doch ich kann sie noch rechtzeitig auffangen.

»Alles in Ordnung?«, frage ich, als sie wieder auf beiden Stilettos steht.

»Ja, danke, ich … Camden?«

Ich lasse sie schnell los. »Du solltest vorsichtiger sein mit den Dingern, Tash.«

Damit gehe ich weiter, doch noch ehe ich die nächsten zwei Stufen genommen habe, werde ich von einem sehr rotgesichtigen Logan West gegen das Geländer gestoßen.

»Machst du meine Freundin an, Pike?«

Es ist schwer, in einem zusammenhängenden Satz zu antworten, wenn man mit durchgebogenem Rücken über einem Metallgeländer hängt.

»Deine … Freundin?«

»Komm ja nicht wieder auf blöde Gedanken, verstanden?« Er deutet mit dem Kinn auf Tash. »Die da gehört mir.«

Ich werfe einen Blick auf Tash, die ihre Haare auf eine Art hochgesteckt hat, dass sie wie ein Pudel in Pink aussieht. Selbst wenn ich Vivs Kuss nicht noch warm auf meinen Lippen spüren würde, wäre das eine derart absurde Unterstellung, dass ich laut auflache.

»Glückwunsch, ich wusste nicht, dass ihr jetzt offiziell zusammen seid«, röchele ich. »Nach allem, was ich gehört habe, wart ihr bisher bloß Bumsbekannte.«

Logan versetzt mir noch einen härteren Stoß, und für einen Augenblick glaube ich, dass er mir jetzt endlich die Faust ins Gesicht schlägt, wonach es ihn juckt, seit Viv ihn verlassen hat, und mich geradewegs übers Geländer befördert – aber es kommt nicht dazu. Ein breitschultriger Fänger steht plötzlich zwischen mir und dem Möchtegernstar von einem Quarterback.

»Hey, West, warum kaufst du deiner *Freundin* nicht ein Paar vernünftige Schuhe?«, sagt Mike. »Wenn Pike sie nicht aufgefangen hätte, wäre sie auf ihrem Hintern gelandet.«

Logans Gesichtsfarbe geht von Rot in Violett über. Sein

Blick wandert von mir zu Mike, dann die Treppe hinunter zu Tash.

»Freundin?« Tash strahlt übers ganze Gesicht. »Das simse ich gleich Niki!«

Logan lässt uns stehen und versucht, sie zu bremsen, während sie die Neuigkeit schon eifrig in der ganzen Schule verbreitet.

Ich funkele Mike böse an.

Er zieht die Augenbrauen hoch. »Hey, dir auch einen schönen guten Morgen!«

Zum ersten Mal seit Tagen sinkt meine Laune in den Keller. Ich bin zwar nicht mehr im Team, aber wie kommt Mike auf die Idee, dass ich deshalb verteidigt und verhätschelt werden muss? Ich denke an den roten König, der stolz vor der ganzen Schule posiert – Arm in Arm mit Viv. Was würde Viv davon halten, dass Mike meine Kämpfe für mich ausficht?

»Ich werde selbst mit Logan fertig«, schnauze ich ihn an.

»Entschuldige, ich wusste ja nicht, dass du dir gern die Nase brechen lassen wolltest.«

Ich knirsche mit den Zähnen. »Mein Scheiß geht nur mich selbst was an. Hast du keine eigenen Probleme, oder bist du zu nett, als dass dir jemand eine reinhauen will?«

»Alter, was soll das?«

»Lass mich in Ruhe, okay?« Ich stampfe die Treppe hinauf, aber als ich Mikes Gesichtsausdruck sehe, verpufft meine Wut. Wie soll ich ihm erklären, dass ich nicht wie ein Loser wirken will im Vergleich zu – meinem anderen Ich?

Als ich oben ankomme, ruft er mir nach: »Was zum Teufel ist los mit dir, Pike?«

Ich zucke die Achseln. »Ich hatte ein super Wochenende.«

»Mr Reed!«, rufe ich auf dem Weg zum Mittagessen durch den Gang.

Mein Extrainer bleibt stehen und wartet inmitten des Schülerstroms auf mich.

»Mr Pike? Kann ich etwas für Sie tun?«

Es ist mir ein bisschen unangenehm, damit zu ihm zu kommen, aber nun, da ich vor ihm stehe, kann ich schlecht einen Rückzieher machen.

»Ich hatte gehofft, ich meine, ich wollte Sie fragen … Meinen Sie, ich könnte wieder am Sportunterricht teilnehmen?«

Er will gerade etwas sagen, aber ich presche voran, ehe einer von uns richtig zum Nachdenken kommt.

»Ich habe die zweite Stunde immer frei, ich meine, mein Bein und so, ich weiß, aber ich dachte, es würde mir vielleicht guttun. Ich möchte nur einfach wieder ein bisschen in Form kommen. Nicht wieder spielen, natürlich, aber na ja, ich weiß nicht …«

Mein Gesicht brennt. Reed steht regungslos da. Eine volle Minute lang blinzelt er nicht mal, ich schwör's.

»Wenn Sie sich bereit dafür fühlen, sage ich im Schulbüro Bescheid, damit man Sie einem Kurs zuteilt, Camden.«

Mir klappt die Kinnlade herunter. Ich war sicher, dass er erst einmal sagt, er müsse darüber nachdenken.

»Okay. Danke, äh, Coach.«

»Cam«, ruft er mir hinterher, als ich davoneile. »Bis morgen hast du wieder einen Spind. Bring Sportsachen mit.«

Ich bin *dabei*.

Ich gehe in die Schulkantine, aber nur, um mir was zu essen zu kaufen. Die Hamburger sind kein Stück besser geworden, seit Viv und ich letztes Jahr daran herumgenagt haben, aber ich klatsche tonnenweise Senf, Ketchup und Gürkchen darauf, bis sie nach etwas Essbarem aussehen. Dann wickele ich sie in Alufolie, schmeiße mein Tablett auf das Band vor der Tür und gehe zurück in den Flur. Als ich Mike in unserer üblichen Nische über sein Skizzenbuch gebeugt sitzen sehe, bleibe ich stehen.

Er deutet mit dem Kopf auf die Burger, als ich herankomme. »Fängst du wieder an zu essen?«

»Ich schätze, ich könnte ein paar Pfund zulegen«, sage ich vorsichtig.

Eigentlich will ich nur ein ruhiges Plätzchen für mich allein finden. Ich werfe einen verstohlenen Blick auf die Seite, die er gerade in Arbeit hat, eine detailgenaue Zeichnung von einem Fantasy-Wesen, eine Art sexy Gnu-Girl. Ich ziehe verwundert die Augenbraue hoch. Das ist Neuland für ihn.

»Was ist, willst du im Stehen essen?«, fragt er.

Er sitzt einfach ruhig da, kaut seinen Müsliriegel wie immer und zeichnet, als hätte ich mich heute Morgen nicht wie der letzte Idiot benommen. Ein paar endlose Sekunden stehe ich noch planlos herum, dann setze ich mich.

Ich kaue mechanisch und ziehe jeden Bissen in die Länge, um einen Vorwand zu haben, nicht reden zu müssen. Dabei beobachte ich, was sich um uns herum abspielt. Keisha Todd und James Clark knutschen auf der anderen Gangseite. Die Typen vom Matheclub neben uns beugen sich über ihre Hefte und lösen Gleichungen wie die Irren. Zwischendurch sehe ich Tash Clemons und ihre Clique durch den Flur klappern – offenbar haben sie sich abgesprochen, heute alle Stilettos zu tragen, damit sie sich gegenseitig beim Gehen stützen können.

»Eins macht mich neugierig«, sagt Mike unvermittelt und steckt seinen Bleistift hinters Ohr. »Ich habe heute Morgen gesehen, dass die Gedenkstätte verschwunden ist. Hast du die Sachen abgenommen?«

»Ja«, antworte ich und wische mir Senf vom Mund.

»Darf ich fragen, warum?«

»Hast du mir nicht vorgehalten, dass das Leben weitergeht und ich mich berappeln soll? Was willst du?«

»Mann, ich … na ja, vielleicht habe ich das gesagt.« Er schnappt sich seine Powerdrink-Flasche. »Ich meine, tu, was du tun musst. Möchte nur wissen, was das zu bedeuten hat?«

»Es bedeutet, dass ich den Kram abgenommen habe.« Ich zerknülle die Alufolie.

»Ist bloß merkwürdig. Erst gehst du schon zu Boden, wenn Logan dich nur scharf anguckt, und auf einmal spielst du den Ritter bei Tash und provozierst einen Kampf. Was ist an diesem Wochenende passiert, Cam?«

Ich stehe schnell auf und werfe den Rucksack über. »Ich kann nicht ewig ein Trauerkloß bleiben.«

ZWEIUNDZWANZIG

Es dämmert gerade erst, als ich zu der Straßenecke komme, aber ich habe die Warterei satt. Wenn ich nicht mit Viv zusammen bin, fühle ich mich nie so richtig vollständig. Nachdem ich durch das grüne Licht geschlüpft bin, schlage ich sofort den Weg zu ihrem Haus ein. Am Himmel hängen dicke Wolken, aber für Schnee ist es noch nicht kalt genug. Trotzdem gehe ich schneller, um nicht zu frieren.

Ich denke über Zufluchtsorte für Viv und mich nach, möglichst etwas Wärmeres als der Spielplatz, eventuell ein Kino. Im Dunkeln würde uns keiner sehen. Plötzlich, als ich halb eine Kreuzung überquert habe, lässt mich das Geräusch von Stimmen aufhorchen, und ich bemerke eine Gruppe von Highschool-Kids, die direkt auf mich zukommt. Ein paar Jungs und ein, zwei Mädchen, aber ich erkenne keinen von ihnen auf den ersten Blick. Sie sind in ein Gespräch über eine Fernsehserie vertieft, bis auf einmal einer zu mir herüberblickt – Logan!

Er bleibt stehen, ich bleibe stehen, und unsere Herzen bleiben beide auch eine sekundenlange Ewigkeit stehen, nach seinem Gesicht zu urteilen. Noch nie habe ich diese unsteten, berechnenden Augen so weit aufgerissen gesehen.

»Hey …«

Ich mache mich aus dem Staub, ehe er noch mehr herausbringt.

Schneller, als ich jemals als Quarterback gesprintet bin,

renne ich durch die Gärten hinter den Wohnhäusern. Ziehe die Kapuze meines Hoodies ins Gesicht, springe über einen Zaun, weiche einem Pool aus und mache einen langen Satz über eine Seitengasse zum nächsten Häuserblock. Renne die Straße entlang, bis ich merke, dass ich dort zu sehr auffalle, woraufhin ich hastig in eine Einfahrt und hinter eine Garage flitze. Ein Hund bellt mich an, ich springe aufs Nachbargrundstück und erkenne, wo ich bin. Als ich mich umsehe, scheint mir niemand auf den Fersen zu sein, also durchquere ich auf schnellstem Weg zwei weitere Gärten und gelange zu Ninas Haus. Dort drücke ich mich hinter den Büschen neben der Veranda an die Hauswand und warte darauf, dass eine Gang aus fünf Leuten mich aufstöbert.

Nach mehreren Minuten ereignisloser Stille schlägt mein Herz nicht mehr ganz so heftig, und mein Gehirn hat offenbar aus dem Flucht-oder-Kampf-Modus auf normal geschaltet, denn mein rechtes Bein brennt plötzlich, als stünde es in Flammen. Als ich aus meinem Versteck heraushumpele, sehe ich nur die leere Fahrbahn, und zu hören ist nichts als ein aufjaulender Automotor einen Block weiter. Ich bücke mich und massiere die strapazierten Muskeln über meinen schmerzenden Knochen. Was bin ich bloß für ein Vollidiot. Warum habe ich nicht besser aufgepasst, verflucht noch mal?

Etwas weiter die Straße hinunter brüllt jemand etwas, und ich erstarre. Das Gefühl relativer Sicherheit verlässt mich wieder. Ich greife nach dem Verandageländer, zögere jedoch. Bei meiner letzten Begegnung mit Nina war alles so seltsam. Wie wird sie reagieren, wenn ich jetzt an ihre Tür klopfe? Durchdringendes Quietschen von Reifen auf Asphalt schreckt mich auf und verschiebt schlagartig meine Prioritäten. Was geschieht, wenn ich hier draußen erwischt werde? Ich husche zur Veranda hinauf und drücke die Türklingel. Es läutet im Haus, die Sekunden vergehen, aber ich höre niemanden kommen. Ich klopfe an, tänzele nervös herum, blicke forschend in die Nacht. Gott sei Dank hat heute niemand das Verandalicht angeschaltet. Gerade will ich noch einmal klingeln, als die Tür endlich aufgeht und Owen zu mir hochstarrt.

Ich schiebe ihn beiseite, betrete die sichere Diele und lege den Riegel vor. Aufatmend lehne ich mich an die Wand. Owen mustert mich immer noch stumm.

»Hey, Kumpel«, begrüße ich ihn. »Wie geht's?«

Er lächelt schwach, sagt jedoch nichts.

»Äh, ist Nina da?«

Er zuckt die Achseln. Sein Pony klebt schweißnass an seiner Stirn, und er ist leichenblass.

Ich knie mich vor ihn hin.

»Owen, wo ist Nina?«

Sein Blick ist glasig und unfokussiert. Was hat Nina noch einmal gesagt, dass er hat? Diabetes? Was tut man überhaupt dagegen? Ich sehe mich nach Anzeichen um, ob noch jemand anders zu Hause ist, aber die Dunkelheit ringsum lässt nicht viel erkennen.

»Ist sie oben?«, frage ich.

»Ich will sie nicht nerven …« Er verstummt.

»Komm mit, Owen.« Ich nehme ihn bei der Hand. »Wir gehen zu ihr, ja?«

Seine Finger sind ganz kalt. Er stolpert auf der Treppe, doch ich fange ihn auf und versuche, ruhig zu bleiben. Mit dem Jungen stimmt ernstlich was nicht. Die Tür zu Ninas Zimmer oben ist geschlossen, ich klopfe an, und als sie nicht gleich antwortet, gehe ich einfach hinein.

Nina liegt zusammengekauert auf dem Bett, das genauso ordentlich gemacht ist wie bei meinem letzten Besuch. Sie trägt Jeans und Pulli und hat die Augen geschlossen. Ein Schulheft liegt aufgeschlagen vor ihr, in das sie ein paar Matheaufgaben gekritzelt hat, aber dann ist sie mit einem Comic in der Hand eingeschlafen. Ihr iPod liegt neben ihr, die Ohrstöpsel sind herausgefallen, und es ist ganz still, die Wiedergabeliste, die sie gehört hat, offenbar zu Ende. Ich packe sie an der Wade und schüttele sie.

»Nina!«

Sie tritt aufschreiend um sich, aber ich weiche ihrem Fuß rechtzeitig aus. Als sie zum Kopfkissen zurückrutscht, verheddert sie sich in den Kopfhörern.

»Verdammt – Cam!«

»Owen geht es nicht gut.«

»Was in aller Welt machst du …« Sie sieht zu ihrem Bruder. »Owen?«

Nina wirft nur einen Blick auf ihn, der schwankend neben mir steht, und ist wie der Blitz vom Bett. Sie befühlt seine Stirn und redet auf ihn ein.

»Owen, was ist mit dir? Was hast du?«

»Ich habe Hunger«, murmelt er.

Sie macht ein erschrockenes Gesicht. »Wie spät ist es? Hast du zu Abend gegessen?«

Owen schüttelt den Kopf. »Tante Car hat gesagt, du würdest mir demnächst was machen.«

Sie packt ihn an den Schultern, kneift die Lippen zusammen. »Das ist jetzt sehr wichtig, Owen. Weißt du noch, ob sie dir eine Spritze gegeben hat, bevor sie gegangen ist?«

Er überlegt eine gefühlte Ewigkeit lang, dann nickt er.

»Essen wir jetzt bald?«

Nina ist kurz vorm Weinen. Sie sieht sich hektisch um, als müsste sie schnell einen Plan fassen, und stürzt dann zur Tür.

»Hey, kann ich was tun?«, rufe ich. »Soll ich einen Krankenwagen rufen?«

»Er braucht Zucker«, ruft sie zurück, schon halb durch den Flur.

Owen macht den Eindruck, als würde er gleich umkippen. Ich hebe ihn auf meine Arme und folge Nina nach unten. In der Küche kramt sie im Kühlschrank herum und holt einen Kanister mit Orangensaft heraus. Ich setze Owen sanft auf einem Stuhl ab, während sie schwappend Saft in ein Glas schüttet. Sie ist beinahe genauso blass wie ihr Bruder. Als sie ihm das Glas an die Lippen hält, ist ihre Hand so unsicher, dass ich es ihr abnehme und Owen dränge zu trinken.

»Ich bin müde«, murmelt er und wendet den Kopf ab.

»Trink, Owen, bitte!«, fleht Nina.

»Trink den Saft, Kumpel«, sage ich. »Ich kann dir keine von meinen Footballtricks verraten, wenn du hier einschläfst.«

Er rollt den Kopf zu mir herum und öffnet blinzelnd ein Auge. Ich versuche, mir meine Angst nicht anmerken zu lassen, lächele aufmunternd und nicke ihm zu. Zuerst nippt er nur ganz leicht, doch dann trinkt er den Saft bis auf den letzten Tropfen aus. Nina scheint sich allmählich zu beruhigen, als ich das leere Glas wegstelle, woraufhin auch aus meinen Schultern die Anspannung weicht. Ich habe zwar keine Ahnung, wie das bisschen Saft ihm helfen soll, nehme das aber als ein gutes Zeichen.

»Was machst du überhaupt hier?«, fragt sie mich schließlich erschöpft.

»Nichts …« Ich halte inne und denke an den Moment, als Logan mich gesehen hat. Das scheint schon wieder hundert Jahre her zu sein; sie braucht nichts davon zu wissen. »Aber ein Glück, dass ich aufgetaucht bin, was?«

Zehn Minuten später ist Owen etwas munterer, wenn er sich auch immer noch mies fühlt. Ich trage ihn ins Bett, damit er es bequem hat, und Nina überprüft mindestens fünfzig Mal seinen Blutzucker, ehe sie ihm Erdnussbutter- und Geleebrote zum Abendessen bringt.

»Bist du sicher, dass er nicht ins Krankenhaus muss oder so?«, frage ich.

Nina schüttelt den Kopf, steht auf und stellt sich ans Fußende seines Betts. »Er kommt wieder in Ordnung.«

Owen verschränkt stirnrunzelnd seine Arme. »Ich komme nie in Ordnung.«

»Geht es dir wieder schlechter?«, frage ich mit Seitenblick auf das Blutzuckermessgerät.

Er sieht mich kurz an, fixiert dann aber das Footballmuster seiner Bettdecke. »Wie soll ich Football spielen, wenn ich andauernd krank bin?«

»Für den Anfall eben konntest du doch nichts, Owen«, sagt Nina.

Ich setze mich zu ihm auf die Bettkante. »Es gibt Leute, die mit noch schlimmeren Handicaps Sport machen. Du musst einfach nur gut auf dich achten.«

Er blickt nicht auf.

»Im Football geht es nicht darum, kerngesund und perfekt zu sein, Owen.« Ich schlucke und denke lieber nicht näher über das nach, was ich da sage. »Die besten Spieler sind die, die am meisten Biss haben, die sich am meisten anstrengen.« Ich nehme den Football von dem Regalbord über seinem Bett und stelle erstaunt fest, wie gut er in meiner Hand liegt. Owen fängt ihn reflexartig auf, als ich ihn werfe. »Es wäre doch echt traurig, wenn die Rams nie so einen klasse Quarterback kriegen würden, wie du mal einer wirst.«

Er blickt skeptisch, aber nicht mehr düster drein.

»Habe ich recht, Nina?«

Sie antwortet nicht, und als ich mich nach ihr umdrehe, ist sie weg.

»Kommst du ein Weilchen allein klar?«, frage ich.

Owen lehnt sich zurück und seufzt. »Ja, sicher. Danke, Cam.«

Nina ist nicht in ihrem Zimmer, als ich an der offen stehenden Tür vorbeikomme. Ich muss zu dem Foto auf ihrem Bücherregal hinsehen. Keine Frage, das ist sie als kleines Mädchen, wie sie ihre Nase krauszieht und mit ihrer Mom, ihrem Dad und ihrem kleinen Bruder in die Kamera lächelt. Ich frage mich, ob Owen von klein auf krank war. Ich frage mich, wie alt Nina war, als ihre Eltern umkamen.

Ich finde sie in der Küche, wo sie mit ein paar Lagen Küchentuch Orangensaft vom Tisch wischt.

»Alles okay?«, erkundige ich mich. Eine dumme Frage.

»Ja, alles in Ordnung.«

Ihre Augen sind trocken, wenn auch gerötet, und sie schrubbt kräftig an einem für mich unsichtbaren Fleck herum. Ich nähere mich ihr, unsicher, was ich sagen soll. Owen war irgendwie einfacher zu trösten.

»Es geht ihm bestimmt bald wieder gut«, bemerke ich. »Hast du ja selbst gesagt.«

»Ich weiß«, erwidert sie kurz angebunden und klingt verärgert.

»Was hast du denn?«

Sie knüllt das vollgesogene Küchenpapier zusammen und schleudert es knapp an mir vorbei in die Spüle.

»Es wäre gar nicht erst so weit gekommen, wenn ich besser aufgepasst hätte!«

»Hey, hey.« Ich hebe beschwichtigend die Hände. »Das war doch nicht deine Schuld, Nina.«

Sie schnaubt verächtlich und geht zur Spüle. Nach den richtigen Worten suchend lege ich ihr die Hand auf die Schulter.

»Sei nicht so streng zu dir selbst. Es ist sowieso eine viel zu große Verantwortung, dass du dich allein um deinen kleinen Bruder kümmern musst.«

Sie steht einen Augenblick still, als ich sie berühre, dann wirft sie den Küchentuchmatsch weg und fängt an, die Spüle zu schrubben.

»Danke, aber wer soll es denn sonst tun? Tante Car vergisst es ständig.«

»Na ja, vielleicht solltest du mal mit ihr reden. Sie ist immerhin die Erwachsene. Es ist nicht gerecht, dass …«

»Das Leben ist nicht gerecht, Cam!«, faucht sie.

Ich starre sie an.

»Es vergeht kein Tag, an dem ich mir nicht meine alte Schule und mein altes Zuhause zurückwünsche, in dem unsere Eltern sich die Sorgen gemacht haben und nicht ich oder Owen. Doch als sie gestorben sind, hat sich das alles verändert.« Sie wendet sich ab und verbirgt das Gesicht hinter dem Vorhang ihrer Haare. »Es wäre wohl zu viel verlangt, dass du das verstehst.«

Ich glaube, mich verhört zu haben. Weiß sie noch, mit wem sie hier redet?

»Falls du es vergessen hast, ich habe ein lahmes Bein, mein Vater hat uns verlassen, meine Freundin ist tot …«

»Und siehe da, du hast sie wieder«, beendet Nina den Satz für mich.

Mir steht der Mund offen, aber ich schaffe es, ruhig zu bleiben. Ich kann nicht von ihr erwarten zu begreifen, dass das Universum Viv und mir etwas schuldig war. Es hat die Dinge lediglich wieder ins rechte Lot gerückt.

»Trotzdem musste ich das alles durchmachen.«

»So funktioniert das nicht, Cam. Meine Eltern sind gestorben, und sie sind für immer fort.«

»Hör zu, das mit deinen Eltern tut mir leid. Ich wünschte ehrlich, du könntest sie ebenfalls zurückbekommen …«

»Menschen sterben nun mal«, sagt sie mit eisiger Ruhe und sieht mir in die Augen. »Auch wenn ich mich noch so sehr nach ihnen sehne, habe ich doch akzeptiert, dass sie nicht wiederkommen werden und dass ich es bin, die jetzt für Owen da sein muss.«

Ich beiße auf die Innenseite meiner Wange.

»Mach es mir nicht zum Vorwurf, dass ich Glück gehabt habe.«

»Du hältst das für Schicksal, für höhere Fügung oder so was?« Sie schnaubt. »Was da mit dir und Viv vor sich geht – das ist gefährlich, und es ist falsch.«

Ich öffne den Mund zu einer Erwiderung, doch ihre Worte lassen mich stutzen. Wie kann sie sagen, dass es falsch ist? Es ist so verdammt wunderbar! Trotzdem fände ich es gemein, ihr das eigene Unglück unter die Nase zu reiben.

»Ich kann sie nicht noch einmal verlieren, Nina.«

Ihr Gesicht wird so traurig, dass sie mir jetzt wirklich leidtut. Ich könnte wetten, dass die Nina in meiner Welt noch beide Eltern hat.

»Sei wenigstens vorsichtig, Cam.«

»Mach ich.« Ich streichele ihre Hand. »Es tut mir wirklich leid …«

Sie starrt auf unsere sich berührenden Finger und zieht die Hand weg. »Mir auch.«

DREIUNDZWANZIG

Viv ist nicht zu Hause, als ich endlich bei ihr ankomme. Das Fenster steht offen, aber ihr Zimmer ist dunkel. Ich rufe leise nach ihr, ohne eine Antwort aus den Schatten oder unterm Baum hervor zu erhalten. Vorsichtig schleiche ich um das Haus herum und sehe nur aus dem Arbeitszimmer Licht kommen, wo ihr Vater vor dem Fernseher eingeschlafen ist. Die Leuchtanzeige einer Uhr sagt mir, dass ich länger bei Nina war, als ich dachte.

Wahrscheinlich ist sie losgegangen, um nach mir zu suchen, aber wenn ich mich jetzt auch auf die Suche nach ihr mache, verpassen wir uns am Ende ganz. Also lehne ich mich an den Baum, verborgen unter den hängenden Weidenzweigen, und warte darauf, dass sie zurückkommt. Je länger ich allein dort sitze, desto schwerer fällt es mir, gegen die Müdigkeit anzukämpfen. Heute Nacht ist schon wieder so viel Aufregendes passiert, dass ich nur noch in Vivs Armen liegen und dem beruhigenden Klang ihrer Stimme lauschen möchte. Vielleicht ist sie auch bloß spazieren gegangen … Nach einer Weile jedoch beschleicht mich ein merkwürdiges Gefühl. Was ist, wenn sie denkt, dass ich einfach nicht gekommen bin? Was würde sie tun? Ich sage mir, dass Viv in dieser Welt auch noch andere Freunde hat. Ein Mädchen, das glaubt, versetzt worden zu sein, rennt doch bestimmt zu ihren Freundinnen, um sich bei ihnen auszuheulen, oder? Allerdings kann ich mir nicht so recht vorstellen, wie sie Tash

Clemons vorjammert, dass ihr toter Freund nicht zum Rendezvous erschienen ist.

Das Flackern des Fernsehers erlischt endlich, und Mr Hayward geht zu Bett. Ich stehe auf, um mich zu strecken, todmüde und mit schmerzendem Hintern von den knorrigen Wurzeln. Wenn ich mein Handy dabeihätte, könnte ich versuchen, sie anzurufen, aber ich bin nicht sicher, ob mein Tarif interdimensionales Roaming abdeckt. Nach einem letzten Blick auf Vivs schwarzes Fenster mache ich mich widerstrebend auf den Heimweg und stelle mir währenddessen vor, wie ich sie morgen dafür entschädige, wie ich sie um Verzeihung bitte, indem ich ihren ganzen Körper mit kleinen Küssen bedecke.

Ich bin in Gedanken ganz mit der Wölbung ihres Oberschenkels beschäftigt, als ein helles Licht von vorn meine Aufmerksamkeit weckt und ich Viv aus dem grünen Leuchten an der Ecke heraustaumeln sehe. Sie beugt sich hustend vornüber, und ich renne auf sie zu.

»Viv!« Ich stütze sie und ziehe sie an mich, während die kribbelnde Energie aus ihrem Körper strömt. Zuerst ist sie noch ganz geschwächt, doch bald schließen sich ihre Finger fest um meine Hand, und sie schaut mich groß an.

»Cam, ich habe dich gesucht!«

Ich schmiege mich an sie. »Es tut mir leid, aber jetzt bin ich ja hier.«

Meine Lippen streicheln ihren Mund, doch sie weicht zurück. »Wo warst du?«

Ich lasse sie los, woraufhin sie noch mehr auf Abstand geht.

»Ich … ich war hier«, sage ich. »Ich meine, vor eurem Haus, ich habe auf dich gewartet. Ich dachte …«

»Du solltest doch schon vor Stunden kommen, ich habe

mir solche Sorgen gemacht!« Sie betastet unsicher ihre Lippen. »Ich dachte, es ist Gott weiß was passiert …«

»Reg dich nicht auf«, sage ich. Ich möchte sie in die Arme nehmen, fürchte jedoch, wieder abgewiesen zu werden. »Es war ein Missverständnis. Ich war früh genug hier, aber Ninas Bruder ging es schlecht und …«

»Du warst bei *ihr*?«

Ihre scharfe Erwiderung bringt mich zum Verstummen.

»Warum das denn?«

»Es ist nicht … Ich habe nur … Ich wollte zu dir.«

Sie muss erst einmal verdauen, was ich gesagt habe, und das befremdet mich. Viv ist früher nie eifersüchtig gewesen – das gehörte zu dem Besonderen zwischen uns. Ich wusste, dass ich der Einzige für sie war, und sie wusste, dass ich für sie genauso empfand. Doch jetzt ist sie ganz klar eifersüchtig auf Nina, und ich weiß nicht, wie ich damit umgehen soll. Ich frage mich, ob mein anderes Ich sich auch mit so etwas herumschlagen musste.

»Vivi«, nenne ich sie bei dem Kosenamen, den ich mir immer für besondere Gelegenheiten aufgehoben habe. »Du glaubst doch nicht im Ernst, dass ich Nina lieber sehen möchte als dich?«

Ihre Haltung bleibt starr und verschlossen, aber die Runzeln auf ihrer Stirn glätten sich. Ich gehe wieder auf sie zu und löse ihre verkrampften Hände.

»Nina ist nett, aber du …« Ich ziehe sie in meine Arme. »Du bist du!«

Sie widersetzt sich noch einen Moment und sieht mir forschend in die Augen, aber dann gibt sie nach. Ihr Mund ist warm und hungrig, ihr Kuss so schmerzlich vertraut. Darauf habe ich den ganzen Abend gewartet, und dieser Kuss, spüre ich, macht uns wieder heil und ganz.

VIERUNDZWANZIG

Cam? Was machst du denn hier?«

Ich binde mir gerade die Turnschuhe zu und blicke auf. »Hi, ich wusste nicht, dass du in diesem Kurs bist.«

»Äh, bist du's neuerdings?« Mike wirft einen Blick auf meine Trainingsklamotten und schiebt seine Sporttasche in einen Spind. »Ich dachte, du wärst vom Sportunterricht befreit.«

Ich mache meine Spindtür zu und drehe an dem Kombinationsschloss. »Ich habe darum gebeten, wieder teilnehmen zu dürfen.«

»Du hast darum *gebeten*?«

»Ich fühle mich wieder fit genug.«

»Aber dein …« Mike schielt auf mein rechtes Bein. »Du weißt, dass Hernandez diese Stunde gibt?«

Ich zucke die Achseln. Hernandez wird einheitlich von den Schülern gehasst, insbesondere von den Schülerinnen, weil er doch tatsächlich verlangt, dass man in seinem Unterricht ein bisschen Schweiß lässt. Aber genau deshalb bin ich hier. Ich fange an, meine Schultern zu dehnen, während Mike sein T-Shirt über den Kopf zieht und noch etwas murmelt, das aber nicht zu verstehen ist. Ich sehe flüchtig zu ihm hin und bin froh, dass ich mich schon umgezogen habe. Mein schmaler, bleicher Oberkörper wirkt kränklich im Vergleich zu jemandem, der regelmäßig mit Gewichten trainiert. Still verdrücke ich mich in die Turnhalle.

Hernandez lässt uns erst einmal ein paar Runden laufen. Alle stöhnen, aber alle setzen sich in Bewegung. Tut man das nicht, wenn er in seine Trillerpfeife bläst, kriegt man gleich mal null Punkte aufgeschrieben. Ich halte mit den Schlusslichtern Schritt und versuche, an nichts anderes als ans Vorwärtskommen zu denken, als er mich herausruft.

»Pike, zu mir.«

Ich jogge zu ihm.

»Ich erlasse dir das Laufen. Setz dich, bis die anderen fertig sind.«

Ich werfe einen Blick über meine Schulter auf die Gruppe, die schon halb um die Sporthalle herum ist. Auf keinen Fall kann ich jetzt still sitzen, nachdem ich einmal angefangen habe.

»Wenn es okay ist, Sir, würde ich gern mitmachen.«

Er blickt unwillkürlich auf mein Bein, genau wie Mike. Auch wenn er der Fußball- und nicht der Footballtrainer ist, weiß er natürlich – wie die ganze Schule –, was mit mir passiert ist. Ich habe absichtlich eine lange Trainingshose angezogen, um die Narbe zu bedecken.

»Mir wurde gesagt, ich soll dich nicht zu hart rannehmen«, knurrt er.

»Danke für Ihre Rücksicht, aber ich würde es wenigstens gern versuchen.«

Hernandez überlegt ganze fünfzehn Sekunden lang. »Na schön, Pike, deine Entscheidung.« Er schickt mich zurück zu den Läufern und bellt: »Hopp, hopp, wer rastet, der rostet!«

Ich schließe mich wieder den Nachzüglern an.

Wenn man über zwei Jahre lang nicht am Sportunterricht teilgenommen hat, vergisst man fast, dass es Sportarten wie Völkerball gibt. Nach dem Rundenlaufen erlebe ich einen unangenehmen Moment, weil ich denke, dass jetzt die beiden Mannschaften gewählt werden sollen, doch Hernandez gibt sich nicht mit den Highschool-Hierarchien ab. Er teilt uns einfach in zwei Gruppen, so wie wir stehen, und ich amüsiere mich während des größten Teils der Stunde mit dem Versuch, Mike aus Spaß zu treffen. Irgendwann werde ich ein bisschen sauer, als ich merke, dass er sich bemüht, mich *nicht* zu treffen, aber ich bekomme genug Würfe von anderen ab und mache kein Theater deswegen.

Als ich wieder im Umkleideraum bin, stinke ich nach Schweiß und Ballgummi, fühle mich aber gut. Nicht gerade in Bestform, denn ich bin ein bisschen benommen vom Schlafmangel, aber das Gesamtgefühl ist anders, als würde mein Körper allmählich aufwachen. Ich dehne mein Bein noch eine Minute, das zwar wehtut, jedoch nicht so wie sonst. Es ist steif und schwach von der Anstrengung, pocht aber wenigstens nicht vor Schmerz. Morgen wird es härter werden, und ich freue mich beinahe darauf.

»Cam?« Mike kommt auf mich zu, als ich gerade in den Matheunterricht gehen will. Ich kann ihn bei dem Gebrüll der anderen Jungen kaum verstehen. »Ich habe deine Facebook-Seite heute Morgen gesehen. Was soll das?«

Ich starre ihn an. »Facebook? Hä?«

Er überzeugt sich kurz, dass niemand zuhört, und sagt leise: »Findest du nicht, dass du es ein wenig zu weit treibst?«

Es ist laut und zugig in dem schweißgetränkten Umkleideraum. Furcht wallt in mir auf, und ich muss meine Füße zwingen zu bleiben, wo sie sind, und nicht geradewegs nach Hause zu meinem Laptop zu laufen.

»Ich bin seit Monaten nicht mehr auf Facebook gewesen«, erwidere ich gedehnt.

Mike sieht mich forschend an. »Tja, wenn du meinst. Dann war es wohl ein Geist.«

Mir wird abwechselnd heiß und kalt. Diesmal war es wahrscheinlich wirklich Logan, diese Art von Streich würde er noch hinkriegen, aber ich kann mich nicht dazu überwinden, Mike zu fragen, was er genau gesehen hat. Ich schließe meinen Spind, der jedoch klemmt, reiße die Tür noch mal auf und knalle sie mit Wucht zu.

Der Sekundenzeiger der Uhr in meinem Gemeinschaftskundekurs tickt nicht, sondern schleicht qualvoll langsam um das Ziffernblatt. Ich habe versucht, mich von der Schulbibliothek aus auf Facebook einzuloggen, aber die Seite ist gesperrt. Am liebsten würde ich den restlichen Tag schwänzen, will jedoch auf keinen Fall noch mehr Aufmerksamkeit auf mich lenken. Meine Hoffnung ist, dass im Moment alle, die meinen Status sehen oder sich dafür interessieren könnten, ebenfalls in der Schule festsitzen. Ungeduldig trommele ich mit meinem Bleistift gegen die Tischkante und fülle hastig die letzten vier Kästchen meines Tests aus. Dann klingelt es. Ich springe von meinem Platz auf und bin schon halb zur Tür hinaus, als mich Mrs Moore zurückruft, damit ich ihr die Seiten aushändige.

Halb humpele ich, halb renne ich um die Ecke in meine Straße. Mein Herz hämmert, als wollte es mir gleich aus der Brust springen, aber ich muss an meine Facebook-Seite gelangen, bevor jemand anders sie sieht. Von fern schon erkenne ich, dass jemand auf unserer Eingangstreppe hockt. *Viv?* Ich bekomme fast einen Infarkt. Doch dann sehe ich, dass es nicht Viv ist, sondern Nina. Ich stürme aufs Haus zu.

»Was ist passiert?«

Sie steht auf. »Was glaubst du wohl?«

Ich lasse meine Schlüssel fallen, hebe sie auf und habe Mühe, den richtigen ins Schloss zu stecken. Endlich drücke ich den Griff herunter und öffne die Tür, woraufhin Nina sofort hinter mir hineinschlüpft.

»Willst du mir vielleicht erklären, warum ich mir heute in der Mittagspause anhören musste, wie Logan West in der Schulkantine herumgebrüllt hat, dass er dich gestern Nacht auf der Straße gesehen hat?«

»Oh!« Ich verheddere mich im Schultergurt meines Rucksacks, als ich ihn abwerfen will.

»Viv ist mittendrin zur Toilette gerannt, die Hände vorm Gesicht, weil sie entweder furchtbar lachen oder furchtbar weinen musste, und … Hörst du mir überhaupt zu?«

Hektisch blicke ich in Richtung meines Zimmers.

»Ich muss nur kurz etwas erledigen …«

Mein Laptop steht aufgeklappt und mit angeschlossenem iPod auf meinem Schreibtisch – obwohl ich ihn jedes Mal zuklappe, wenn ich fertig bin. Ich tippe auf das Trackpad und werfe mich auf meinen Stuhl, aber es dauert eine Ewigkeit, ehe das Ding aus dem Ruhezustand aufwacht. Entnervt zerre ich an meinen Haaren, doch endlich erscheint die Maske mit dem Passwort. Ich brauche drei Versuche, um das Wort einzutippen, das ich seit fünf Jahren verwende, *Regenbogenforelle*, und dann erhalte ich bloß die Antwort »Passwort ungültig«. Fluchend versuche ich es noch einmal, jedoch ohne Erfolg. Ich bohre meine Finger in meine Oberschenkel und unterdrücke ein Stöhnen, bis ich schließlich auf die Idee komme, es mit Vivs Passwort, *Einzigundallein*, zu probieren.

Der Browser zeigt direkt meine noch geöffnete Facebook-Seite.

»Was machst du da?« Nina steht auf einmal hinter mir, und ich fahre zusammen. »Hast du eigentlich gehört, was ich gesagt habe?«

Ich winde mich verlegen auf meinem Stuhl. Wir können

nun beide den neuen Post auf meiner Pinwand lesen: *Liebe dich auf ewig.*

Eine Gänsehaut überzieht meine Arme. Ich drehe mich zu Nina um, deren Mund halb offen steht.

»Was ist das denn?«

Ich logge mich in Vivs Profil ein und lösche die Nachricht schnell. Als sie hier war, hat sie obendrein unsere Profilfotos gegen einen Schnappschuss ausgetauscht, den sie vor Monaten mal mit ihrem Handy gemacht hatte. Es ist eine Nahaufnahme von uns beiden, wie wir uns in ihrem Auto küssen. Sie kann nicht wissen, wie sehr ich dieses Bild hasse, weil es mich stets daran erinnert, wie sie gestorben ist. Hastig lösche ich es ebenfalls, sodass unsere Profilbilder nur noch leere Silhouetten sind.

»Hat das schon jemand gesehen?«, fragt Nina aufgebracht.

»Nur Mike, glaube ich.« Seit zwei Jahren habe ich nämlich keine Freunde mehr außer Mike.

Nina schließt meine Zimmertür mit einem Knall.

»Das ist schon einer zu viel! Hast du mitbekommen, was ich über Logan gesagt habe? Viv existiert hier nicht, Cam, das muss sofort aufhören …«

»Ja, schon gut, ich weiß, okay?« Ich stehe auf und laufe auf und ab. »Ich bieg das schon wieder hin, ich rede mit ihr.«

»Du denkst, du kannst mit ihr reden? Hast du sie noch alle?«

»Sie wird auf mich hören …«

»Was ist mit Logan?«, ruft sie. »Viv ist nicht die Einzige, die sich idiotisch aufführt.«

Ich reibe mir das Gesicht. »Es wird nicht wieder vorkommen.«

»Und wenn doch, was dann?«

»Hör auf, verdammt!« Meine Stimme schnappt über.

Im Zimmer ist nur noch das leise Summen des Computerprozessors zu hören. Nina sagt eine ganze Weile lang nichts mehr, und ich hoffe darauf, dass sie einfach geht, doch dann kommt sie auf mich zu. Sie legt mir die Hände auf die Schultern und sieht mir ins Gesicht.

»Ich weiß, dass es schwer für dich war, als sie gestorben ist. Aber wenn du sie jetzt in ihrer Welt zurücklässt, dann seid ihr beide einfach an einem anderen Ort. Es muss nicht sein wie … Tod.«

Sie steht so dicht vor mir, dass ich einen schwachen Duft wahrnehme, irgendetwas nach Pfirsich in ihren Haaren. Ihre Hände gleiten abwärts und greifen nach meinen Händen. Ihre Augen sind klar, und die Art, wie sie sich mir entgegenneigt … Ich mache mich los und wende mich ab.

»Ich verlasse sie nicht, Nina.«

Sie entfernt sich ebenfalls und lehnt sich an die Wand neben dem Fenster.

Ich setze mich wieder auf den Stuhl, zupfe am Saum meines Shirts. Ob es vom Sport kommt oder dem Stress wegen Facebook oder dem Schlafmangel, jedenfalls bin ich auf einmal völlig erschöpft und muss den Kopf in die Hände stützen.

»Gott, so müde war ich nicht mehr seit der Nacht, in der sie gestorben ist.«

Nina setzt sich aufs Bett und beugt sich zu mir vor. »Lass dich nicht von ihr herumschubsen.«

Ich schlucke schwer. »Tue ich nicht … tut sie nicht.«

»Das stimmt nicht, das weißt du.«

Ich greife nach meinem iPod und scrolle durch die Musiktitel. Es gibt eine neue Wiedergabeliste namens »Vibes à la Viv« mit all ihren Lieblings-Teeniepop-Lovesongs.

»Du kannst ohne sie weiterleben, Cam. Du hast es bereits getan, und sie umgekehrt auch.«

Ich werfe ihr einen verächtlichen Blick zu. Viv und ich haben weitergelebt, sicher, aber sie würde mir wohl zustimmen, dass man das kaum als »Leben« bezeichnen kann. Ihre Predigten zum Thema »Das Leben geht weiter« kommen mir langsam zu den Ohren raus.

»Hör zu, wir werden vorsichtiger sein, okay?«, sage ich.

Sie knüllt einen Zipfel meines Kopfkissens zusammen und schüttelt den Kopf. »Bis zum nächsten Mal, ja?«

Ich stöpsele den iPod in meine Anlage und drücke auf »Play«. Quäkiger Synthie-Pop hallt durch das Zimmer, und plötzlich geht die Tür auf.

»Ach hier bist du, Schatz. Ich bin früher nach Hause gekommen, um …« Mom verschlägt es die Sprache.

»Mrs Pike!« Nina springt auf, fängt sich aber schnell wieder. »Ich meine, Sie müssen Mrs Pike sein.«

Mom sieht Nina verwundert an und richtet ihren fragenden Blick dann auf mich. Ich stelle die Musik aus.

»Tschüss, Nina«, sage ich. »Schade, dass du schon gehen musst.«

Nina bewegt sich zur Tür, aber Mom hält sie zurück.

»Nein, warte.« Sie lächelt komisch verlegen. »Nina, ja? Cam bringt nicht so häufig Freunde mit, weißt du. Möchtest du vielleicht mit uns zu Abend essen?«

Nina schießt einen tödlichen Blick auf mich ab, als wäre alles, was in dieser Minute im Kosmos falschläuft, meine Schuld.

Ich wende mich an Mom. »Du hast doch nicht etwa vor, etwas zu kochen?«

Mom wird rosarot. »Ich dachte, wir könnten was Chinesisches bestellen.«

»Danke, Mrs Pike, aber ich muss nach Hause zu meinem Bruder.« Nina drückt sich lächelnd an Mom vorbei. »Toll, was Sie aus Ihrem Haus gemacht haben …« Sie unterbricht sich schnell. »Also, sag Bescheid, Cam, wenn du Hilfe bei … den Hausaufgaben in Geometrie brauchst.«

Nina ist zur Tür hinaus, bevor noch jemand was entgegnen kann. Mom blinzelt mich zuerst verwirrt an, doch dann setzt sie dieses breite, ermutigende Lächeln auf und verschwindet summend im Flur.

FÜNFUNDZWANZIG

Als ich mich diesmal durch das grüne Licht schiebe, wartet Viv schon an der Ecke auf mich, fest in ihre Rams-Footballjacke gewickelt.

»Hallo, meine Schöne!« Zur Begrüßung küsse ich sie. »Hab ich nicht gesagt, ich hole dich ab?«

»Ich dachte, wir könnten heute wieder auf deine Seite hinübergehen. Und ich wollte dich nicht verpassen, falls du vorhattest, unterwegs noch woanders haltzumachen.«

Mein Magen krampft sich zusammen, und ich muss an das denken, was Nina gesagt hat. Aber nein, Viv schubst mich nicht herum, sie ist nur durcheinander, und wer könnte ihr nach letzter Nacht einen Vorwurf daraus machen? Sie braucht nur ein wenig Bestätigung von mir, das ist alles.

»Ich habe nicht vor, Nina heute Nacht zu besuchen.«

Sie sieht mich streng an, muss dann aber grinsen und wirft mir die Arme um den Hals. »Ich habe dich so sehr vermisst seit gestern!«

Erleichtert lächele ich. »Deine Playlist war süß.«

»Du hast sie entdeckt?«

»Und die Facebook-Nachricht …« Mir wird ganz anders, als ich wieder daran denke. Ich halte sie auf Armeslänge von mir fern und versuche, möglichst viel Ernst in meinen Blick zu legen. »Viv, so was kannst du nicht machen. Wenn das jemand gesehen hätte, die würden doch denken, dass es von mir stammt und ich jetzt vollkommen durchgedreht bin.«

»Aber du liebst mich doch auf ewig, oder?« Sie fährt mit einem Finger meine Kinnlinie nach.

Ich gebe nach, ziehe sie an mich und küsse zart ihre vollen Lippen.

»Mach es nur bitte nicht wieder.«

Sie flüstert mir ins Ohr: »Ich fand's toll, dass ich eine von deinen zwei Facebook-Freunden bin.«

Ich kämpfe gegen den schmerzlichen Stich an, den mir das gibt, obwohl es blöd ist. Viv und ich hatten die anderen absichtlich von unseren Freundeslisten gestrichen, und das war mehr als ein symbolischer Akt, denn so mussten wir uns weniger Mist von all den Immer-noch-Rams und ihren Fans anhören. Trotzdem denke ich an das Bild von ihr am Arm ihres Footballstars und frage mich, wie viele Facebook-Freunde er wohl hatte. Dann nehme ich ihre Hand und sage mir: *Ich* bin jetzt ihr Cam. Sie hat immer noch alles, was sie sich wünscht, oder?

»Außerdem kannst du sowieso nicht mit mir schimpfen.« Sie zieht mich zum Strommast hin und beginnt nach dem grünen Licht zu suchen. »Wie ich höre, bist du Logan gestern Nacht als Geist erschienen.«

Bedrückt leiste ich Widerstand.

Sie grinst mich übermütig an. »Er hat allen, die es hören wollten, erzählt: ›Mir ist Pikes Geist auf der Straße begegnet!‹ Du hättest mal sein Gesicht dabei sehen sollen! Mike hat sich total aufgeregt, und ich musste zur Toilette rennen, damit niemand merkt, dass ich mich kaputtlache!«

»Ich habe einfach nicht aufgepasst, das war total dumm von mir.«

»Na, vielleicht lässt der Idiot mich jetzt mal für eine Weile in Ruhe.«

»Was?«

Sie verdreht die Augen. »Er scheint sich in letzter Zeit einzubilden, dass er mich nach Lust und Laune betatschen kann.«

Ich sehe rot bei dem Gedanken, dass Logan sie auch nur flüchtig berührt.

Sie beißt sich auf die Lippen. »Seit du nicht mehr da bist, ist er hartnäckig hinter mir her.«

»Okay, suchen wir nach ihm.« Meine Hände sind zu Fäusten geballt. »Dieses Arschloch ist schon lange fällig.« Ich spanne meine Muskeln an und will schon losrennen, da kommt mir Ninas warnende Stimme in den Sinn. Resigniert lasse ich die Arme sinken und blicke mich um. »Aber wenn ich gesehen werde, kann ich nie wieder herkommen.«

Viv lächelt. »Dann gehen wir auf deine Seite.«

Mein Kopf fängt zu pochen an. Nicht das schon wieder. Ich bin selbst entsetzt über meine genervte Reaktion, aber warum muss sie auch von dieser fixen Idee besessen sein, dass meine Welt irgendwie besser ist? Völliger Unsinn.

»Nicht wenn du weiter in unser Haus einbrichst und irgendwelches Zeug postest, sodass man dich früher oder später drüben sieht …«

»Du bist es doch, der erwischt wurde«, entgegnet sie.

»Ich habe mich Logan doch nicht mit Absicht gezeigt!«

»Mich hat kein Mensch bemerkt.« Sie grinst selbstzufrieden.

Ich schüttele den Kopf. »Mike hat es gelesen.«

»Scheiß auf Mike«, erwidert sie höhnisch.

Das Pochen in meinen Schläfen steigert sich zu Kopfschmerzen. »Warum willst du eigentlich unbedingt auf meine Seite hinüberwechseln?«

»Es gefällt mir einfach besser dort«, sagt sie, zieht mich wieder zu dem Mast und tastet in der Luft herum.

»Aber wieso?«

»Dort ist alles weniger kompliziert.« Sie hält ihre durchsichtig grüne Hand hoch und sieht mich ernst an. »Aber ich bin auch ein bisschen eifersüchtig, glaube ich.«

Ohne ein weiteres Wort stürzt sie sich in das Grün und verschwindet. Ich bewege lautlos die Lippen, doch mir bleibt nichts anderes übrig, als ihr zu folgen und mich durch den elektrifizierten Streifen hindurchzuducken, bis wir beide keuchend und vibrierend vor Energie auf meiner Seite stehen.

»Wieso bist du denn eifersüchtig?«, frage ich, nachdem ich wieder zu Atem gekommen bin.

»Ach nichts, vergiss es.«

»Offenbar ist das aber wichtig für dich«, beharre ich. »Sag's mir.«

Sie will mich küssen, aber ich halte mir die Hand vor den Mund, und sie runzelt die Stirn.

»Ich habe das Gefühl, dass du mich dort mehr geliebt hast. Ich glaube, ich bin eifersüchtig … auf mich selbst.«

All die Beschwichtigungen und Beteuerungen, die ich mir schon bereitgelegt hatte, fallen in sich zusammen. Ich setze zu einer Erwiderung an, weiß jedoch nicht, was ich sagen soll. Es dauert eine volle Minute, ehe ich ihre Worte halbwegs erfasst habe.

Viv ist eifersüchtig auf meine Liebe zu … Viv?

Wir setzen uns in Bewegung und gehen in Richtung Sportplatz.

»Es war nicht leicht, mit dem Footballstar der Schule zusammen zu sein«, sagt sie. »Ich habe dich sehr geliebt, aber du warst der große Held, und manchmal hatte ich den Eindruck, dass nicht mehr genug von dir für mich übrig bleibt.«

»Aber wenn er sozusagen mein Doppel war, wie kann er dich dann weniger geliebt haben?«

»Hat er sicher nicht«, flüstert sie. »Aber hier war ich – *sie*, meine ich … Du hast sie angebetet, sie hatte dich ganz für sich.«

Ich starre durch den Maschendrahtzaun auf den dunklen Rasen. Da dachte ich, sie wäre wegen Nina beunruhigt, aber sie sehnt sich nach dem, was ihr totes Selbst hatte?

Unsere Schritte werden langsamer, während ich das zu verarbeiten suche. Wie kann jemand auf sich selbst eifersüchtig sein? Ich blicke zu dem weißen Torpfosten hinauf, der über der Endzone wacht, und plötzlich begreife ich es. Ich weiß genau, was in ihr vorgeht, denn ich messe mich auch andauernd an meinem anderen Ich.

Ich nehme ihre Hand und ziehe sie durch eine Seitenpforte auf das verlassene Spielfeld.

»Komm mit.«

»Wo gehen wir hin?« Sie lacht etwas nervös, hüpft aber neben mir über den Rasen.

Wir überqueren die Fünfzig-Yard-Linie, und selbst jetzt noch zieht es mich zu unserer Mannschaftsbank hin, doch ich gehe schnurstracks weiter. Unkraut sprießt im unteren Bereich der klapprigen Tribüne aus Holz und Metall, und einige der Sitze werden von einer alten Ansagerkabine verdeckt, die nicht mehr benutzt wird, außer um sich dort zu verstecken und high zu werden. Ich steige weiter hinauf zur Stehtribüne. Ganz oben haben wir den besten Blick über das Spielfeld und einen Teil des Schulgeländes. Es ist dunkel und kalt hier, aber schön abgeschieden.

Viv fröstelt. »Warum wolltest du hierherkommen?«

Ich setze mich, nehme sie in die Arme und lehne mich gegen das Geländer zurück. »Um dich ganz für mich zu haben.«

Sie rutscht auf meinem Schoß herum, bis sie ein Bein um

mich geschlungen hat und ihr Becken an mich presst, sodass es mich die größte Beherrschung kostet, nur mit einem Stöhnen zu reagieren.

Das Footballfeld sieht aus dieser Höhe völlig anders aus; ich bin es gewohnt, dort unten zu sein, nicht hier oben. Die Markierungen sind in dem dunkeln Gras noch gut zu erkennen, und ich stelle mir vor, wie ein Zuschauer von dieser Stelle aus das letzte Spiel, bei dem ich mitgespielt habe, erlebt hat. Es fällt mir schwer, Abstand zu dem Geschehen zu bekommen – einen kleinen Ball in meine Arme fliegen zu sehen und mein kleines Selbst, das so aufs Gewinnen versessen ist, dass es nicht merkt, was auf es zukommt. Vivs eisige Finger schieben sich unter mein Shirt, und es überläuft mich kalt, aber ich lasse sie ihre Hände an mir wärmen.

»Woran denkst du?«, fragt sie.

»Ich versuche mich daran zu erinnern, wie es war, er zu sein – vor der Sache mit dem Bein.«

»Puh.« Sie gräbt ihre Nase in den offenen Kragen meiner Jacke. »Training, Training, Training und nach dem gebrochenen Bein Physiotherapie, Gewichtheben, Training …«

Ich drücke sie zärtlich. »Ich wette, es war eher Viv, Training, Viv, Viv, Training, Viv …«

Ich will sie küssen, aber sie schubst mich spielerisch weg. »Nein, war es nicht.«

»Also, wenn ich er gewesen wäre, hätte ich …«

»Du *bist* er.« Sie lächelt schief.

»Möchte wissen, wieso unsere Leben so einen unterschiedlichen Verlauf genommen haben.«

Sie reckt sich und sieht auf mich herunter. »Weil *du* alles richtig gemacht hast.«

Ich werfe lachend den Kopf zurück. »Nein, ich habe alles falsch gemacht! Ich hätte mich dazu antreiben sollen, weiterzuspielen, dann wäre ich nicht von der ganzen Schule geschnitten worden.«

»Für was hast du dich stattdessen entschieden?«, fragt Viv mit tiefem Blick.

»Für … für dich.« Sobald es heraus ist, wird mir klar, dass es stimmt. *Wer braucht die schon, solange wir uns haben?* Ich glaubte tatsächlich, nichts anderes zu brauchen, bis zu der Nacht, in der sie starb.

Sie runzelt die Stirn, und in ihren Augen liegt eine so tiefe Traurigkeit, dass ich es kaum ertragen kann.

»Bin ich so schlimm?«, will sie wissen.

Ich schlinge meine Arme um sie, und sie schmiegt sich an mich, dass die dunklen Locken ihr ums Gesicht fallen. Ihre Lippen sind wunderbar warm trotz der kalten Nacht.

»Du bist alles für mich«, sage ich.

Sie lehnt sich schniefend ein Stück zurück. »Bitte lass mich hierbleiben. Für immer, ja?«

»Ehrlich, Viv«, ich fahre mit dem Finger über ihre perfekte Nase, »was ist denn so kompliziert an deinem Leben?«

Sie antwortet nicht gleich und starrt in ihren Schoß. »Alle kritisieren mich andauernd. Ich will einfach weg von allem – zusammen mit dir.«

Ich sehe sie fest an. »Glaub mir, wir werden einen Weg finden. Du kannst nicht hierbleiben, aber ich gehe nirgendwohin, keine Angst.«

Sie erwidert meinen Blick zuerst, doch dann macht sie wieder ein langes Gesicht und rutscht von meinem Schoß.

»Außer zu Nina.«

Ich sitze regungslos da, während die Wärme zwischen unseren Körpern langsam schwindet. Vorhin war ich noch auf eine Bemerkung dieser Art vorbereitet gewesen, doch jetzt überrumpelt mich ihr vorwurfsvoller Ton.

»Komm schon, Viv, ich hab dir doch gesagt, dass ich nicht …«

»Woher soll ich das denn wissen?«

»Zerbrichst du dir immer noch den Kopf wegen dieser Stalking-Sache? Ich glaube nämlich nicht, dass …«

Sie entreißt mir ihre Hand. »Tu ich nicht!«

»Außerdem hat sie heute versucht, mir zu helfen …«

»Sie hat was?«

Zu spät merke ich, was ich da gesagt habe. Viv macht nun völlig dicht und verschränkt die Arme vor der Brust.

»Ich bin nicht zu ihr gegangen, sie ist zu mir gekommen.« Ich atme tief durch, um mich zu beruhigen. »Komm, lass uns vernünftig sein.«

Sie springt auf die oberste Bank, ehe ich auch nur blinzeln kann. »Du kennst sie nicht, du weißt nicht, was sie getan hat! Sie wollte dich mir wegnehmen!«

»Viv, komm runter.« Ich strecke vorsichtig die Hand nach ihr aus. »Du fällst sonst noch.«

Die Tribüne ist alt, und die Sitzbänke in der letzten Reihe haben keine Lehnen, sondern bloß eine niedrige Querstange, die *sitzende* Zuschauer davor bewahren soll, herunterzufallen. Vivs Augen funkeln wild – wie die eines gejagten Tieres. So habe ich sie noch nie erlebt. Sie breitet die Arme aus, als würde sie auf einem Trapez balancieren, und lehnt sich schwankend nach einer Seite. Ich sehe nach unten zu dem gut sechs Meter tiefer gelegenen Erdboden, der mit Glasscherben übersät ist.

Viv folgt meinem Blick und beugt sich weit genug vor, um mich vollends in Panik zu stürzen. Ihr Ausdruck ist traurig und irgendwie geisterhaft. Ein Windstoß weht ihr die Locken ins Gesicht, worauf mir der verrückte Gedanke durch den Kopf schießt, dass sie erkennen könnte, wie falsch das ist, was sie da tut und was sie da redet, wenn sie nur ihre Haare zurückstreichen würde. Gleich darauf macht sie es sogar – ohne etwas zu erkennen.

»Möchte wissen, ob es wehgetan hat, als ich gestorben bin.« Sie drückt eine Faust an ihre Brust und schwankt wieder. »Ich glaube nicht, dass es so schlimm wehtut wie das hier.«

Mir bricht der Schweiß aus, und der Wind ist kein bisschen mehr kalt. Ich hebe beschwichtigend beide Hände, während mein Herz rast.

»Okay, ist gut! Ich treffe mich nicht mehr mit ihr, nie wieder, bitte komm jetzt da runter.«

Viv sieht mich lächelnd an. Sie will gerade heruntersteigen, verliert aber entweder das Gleichgewicht oder überlegt es sich in letzter Sekunde anders. Ich schreie auf. Ob sie rückwärts- oder vorwärtsfällt, bekomme ich nicht richtig mit, ich sehe nur ihre Augen und dass sie stürzt, und – *wir sitzen im Auto, sie greift nach dem Feuerzeug, und der Wagen schleudert über den Asphalt* – ich mache einen Satz und packe sie an der Red-Rams-Jacke und reiße sie in meine Arme. Wir fallen in den Gang zwischen den altersschwachen Tribünenreihen, und ich halte sie so fest, dass wir beide keine Luft bekommen.

»Wollte nur sichergehen«, keucht sie.

Ich lockere meinen Griff, lasse sie aber nicht los.

SECHSUNDZWANZIG

Gegen Mitternacht bringe ich Viv sicher ins Bett und verspreche, sie morgen Abend gegen neun Uhr abzuholen. Dann schiebe ich das Fenster hinter mir herunter und gehe langsam zur Straße. Sobald meine Füße auf Asphalt treten, atme ich tief aus, wobei mir gar nicht klar war, dass ich die ganze Zeit die Luft angehalten hatte. Ich fühle mich ausgehöhlt, wackelig auf den Beinen, total erschöpft. Die Ereignisse des Abends laufen immer wieder in meinem Kopf ab, doch je öfter ich an Viv – *meine* Viv – denke, wie sie dort oben auf der Tribünenbank steht, desto konfuser werde ich. Eigentlich müsste ich jetzt sofort nach Hause und ins Bett, wenn ich morgen zu irgendwas zu gebrauchen sein will, doch stattdessen biege ich am Ende der Straße nach rechts ab. Innerhalb von zehn Minuten bin ich in der Genesee Street, und noch einmal fünf Minuten später stehe ich dort, wo ich auf keinen Fall sein sollte: vor Ninas Tür.

Unwillkürlich blicke ich über meine Schulter, bevor ich klingele, was paranoid ist und mich nicht gerade lockerer macht. Viv war so außer sich heute Nacht – da muss etwas dahinterstecken, das mir entgeht. Und Nina ist der einzige Mensch, den ich fragen kann. Ich rede mir ein, dass es okay ist, hier zu sein, solange ich es für uns tue. Wenn ich herausbekomme, was da nicht stimmt, kann ich es in Ordnung bringen und Viv glücklich machen.

Nina hat heute zur Abwechslung mal ihren Pyjama an,

aber ihre Augen sagen mir, dass sie noch nicht geschlafen hat. Die graue Hose ist mit kleinen Pinguinen bedruckt, und sie trägt ein blaues Spitzenhemdchen, das irgendwie nicht dazu passt. Nicht gerade das, was ich erwartet hatte, und das bringt mich aus dem Konzept. Ich war fest entschlossen, sie nach Viv zu fragen, um möglichst etwas Licht auf das zu werfen, was heute Nacht passiert ist, aber bei ihrem Anblick streikt mein Kopf, und ich kneife.

»Wie geht's Owen?«, frage ich. »Ist er wieder auf den Beinen?«

»Ja, alles okay. Er schläft.« Sie mustert mich einen Moment, und ich bin sicher, dass sie meine aufgesetzte Allesbestens-Miene ohne Weiteres durchschaut. »Möchtest du einen Tee?«

Die innere Anspannung, die ich schon den ganzen Abend verspüre, löst sich endlich. Tee. Kein Drama, keine Ansprüche, nur Nina und ihre offene Tür.

In der Küche schwenke ich auf einem der unbequemen gelben Raumschiffstühle herum, während Nina den Wasserkessel füllt. Sie lehnt sich dabei mit einer Hüfte an den Unterschrank und sieht mich nicht an. Ich verfolge jede ihrer Bewegungen. Sie holt zwei Becher heraus, wählt den Tee, füllt die Zuckerdose auf, alles ohne auch nur einen Blick in meine Richtung. Sie stellt keine Fragen und scheint kein bisschen darüber erschrocken zu sein, dass ich hier bin.

Ich muss mich auf meine zitternden Hände setzen.

»Ich wollte eigentlich schon früher herkommen und … nach Owen sehen.«

Sie zuckt die Achseln.

Das trifft mich. Ich weiß selbst nicht, warum, aber ihre gleichgültige Haltung macht mir zu schaffen. Ich beobachte die flackernde blaue Flamme auf dem Herd, bis der Kessel pfeift. Nina gießt kochendes Wasser in die Becher, lässt den Tee ziehen und süßt meinen, ohne nachzufragen, mit zwei Löffeln Zucker. Lächelnd stelle ich fest, dass sie sich gemerkt hat, wie ich ihn gern trinke.

»Danke«, sage ich und wärme mir die Hände am Becher.

»Meine Mutter hat immer gemeint, es gibt nichts, das so schwer ist, als dass eine schöne Tasse Tee es nicht leichter macht.« Sie lächelt und zuckt mit den Schultern. »Hast du wahrscheinlich schon mal gehört.«

»Nein, habe ich nicht.« Sie hat bei dem Spruch beinahe die Nase krausgezogen.

»Sie war Engländerin«, erklärt sie. »Eines Tages fahre ich dorthin, in das kleine Dorf, aus dem sie kam. Ich möchte in England auf dem Land leben, Bücher lesen und Leute zum Tee einladen.« Ihre Stimme wird träumerisch, und sie unterbricht sich. »Sorry.«

»Nein, hör nicht auf, das klingt schön.«

Sie sieht mich seltsam von der Seite an. »Manchmal habe ich das Gefühl, mich zu wiederholen.«

Ich stelle sie mir in einem kleinen Cottage in grüner Landschaft vor, weiß aber nicht so genau, was noch zu einem Bild von einer glücklichen Nina dazugehört.

»Und wie würdest du deine Abende in deinem englischen Dorf verbringen?«, frage ich sie und denke an die Poster in ihrem Schrank. »Dir ganz allein Horrorklassiker angucken oder was?«

Sie beäugt mich über den Rand ihrer Teetasse hinweg.

»Ich hab deine Sammlung gesehen. Du hast einen guten Geschmack.«

»Du … er hat sie mir gegeben.« Sie lächelt mich verhalten an. »Wir haben das oft gemacht – jede Woche ein neuer Horrorschinken. Wenn er uns gefiel, hat er irgendwo das Plakat aufgetrieben. Auf diese Weise habe ich mir ein solides Grundwissen über Splatterorgien und Zombies angeeignet.«

Ich nicke beeindruckt. »Ja, seine Zombies sollte man kennen. Aber warum hast du die Plakate nicht aufgehängt?«

»Früher war mein Zimmer damit tapeziert.« Das Lächeln zieht sich von ihren Lippen zurück.

Ich denke an ihre zellenartig kahlen Wände. »Nimm's mir nicht übel, aber dein Zimmer ist ohne sie gruseliger.«

Sie schnaubt empört, aber das Schnauben geht in ein Kichern über. »Deswegen hat er sie ja gekauft.« In ihre Wangen kommt Farbe, als sie nicht aufhören kann zu glucksen, und das Lachen schafft es bis hinauf in ihre Augen. Es steht ihr gut.

Danach sagt eine Weile keiner von uns beiden etwas. Sie holt Milch aus dem Kühlschrank und rührt sie immer noch leise lächelnd in ihren Tee. Ich lehne mich entspannt auf meinem Stuhl zurück. Es war richtig herzukommen. Der Tee wird vielleicht nicht meinen Kummer und meine Probleme hinwegspülen, aber es tut mir gut, mit Nina zusammen zu sein.

Dann fällt mir wieder ein, weshalb ich hier bin, und ich beuge mich nervös zu ihr vor. Der schöne Moment ist vorbei.

»Warum könnt ihr euch nicht leiden, du und Viv?«, frage ich.

Nina reißt die Augen auf, zögert aber mit der Antwort.

»Warum fragst du das? Hat sie etwas gesagt?«

»Nein, es ist nur, na ja, es kam mir so vor.«

Ihr Löffel klappert beim Rühren laut gegen den Tassenrand, immer wieder. Ich wünschte, sie würde damit aufhören.

So kann ich nicht denken. Ihr Rücken ist gerade, als würde sie gleich aufspringen, doch sie blickt starr in ihren Milchtee.

Ich nehme all meinen Mut zusammen, um zu fragen, was ich mir vorgenommen habe.

»Ist Viv dir schon mal ein bisschen … überspannt vorgekommen?«

Der Löffel fällt scheppernd auf den Tisch, dann hebt sie ihn wieder auf. »Könnte man wohl so sagen.«

Ich warte auf mehr, doch Nina sitzt nur da und lässt ihren Teelöffel über dem Becher schweben. Ich bekomme das Bild nicht aus dem Kopf, wie Viv mit wildem Blick auf der Tribüne herumwankt.

»Sie kriegt manchmal so Anfälle von Tollkühnheit«, sage ich.

»Hm, war sie nicht so, bevor …?«

»Bevor sie gestorben ist? Doch, aber es ist nicht dasselbe.« Ich überlege, worin der Unterschied liegt. »Sie hatte schon immer so etwas Draufgängerisches, aber das war toll, wir hatten viel Spaß zusammen. Jetzt ist das anders.«

»Inwiefern?« Ninas Züge sind eine ausdruckslose Maske für mich, und das macht mich verrückt. Vivs Gesicht spiegelt jede ihrer Gefühlsregungen wider. Zumindest weiß ich, was in ihr vorgeht, auch wenn ich nicht verstehe, warum. Nina dagegen wird sich nie offen über Viv äußern, das ist mir klar, aber es wäre schon eine Hilfe, wenn ich wüsste, wie sie zu ihr steht. Ich sehe ihr forschend ins Gesicht, doch sie zuckt nicht mal mit der Wimper.

»Heute Abend dachte ich, dass sie sich was antun würde.«

Nina sieht mich überrascht an. »Sich … was antun?«

»Ich wusste nicht, was ich machen sollte, Nina. Viv – meine Viv – hätte sich nie so benommen.«

Es laut auszusprechen löst einen Brechreiz in mir aus.

»Was hat sie gemacht?«, fragt Nina steif.

Ich winke ab und stütze den Ellbogen auf den Tisch. »Darauf kommt es nicht an. Es geht ihr gut. Verstehst du, ich will nur wissen, ob irgendetwas zwischen euch vorgefallen ist oder so.«

Ihre Augen werden schmal. »Wieso das denn?«

»Frag mich nicht, ich bin neu hier!« Ich raufe mir die Haare. »Ich meine, was hast du getan, dass sie so sauer auf dich ist? Sie kriegt sofort spitz, wenn ich auch nur an dich denke!«

Nina muss schlucken. »Sie war noch nie ein großer Fan von … unserer Freundschaft.«

Ich beiße die Zähne aufeinander und lasse das Geschehen auf der Tribüne noch einmal an mir vorbeiziehen: wie Viv wegen Nina ausflippt, wie ich vorstürze, um sie aufzufangen, der verzweifelte Ausdruck in ihren Augen. Wie ich es mit jeder Faser meines Körpers erzwinge, dass sie nicht fällt. Ich schließe reflexartig die Augen. Wenn ich sie öffne, werde ich wieder dort mit ihr im Dunkeln sein – auf der Tribüne oder im Auto –, unter einem schwarzen Himmel, der nur darauf wartet, uns beide erneut zu verschlingen. Alles, was ich höre, ist mein eigener flacher Atem und das Rauschen des Blutes in meinen Ohren.

»Cam?«

Eine warme Hand schließt sich um meine. Ich erschrecke und mache die Augen auf. In Ninas Küche ist es hell und gemütlich. Ihre Augen blicken fragend. Ich schüttele mich, und sie deutet ein Lächeln an. Etwas regt sich tief in meiner Brust, ein schmerzliches Ziehen.

Stirnrunzelnd sagt sie: »Viv ist ein bisschen labil.«

Ich reibe mir die Augen und lache. »Sind wir das nicht alle ein bisschen?«

»So meine ich es nicht.«

»Ich weiß, ich kann es auch nicht so richtig erklären.« Ich seufze und komme mir dumm vor. Das seltsame Ziehen in mir hört jedoch nicht auf. Ich lege meine Hand neben Ninas auf den Tisch, ohne sie direkt zu berühren. »Manchmal habe ich Angst, was ihr als Nächstes einfällt.«

»Kann ich verstehen.«

»Mit dir ist das anders.«

Sie wird rot, rückt aber nicht von mir ab. Dann streichelt sie meine Hand, und ihre braunen Augen streicheln mein Gesicht. Wieder regt sich dieses Ziehen in mir, nur diesmal schockiert es mich, weil ich das Gefühl wiedererkenne. Mein Atem stockt – das ist Nina, das darf auf keinen Fall sein! Ich zucke zurück, doch ihre Berührung ist so zärtlich, so ruhig, und dann fällt es mir ein – sie ist meine *beste Freundin*. Könnte ich ihr nicht einen besonderen Platz in meinem Leben einräumen, unabhängig von Viv? So hat mein anderes Ich das wohl auch gesehen, vermute ich.

Bis sie plötzlich ganz nahe ist und mich küsst.

Meine Lippen öffnen sich unwillkürlich, meine Lider schließen sich, und für einen Moment ist es richtig und wunderbar. Ich lasse mich ganz darauf ein, auch noch, als mein Verstand wieder einsetzt und ich die Augen aufreiße. Sie hat ihre andere Hand an meine Wange gelegt und die Augen fest geschlossen, wie um den Moment auszukosten. Brüsk schiebe ich meinen Stuhl zurück und springe auf.

Sie zuckt zusammen und wird knallrot.

»Ich … es tut mir leid …«, stammelt sie.

»Hör auf!«

»Cam, ich …«

»Lass es!« Wütend wende ich mich ab. Ich kann sie nicht ansehen, ich kann nicht klar denken. Wir haben über *Viv* geredet, und sie … Was habe ich getan? Ich schmecke immer noch ihre Lippen und wische mir den Mund mit dem Ärmel ab. »Du hättest mir nie erzählt, dass Viv lebt, oder? Sie hat mich vor dir gewarnt – du bist wirklich besessen.«

»Was?« Sie wird bleich. »Sie hat gesagt, ich bin …«

Kurz vor der Haustür holt sie mich ein.

»Cam, Cam!«

Ich wirbele herum. »Hör zu, ich weiß nicht, was für eine kranke Beziehung du mit meinem anderen Ich wolltest, aber in meinem Leben spielst du keine Rolle – für mich gibt es nur Viv.«

Sie zuckt zurück, als hätte ich sie geschlagen.

»Cam, bitte«, flüstert sie.

»Sei still! Behalt deine widerlichen Fantasien über ihn für dich!«

Ich reiße die Tür so heftig auf, dass sie gegen die Wand knallt.

»Aber du hast völlig recht mit Viv – sie ist gefährlich«, ruft Nina mir von der Veranda aus nach. »Es ist nicht zu spät, du kannst ihr noch entkommen. *Er* hätte mir geglaubt!«

Ihre Stimme verliert sich, als ich in die Nacht hinausstürme.

SIEBENUNDZWANZIG

Ich habe wieder diesen blöden Traum. Alles ist wie immer – das Autowrack, der Brand –, nur dass Viv und ich diesmal daneben stehen, Seite an Seite. Sie starrt auf die Unfallszene, sichtlich entsetzt, doch dann dreht sie sich zu mir um, und ihre Furcht löst sich in einem Lächeln auf. Ich breite die Arme aus, halte jedoch plötzlich Nina darin. Viv sieht sie, taumelt und fällt, genau wie auf der Tribüne. Ich stoße Nina beiseite und mache einen Hechtsprung, um sie aufzufangen, greife jedoch ins Leere, und dann bin ich es, der durch die Dunkelheit stürzt.

Allein.

Schwitzend und mit Herzrasen wache ich auf. Ich kann mich kaum bewegen, es ist, als würde ein bulliger Offensivspieler auf meiner Brust sitzen. Die Traumbilder zucken nach wie vor durch meinen Kopf, und ich muss mir die vergangene Nacht noch einmal Schritt für Schritt ins Gedächtnis rufen, um mich zu vergewissern, dass ich Viv sicher ins Bett gebracht habe. Ich setze mich auf und sehe zur Uhr: 03:26. Als ich mir das Gesicht mit dem Bettbezug abwische, fällt mir Ninas Kuss wieder ein. Ich sacke zurück aufs Kopfkissen. Könnte ich ihn doch ungeschehen machen, hätte ich mich doch schneller verweigert. Als ich nach Hause kam, habe ich mir sofort die Zähne geputzt und gegurgelt, aber nun reibe ich mir erneut über den Mund, als könnten da immer noch Spuren sein, irgendein Beweis, den Viv vielleicht bemerkt.

Ich werfe die Bettdecke von mir und stehe auf. Im Zimmer ist es warm und stickig, also öffne ich das Fenster. Die kalte Herbstluft strömt herein und macht meinen Kopf klar. Sie wird nie erfahren, was passiert ist, wie sollte sie auch? Nicht, ohne dass Nina oder ich es ihr sagen, und Nina wird den Teufel tun. Ich balle die Hände zu Fäusten und denke an Ninas Lippen auf meinem Mund – Viv braucht nichts davon zu wissen und mir schon gar nicht zu verzeihen.

Ich starre hinaus in die Dunkelheit, zuversichtlich für einen Moment, bevor ich stöhnend gegen die Fensterbank sacke. Vielleicht sollte sie es aber erfahren. Wir haben nie Geheimnisse voreinander gehabt, warum dann jetzt damit anfangen? Nina hat schließlich mich geküsst, ich habe mir nichts zuschulden kommen lassen, außer dass ich auf Viv hätte hören sollen, als sie mich vor ihr gewarnt hat. Wenn ich ihr sage, was passiert ist, wird sie es verstehen – sie kann mir ja schlecht wegen etwas böse sein, das ich nicht getan habe.

Fröstelnd schließe ich das Fenster und krieche wieder ins Bett. Jetzt ist das Zimmer ein Eisschrank. Ich wickele mich in die Decke, ziehe mir das Kissen über den Kopf und versuche, zu einer Entscheidung zu kommen: lügen oder die Wahrheit sagen?

Hastig ducke ich mich durch das grüne Licht und knalle dabei mit dem Arm gegen seinen unsichtbaren Rand. Der Stoß wird durch die elektrischen Schwingungen noch verstärkt, aber ich habe keine Zeit, mich damit aufzuhalten. Ich hätte mich heute Nachmittag nicht noch mal hinlegen sollen bei meiner Übermüdung. Die gute Nachricht ist, dass ich mit der Überzeugung aufgewacht bin, Viv sagen zu müssen, was Nina letzte Nacht getan hat. Mir ist jetzt schon schlecht bei der Aussicht, alles genau erklären zu müssen, und ich fürchte mich vor ihrer Reaktion, aber ich könnte nicht mit dieser Lüge leben. Oder dem Verschweigen der Wahrheit. Sie soll wissen, dass sie recht gehabt hat – ich hätte nie an ihren Worten zweifeln sollen. Die schlechte Nachricht ist, dass mir nur noch fünf Minuten bleiben, um pünktlich zu Vivs Haus zu gelangen, das einen zehnminütigen Spurt von hier entfernt liegt.

Ich bemerke das Auto nicht, das die Straße entlangkommt, bis es direkt neben mir hält.

»Hey, Süßer, soll ich dich mitnehmen?«, ruft Viv.

Ich zucke zusammen, denn das letzte Mal, als ich Vivs blauen Zweitürer sah, hatte er sich um einen Strommast gewickelt. Bei genauerem Hinsehen stelle ich fest, dass er so viele Kratzer und Beulen hat wie eh und je, die Seitenfenster aber heruntergelassen und nicht zerbrochen sind. Ich finde meine Stimme wieder.

»Sorry, ich bin ein bisschen spät dran. Ich … musste noch meiner Mom helfen.«

Ich beiße mir auf die Wange. Was ist denn bloß los mit mir? Da habe ich den ganzen Tag gebraucht, um mich für die Wahrheit zu entscheiden, und das Erste, was ich mache, ist, ihr ins Gesicht zu lügen?

»Tja«, sie grinst, »wenn das noch mal vorkommt, werde ich dich wohl bestrafen müssen.«

Ich lache etwas gezwungen, bin aber erleichtert. Eine kleine Notlüge geht wohl in Ordnung im Gegenzug für die große Wahrheit. Sie weiß nicht, dass ich bei Nina war und was dort passiert ist – noch nicht. Der Motor knurrt im Leerlauf vor sich hin.

Viv hüstelt. »Steigst du jetzt ein, oder muss ich warten, bis du den Daumen herausstreckst?«

Als ich die Beifahrertür aufmache, kämpfe ich gegen die Erinnerung an das letzte Mal an, als ich bei ihr eingestiegen bin. Das allerletzte Mal. Sie wirft irgendwelchen Kram nach hinten, und ich setze mich, will mich aber nicht zurücklehnen. Das Auto kommt mir vor wie ein Sarg.

»Zigarette?«, fragt sie.

Sie hat schon eine zwischen den Lippen stecken und ein rotes Bic-Feuerzeug in der Hand. Für eine Sekunde sehe ich mein altes Zippo an seiner Stelle, und das ist ein Déjà-vu zu viel – ich entreiße ihr beides und werfe es aus dem Fenster.

»Hey! Was soll der Scheiß?«

»Ich …«

Meine Kehle brennt, als hätte ich ein ganzes Päckchen geraucht.

»Du willst mir doch jetzt nicht wieder einen Vortrag zum Thema ›Sportler rauchen nicht‹ halten, oder? Du bist nämlich kein Sportler mehr.«

Ich will ihr widersprechen, aber der Stachel sitzt, sodass ich den Mund halte. Einmal habe ich ihn mir schon verbrannt.

Sie mustert mich von oben bis unten, und ich merke, dass ihr ein Kommentar auf der Zunge liegt. Ich habe noch dasselbe an wie gestern und mich nicht rasiert.

»Du siehst total scheiße aus, Cam. Was ist los mit dir?«

»Können wir irgendwo hingehen und miteinander reden?«, stoße ich hervor.

Ihre Finger krampfen sich um das Lenkrad. »Worüber denn? Wir können hier reden.«

Ich sehe zum Fenster hinaus, zu der Ecke, wo *ich* gestorben bin.

»Lass uns wohin fahren, wo weniger Verkehr ist. Ich will mit dir allein sein.«

Eine ihrer Augenbrauen zuckt nach oben, und sie legt den Gang ein. »Also, wenn das so ist, weiß ich genau den richtigen Ort.«

Mit quietschenden Reifen fahren wir zuerst durch die Straßen hinter der Schule und dann einen Hang hinauf. Ich schnalle mich an und klammere mich möglichst unauffällig mit schweißnasser Hand an den Türgriff. Mit der freien Hand spiele ich am Radio herum. Es gibt nur einen Hügel in oder um Fayetteville. Ich weiß genau, wohin es geht.

»Zum Wasserturm?«

»Um der alten Zeiten willen«, sagt sie.

Die Häuser werden weniger, je höher wir kommen, und die spärlich belaubten Bäume mehr. Es ist zwar kein richtiger Berg oder so etwas, aber anscheinend will niemand so nahe an einem hässlichen, mit Graffiti besprühten Riesenbehälter wohnen. Besonders wenn es meilenweit der heißeste Platz zum Knutschen und Fummeln ist.

Wir sind früher nach jedem gewonnenen Spiel hierhergekommen, und es gab eine Menge Siege im zweiten Highschool-Jahr. Jetzt steht nur ein Auto da, als wir oben ankommen, doch es sieht leer und verlassen aus. Viv lässt den Wagen weit genug an den Rand der ebenen Fläche rollen, sodass wir die Lichter von Fayetteville unten sehen können. Ich habe mir nie richtig Zeit genommen, die Aussicht von hier oben zu bewundern, merke ich. Sie ist wirklich schön.

»Ich habe ganz vergessen, wie es war, mir dir hierherzukommen«, sage ich.

»Ja, ich auch.« Viv zieht die Handbremse an. Dann greift sie nach ihren Zigaretten, überlegt es sich jedoch anders und stellt den Motor ab.

Ich halte ihr das Päckchen hin. »Du kannst ruhig rauchen, ich hätte das vorhin nicht machen sollen.«

»Nein, ich will im Moment gar keine.« Sie trommelt mit den Fingern aufs Lenkrad.

Sie wartet darauf, dass ich anspreche, worüber ich reden will, aber ich kann mich einfach nicht dazu überwinden. Lieber schaue ich in den Sternenhimmel, der über der Stadt hängt.

»Hast du dich schon mal gefragt, ob sie auch zusammen sind?«, frage ich.

Sie hört zu trommeln auf und sieht mich an. »Wer?«

»Unsere anderen … Ichs? Ich meine, wenn die beiden tot sind und wir am Leben, ob sie wohl auch zusammenkommen können?«

Sie verdreht den Kopf und blickt mit mir in den Nachthimmel. »Nein.«

»Echt? Du meinst, sie sind jeder für sich – oder einfach nicht mehr da?«

»Nein, ich frage mich das nie.«

»Ach so.«

Sie nimmt meine Hand. »Cam, du *bist* er, nur besser. Bin ich nicht genug wie sie?«

Ich betrachte nachdenklich ihr Gesicht. Ihr Lächeln verflüchtigt sich.

»Du bist in vieler Hinsicht wie sie …«

»Aber?«

Ich schwanke, suche nach den richtigen Worten.

»Nichts aber – du bist meine Viv.« Zur Beruhigung drücke ich ihre Hand. Oder bin ich es, der beruhigt werden muss? »Weshalb ich dir sagen wollte, du hattest recht mit Nina.«

Sie starrt mich an.

Ich senke den Blick. »Ich war gestern Nacht noch bei ihr.«

Sie keucht empört. »Aber du hast …«

»Es tut mir leid, ich musste mich selbst davon überzeugen.«

Sie entreißt mir ihre Hand und verschränkt die Arme vor der Brust. Voll Panik will ich sie wieder an mich ziehen, aber sie drückt sich in ihren Sitz, so weit weg von mir wie möglich. Erschrocken blicke ich in ihr wutverzerrtes Gesicht.

»Es war schrecklich, du hattest vollkommen recht!«, fahre ich hastig fort. »Sie ist verrückt, total fixiert auf mich. Gerade haben wir uns noch unterhalten, da versucht sie auf einmal, mich zu küssen.«

Vivs Blick durchbohrt mich. »Du hast die *geküsst*?«

»Nein, sie hat mich geküsst!«

»Wie konntest du nur?«

»Ich habe doch gar nichts gemacht!« Die Fenster sind von unserem warmen Atem ganz beschlagen, sodass ich mich noch mehr eingesperrt fühle. »Ich wollte uns doch nur helfen!«

Ich höre die schallende Ohrfeige, die sie mir verpasst, noch bevor ich meine Haut brennen fühle. Sie will die Tür aufstoßen, aber ich halte sie zurück.

»Viv, hör mir zu!«

Was soll ich nur sagen, um das wieder in Ordnung zu bringen? Ich drücke sie an mich und presse meinen Mund auf ihre Lippen, aber sie reagiert nicht. Ich grabe meine Finger in ihre Haare und küsse sie so fest, dass ich keine Luft mehr bekomme.

Als ich sie loslasse, sieht sie mich an wie einen Toten.

»Du musst das verstehen …« Meine Stimme versagt vor Verzweiflung.

»Nein, *du* musst etwas verstehen«, erwidert sie. In ihren Augen ist nicht das geringste Leuchten mehr. »Er hat mich ihretwegen verlassen – das habe ich dir gestern Nacht zu sagen versucht.«

Ich ringe nach Luft. Wenn mein Gesicht nicht noch von der Ohrfeige brennen würde, könnte ich denken, sie hätte mich in den Magen geboxt.

»Was?«

Sie sieht mich schmerzerfüllt an.

»Das ist doch absurd«, sage ich. »Ich würde dich nie …«

»Er hat es getan.«

Ich stemme die Ellbogen auf die Knie und stütze den Kopf in beide Hände. Versuche, mir ein Szenario vorzustellen, in dem ich Viv für jemand anderen verlassen könnte, doch es gelingt mir nicht. Das Blut schießt mir ins Gesicht. Das ist vollkommen unmöglich. Er und ich haben vielleicht unterschiedlich gelebt, aber wir sind trotzdem ein und dieselbe Person. Es ist, als hätte er uns beide verraten.

»Es ging von Nina aus«, sagt Viv als Antwort auf meine Gedanken. »Sie hat irgendwas mit ihm gemacht, hat ihn gegen mich beeinflusst.« Mit tränenden Augen sieht sie auf. »Und dann ist er gestorben. Ich dachte, alles wäre vorbei, ich wollte auch sterben … Und dann bist du zu mir zurückgekommen.«

Ich strecke wieder die Arme nach ihr aus, und diesmal weicht sie nicht zurück. »Ich bin *nicht* er.«

Wir küssen uns, bis wir außer Atem sind. Ich fahre mit meinen Lippen über ihren Hals, ihr Puls schlägt regelmäßig unter ihrer Haut. Ihre Finger sind kühl und mit meinen verschlungen. Sie streift mir die Jacke ab, und ich ziehe ihr das T-Shirt über den Kopf, während sie mit meinem Gürtel kämpft. Etwas in mir summt bei jeder ihrer Berührungen. Ich werfe meinen Pullover ab und versuche, näher an sie heranzurutschen, stoße mir aber das schlimme Knie am

Lenkrad. Schnell beiße ich mir auf die Zunge, bis das heftige Brennen und Kribbeln nicht mehr in meinen ganzen Körper ausstrahlt. Als der Schmerz endlich nachlässt, liegt Viv halb auf ihrem Sitz. Sie mustert mich unter schweren Lidern hervor und hat eine Haarsträhne um den Finger gewickelt.

»Cam«, sagt sie mit verführerischem Lächeln, »ich frage mich, ob … Haben du und ich jemals …?«

Mein Gesicht wird so heiß, dass ich dankbarer denn je für die Dunkelheit der Nacht bin. Ich muss den Blick von ihrer nackten Gestalt abwenden. Warum ist mir, bei all den Unterschieden, die wir schon festgestellt haben, dieser Gedanke noch nie gekommen?

»Nein«, krächze ich und muss mich räuspern. »Wir waren unterwegs, um es zu tun. In der Nacht des Unfalls.«

»Oh.«

Ich warte eine mir endlos scheinende Sekunde lang. »Habt ihr?«

»Es kam nie dazu.« Ihre Stimme klingt tief vor Bedauern.

Ich stoße einen erleichterten Seufzer aus.

Viv reibt sich fröstelnd die Arme.

»Dir ist kalt, was?«

Ich wühle nach meinem Pullover und breite ihn über ihren bloßen Bauch. Sie hält ihn an ihre Nase, schnuppert an ihm und wickelt die Ärmel um sich, doch dann stützt sie sich auf einen Ellbogen und schiebt schmollend die Unterlippe vor.

»Ich habe es satt, mich ständig irgendwo herumzudrücken, hier in meinem engen Auto oder auf dem eiskalten Spielplatz draußen. Das ist schon jetzt nicht mehr lustig.«

Ich zucke die Achseln und kitzele sie an den Zehen. »Wir dürfen es nicht riskieren, noch einmal gesehen zu werden.«

Sie grinst schelmisch und führt offensichtlich was im

Schilde. »Was würdest du sagen, wenn wir ein ganzes Haus für uns allein hätten, mit einem breiten Bett und einem warmen Kamin, in dem uns garantiert niemand entdeckt?«

Ich kippe meinen Sitz zurück und rutsche so nahe an sie heran, wie die Mittelkonsole es zulässt.

»Ich würde sagen, nenn mir Zeit und Ort.«

Sie zwinkert. »Meine Eltern werden von Freitag auf Samstag die ganze Nacht weg sein, total kurzfristiger Entschluss, weil ein Kollege gestorben ist. Das wollte ich dir eigentlich gleich als Erstes erzählen.« Sie setzt sich auf, sodass mein Pulli herunterrutscht und ihre weiße Haut in dem schwachen Schein eines Lichtspots hoch oben auf dem Wasserturm schimmert. Ich bin daran gewöhnt, dass ihr die langen Haare um die Schulter fallen, doch nun gewähren mir ihre nur kinnlangen Locken einen ungehinderten Blick auf ihren fast nackten Oberkörper. Das Einzige zwischen mir und der sanften Wölbung ihrer Brüste ist ein unheimlich violetter, unheimlich durchsichtiger, unheimlich erotischer Spitzen-BH.

Sie beugt sich über mich. »Komm und verbring die Nacht mit mir.«

Ich rutsche in eine bequemere Stellung, die Kälte macht mir nichts mehr aus. »Warum nicht jetzt gleich?«

Sie streicht mit der Hand der Länge nach über meine nackte Brust und versetzt jeden Nerv in Schwingung.

»Unser erstes Mal soll etwas Besonderes sein, keine schnelle Nummer auf dem Autositz.«

Ich schnaufe leise und bemühe mich, an etwas anderes zu denken als daran, wie toll sie aussieht und was das mit mir anstellt. Es scheint eine Ewigkeit vergangen zu sein seit der Nacht, als es hätte passieren sollen. Unsere Blicke begegnen sich, und ich sehe wieder all die Male vor mir, als wir kurz davor waren. Sie liest es mir wohl vom Gesicht ab, denn sogar in dem wenigen Licht erkenne ich, dass sie rot wird. Die Luft zwischen uns erhitzt sich, und ich nehme ihre Hand – vielleicht ist das genau das, was wir brauchen. Dieses Eine, um uns zusammenzuschweißen und alle Zweifel zu beseitigen.

ACHTUNDZWANZIG

Der halbe Donnerstag rauscht in einem Strudel aus nichtssagenden Gesichtern, Schulglockenläuten und Spindtürenknallen an mir vorbei. Morgens bestehe ich mit Mühe und Not einen Geometrietest und überlebe eine zweite Runde Völkerball. Wenn ich es schaffe, vor Geschichte in der fünften Stunde noch schnell einen Aufsatz zu schreiben, hätte ich sogar all meine Hausaufgaben für diese Woche erledigt, aber meine Gedanken eilen immer wieder zu Freitagabend voraus.

Als ich mich endlich zur Mittagspause schleppe, sichere ich mir die übliche Türnische und hole Heft und Stift heraus. Das Thema lautet: »Was ist die bedeutende Erkenntnis, die Ethan im Roman *Ethan Frome* gewinnt?« Kaum habe ich eine halbe Seite voll geschrieben, da schlittert ein flacher, silbern glänzender Gegenstand auf mich zu und stößt gegen meinen Schuh. Ich hebe das Handy auf und sehe mich nach seinem Besitzer um – es ist wohl der finster dreinblickende Typ, der mit ausgestreckter Hand auf mich zukommt. Logan.

Ich schwenke das Handy vor seiner Nase. »Was verloren, West?«

»Gib's her, Pike.«

Er ist sauer, aber ich wette, ich kann ihn noch ein bisschen wütender machen. Ich werfe das Ding hoch in die Luft.

Kalt erwischt reckt er sich danach, hat es auch schon, doch

dann rutscht es ihm aus der Hand, und ich fange es wieder auf, ehe es auf den Boden fällt.

Ich stehe auf. »Ballfehler.«

Logan wird so rot wie unser Schulmaskottchen. Ich gebe ihm sein Handy. Diverse Gruppen von Leuten beobachten uns nun, um zu sehen, ob er sich auf mich stürzt. Ich frage mich, ob *dieser* Logan ausflippen würde, wenn er zufällig auf Viv träfe; ob er es wagen würde, ihren »Geist« für sich zu beanspruchen. Der Gedanke entspannt mich, und ich weiß gar nicht, ob mir noch danach ist, ihm meine Faust ins Gesicht zu schlagen.

»Zu schade, dass ihr diese Saison ohne mich verlieren müsst«, sage ich und klopfe ihm auf die Schulter.

Logan ballt die Fäuste, bläht die Nasenlöcher, doch dann taucht Tash neben ihm auf und nimmt seine Hand. Er sieht sie an, sieht mich an, und etwas an seiner Haltung verändert sich. Dann steckt er das Telefon ein und zwängt sich Hand in Hand mit Tash durch die Zuschauer.

Mike rudert gegen die sich zerstreuende Menge an. »Was war das denn, Mann?«

»Nichts weiter.« Ich lasse mich steif auf dem Boden nieder, etwas angeschlagen von den zwanzig Liegestützen, die ich heute Morgen gemacht habe. Auch wenn ich kein Spieler mehr bin, kann ich immer noch daran arbeiten, an Vivs Arm eine gute Figur zu machen. Mike geht mit finsterer Miene davon. Ich nehme mein Heft zur Hand, werfe es dann aber wieder hin und laufe ihm nach.

»Mike!«

Er dreht sich um, an einem Energieriegel kauend.

»Falls meine Mom am Freitagabend bei dir anruft, sag ihr, dass ich bei dir bin.«

Er unterbricht sein Kauen. »Ich soll für dich lügen?«

»Hm.«

»Warum sollte ich?«

Endlich begreife ich, dass er stinksauer ist. Und mit gutem Grund. In der letzten Zeit habe ich mich wie der letzte Scheißkerl ihm gegenüber benommen.

»Hör mal, es tut mir leid«, murmele ich. »Es ist wichtig, sonst würde ich dich nicht darum bitten.«

Sein Ausdruck wird etwas freundlicher. »Wer ist das Mädchen?«

»Mädchen? Es geht nicht um ein …« Ich reiße mich zusammen. »Ja oder nein?«

»Cam, dafür schuldest du mir was. Das mache ich nicht umsonst.«

Ich funkele ihn an, aber er hält meinem Blick stand. Frustriert wäge ich meine Optionen ab. Ich habe keine Zeit für Debatten. Nach Freitag wird alles wieder okay sein – besser als okay. Doch meine Nacht mit Viv muss perfekt werden, nichts darf sich dem in den Weg stellen. Ich zwinge mich zur Beherrschung. Es geht zwar nur um eine kleine Feinheit, doch es steht viel auf dem Spiel. Wenn irgendetwas schiefläuft, könnte das mehr als unsere gemeinsame Nacht verderben. Ich überlege, ob ich ihn anbetteln soll, während er unbeugsam dasteht und wartet.

»Du hast recht«, sage ich zu meiner eigenen Überraschung. »Ich schulde dir was.«

Er taxiert mich, als versuchte er herauszufinden, ob ich ihn verarsche, und das Ergebnis stellt ihn offenbar zufrieden.

»Na schön, meinetwegen. Ich halte dir den Rücken frei.«

NEUNUNDZWANZIG

Moms Auto steht in der Einfahrt, als ich nach Hause komme. Früher war das kein gutes Zeichen, so direkt nach der Schule, aber sie ist jetzt häufiger da, seit sie ihre mütterliche Seite hervorzukehren versucht. Sie bemüht sich sogar, das Haus sauber zu halten. Die Dusche in ihrem Bad läuft, als ich hereinkomme, also gehe ich erst einmal in die Küche, um etwas zu essen aufzutreiben.

Kaum habe ich die Hand am Kühlschrank, klingelt das neue Telefon an der Wand gegenüber. Ich nehme ab und klemme es zwischen Kinn und Schulter, während ich das Essensangebot überprüfe.

»Hallo?«

»Cam?«

Ich erstarre mit einer Dose Gemüsesaft in der Hand.

»Leg nicht auf – können wir mal miteinander reden?«

Dad klingt etwas unsicher.

»Weißt du, ich versuche schon länger, dich zu erreichen.«

»Und, wie fühlt man sich dabei so?«

Es wird still in der Leitung. Warum habe ich überhaupt was gesagt? Mein Daumen schwebt über der Beenden-Taste.

»Ich habe das Boot zurückgekauft, Cam.«

Er hat *was*?

Ich halte mir schnell den Mund zu, bevor mir etwas herausrutscht.

»Deine Mutter sagt, du machst eine schwere Zeit durch,

also dachte ich …« Er seufzt. »Ich dachte, vielleicht hättest du mal wieder Lust, auf den See rauszufahren?«

Ich stehe stumm da wie ein Trottel, räuspere mich aber immerhin, damit er weiß, dass ich noch dran bin.

»Du musst das nicht jetzt gleich entscheiden. Das Wetter soll sich halten.«

Ich zögere, denke an Dad und mich auf unserem Boot, das träge auf den Wellen schaukelt, und kann beinahe die Forellen riechen. Ich möchte »Ja!« schreien und suche zugleich nach einem Grund abzulehnen.

»Würde Cheryl auch mitkommen?«

»Nein«, sagt er. »Nur du und ich.«

Ich lasse mich auf einen Küchenstuhl nieder. Es war so viel leichter, ihn zu hassen.

»Du hast die ›Anglerglück‹ wieder?«

Er hüstelt. »Hab ein bisschen Geld dabei verloren, aber ich hoffe, das war es wert.«

Ich überfliege die aufgeschlagene Zeitung, ohne wirklich etwas zu lesen.

»Unsere Ausflüge fehlen mir, Kumpel.«

»Hm.« Mir wird schwer ums Herz, als er das sagt. »Also, ich muss jetzt Schluss machen.«

»Denk darüber nach«, wiederholt Dad. »Lass dir ruhig Zeit.«

Benommen lege ich auf. Ich kann es nicht glauben, dass ich mich von ihm habe einwickeln lassen. Als ich aufblicke, steht Mom in der Tür, ein Handtuch um den Kopf geschlungen.

»Wie ist es gelaufen?«, fragt sie.

»Du hast gewusst, dass er anrufen würde?«

»Ich dachte, es wäre gut, wenn ihr beiden euch mal unterhaltet.«

»Warum?«, frage ich fassungslos. »Du müsstest ihn doch mehr hassen als ich!«

Sie zupft am Ärmel ihres Bademantels. »Er ist nicht mehr ganz der Mistkerl, der er mal war.«

»Mom, er hat dich für diese …«

»Daran brauchst du mich nicht zu erinnern!«

Ich schüttele den Kopf und ringe um Beherrschung. »Willst du mich jetzt zu ihm abschieben oder was?«

»Wie bitte?«

Ich deute auf den Geschirrstapel, der wieder in der Spüle angewachsen ist. »Das Leben ist auch so schon schwer genug, ja? Wenn du mich loswerden könntest …«

»Niemand sagt, dass du zu ihm ziehen sollst.«

»Warum dann überhaupt mit ihm reden?«

Ihr Handtuchturban verrutscht. »Er ist dein Vater, Cam.«

»Will er jetzt eine Medaille dafür?«

Sie zieht seufzend eine Zigarettenpackung aus der Tasche. »Ich habe meine eigenen Scheidungspapiere aufgesetzt, für mich gibt es Grund genug, ihn nie wiederzusehen. Aber dich verbindet eine gemeinsame DNA mit ihm. Er ist der einzige Vater, den du hast.«

Grunzend stecke ich das Telefon zurück auf die Station.

Mom tastet nach einem Feuerzeug. Ich reiche ihr ein Streichholzbriefchen aus einer Schublade.

Dann öffne ich erneut den Kühlschrank, merke aber, dass ich keinen Hunger mehr habe. Plötzlich muss ich an Owen denken und frage mich, was schlimmer ist, einen miserablen Vater zu haben oder gar keinen. An der Kühlschranktür hängt ein Foto von Viv, das Mom dort angebracht hat – meine eigene Aufnahme bei Sonnenuntergang. Irgendwie macht der Anblick mich immer noch traurig. Als wäre sie wirklich tot, als hätte ich sie nicht wieder.

»Was machst du überhaupt schon zu Hause?«, frage ich. »Es ist doch erst vier?«

»Mein Gerichtstermin für morgen ist auf nächste Woche verschoben worden«, erklärt sie. »Ich dachte, da kann ich mal ein bisschen ausspannen, im Schlafanzug arbeiten und das Wochenende mit meinem Sohn verbringen.«

Ich habe mich wohl verhört. »Äh, ich bin schon verabredet, mit Mike.«

»Ach so.« Sie sieht mich forschend an. »Aber du hast dich schon seit Monaten nicht mehr mit ihm getroffen.«

»Gehört zu meinem Rehabilitationsprogramm. Ich bin den ganzen Freitagabend bei ihm.« Ich widerstehe dem Impuls, ihrem Blick auszuweichen, als ich das sage. Man darf nie den Augenkontakt zu einer Rechtsanwältin unterbrechen, wenn man lügt.

»Mike Liu? Den habe ich ja ewig nicht gesehen. Warum kommt ihr Jungs nicht hierher? Das wäre doch nett, so wie früher!«

Ich schüttele den Kopf. »Nein, wir machen so Jungssachen, das würde dich nur nerven.« Das ist eine schwache Ausrede, ich brauche etwas Konkretes. »Videospiele, weißt du, Zombies gegen Aliens, und ich habe die Spielkonsole nicht. Er hat das alles bei sich zu Hause, also müssen wir zu ihm gehen.«

Sie zieht die Augenbrauen hoch. Mir rutscht das Herz in die Hose.

»Nun, es macht dir sicher nichts aus, wenn ich vorher seine Mutter anrufe und mit ihr spreche – wie heißt sie noch mal?«

Ich kriege keinen Ton heraus, als sie das Telefon von der Wand nimmt. Meine Hände schwitzen. Nicht weil ich Angst habe, dass Mrs Liu mich auffliegen lässt, das steht sowieso schon fest, sondern weil meine Gedanken schon zur nächsten Ungewissheit springen – wie Viv reagieren wird, wenn sie herausfindet, dass ich nicht kommen kann. Was sie tun wird.

Mom sucht nach der Nummer, und ich helfe ihr nicht. Sie bekommt sie schließlich von der Auskunft – es gibt nur eine Familie Liu in der Stadt – und wählt sie. Ich habe zuerst noch die Hoffnung, dass der Anrufbeantworter anspringt, doch da belebt sich ihr abwartender Ausdruck auch schon, und sie lächelt.

»Mrs Liu? Ach so, Sie sind nicht … oh, Nicole! Du klingst so erwachsen! Du hast dich genau wie deine Mutter angehört. Ist sie da?«

Jetzt weiß ich, von wem ich die unsinnige Rederei geerbt habe.

»Ah, verstehe. Nein, schon gut, hier ist Loretta Pike, Camdens Mom. Sag ihr bitte, sie möchte mich anrufen, sobald sie Zeit hat …«

Eine Pause, ein Blick zu mir.

»Ich richte es ihm aus, Schätzchen.« Sie lacht. »Okay, danke, bye.«

Mein Herz, das vor einer Sekunde kaum noch gepumpt hat, wagt es nun wieder, in eine hoffnungsvollere Gangart zu schalten.

»Mikes kleine Schwester sagt, sie findet dich süß.« Mom zwinkert mir zu.

»Oh, toll.« Ich schiele zum Telefon hin und rechne mir aus, wann das Footballtraining zu Ende sein wird, damit ich Mike vorwarnen kann. »Also, ich habe noch einen Haufen Hausaufgaben zu machen. Du wirst mich wohl ein anderes Mal kontrollieren müssen.«

Sie neigt den Kopf zur Seite und streckt die Arme nach

mir aus. »Komm her, du. Ich bin stolz auf dich, weil du so tapfer bist. Geh und triff dich mit deinen Freunden, amüsier dich.«

Auf einmal bekomme ich Gewissensbisse. Es war leichter, als sie sich noch nicht so sehr um mich gekümmert hat. Achselzuckend schließe ich sie in die Arme und atme die Mischung aus Shampooduft, Zigarettenqualm und ihrem Mom-Parfum ein. Ich habe mich immer noch nicht so richtig daran gewöhnt, mich beim Umarmen zu ihr herunterbeugen zu müssen, und fürchte sogar in diesem Moment, sie aus Versehen zu erdrücken. Als ich sie loslasse, kneift sie mich in die Wange, wie sie es nicht mehr getan hat, seit ich sechs war.

»Au!« Ich reibe mir die Stelle.

»Du bist dran mit Abwaschen.«

DREISSIG

»Lass mich doch rein, sie hören uns bestimmt nicht«, bettele ich.

Viv lehnt sich aus dem Fenster und bringt mich mit ihrem vollen, köstlichen Mund zum Schweigen. Spielerisch knabbert sie an meiner Unterlippe, bevor sie mich sacht wegschiebt.

»Wie gesagt, sie haben heute Abend ihren Anwalt zum Essen da. Er bleibt immer lange.« Sie verdreht die Augen, wirft aber einen Blick über die Schulter zur Tür. »Ich muss die brave Tochter spielen.«

Ich ziehe spöttisch eine Augenbraue hoch. »Seid wann bist du denn brav?«

Sie lacht, hält sich jedoch schnell den Mund zu und bedeutet mir, still zu sein.

»Morgen haben wir das Haus die ganze Nacht für uns. Mr Winters sieht am Samstagmorgen nach mir, aber dann kannst du dich ja verstecken. Sie kommen erst nachmittags wieder.«

»Ihr Rechtsanwalt sieht nach dir? Seit wann sind sie so besorgt um dich?«

»Seit … du tot bist.« Sie blickt zu Boden. »Ist jedenfalls nicht weiter wild. Er ist praktisch so etwas wie ein Onkel.«

Seufzend lasse ich mich von den Zehenspitzen herabsinken.

Sie küsst mich noch einmal, und ihr Dekolleté ist aus meiner Warte eine Verheißung in rosa Satin. Ich stöhne an ihrem Hals.

»Ich muss mich jetzt kalt abduschen.«

Mit einem sinnlichen Lächeln schließt sie das Fenster. »Das Warten wird sich lohnen, das verspreche ich dir.«

Ich gehe mitten auf einer dunklen, verlassenen Straße und versuche, meine Erregung loszuwerden. Mein ganzer Körper brennt vor Verlangen nach Viv, zittert vor Erwartung. Freitagnacht scheint noch eine Ewigkeit hin zu sein, aber dann wird alles wunderbar, das weiß ich.

Zurück beim Strommast lasse ich meine Finger prickeln und leuchten, während die Schule – *meine* Schule – von dem grünen Filter vor Vivs Schule illuminiert wird. Ich bedanke mich stumm für die Existenz dieses Fensters in diese seltsame Parallelwelt. Dann steige ich hinüber, nach Hause.

Ich bin etwa halb durch das Licht hindurch, als ich stecken bleibe. Die unter meiner Haut sirrende Elektrizität ist so desorientierend; ich taste nach den Rändern des Durchgangs und merke, dass sie viel enger beieinanderliegen, als ich mich erinnere, geradezu klaustrophobisch eng. Ich drehe mich seitlich, finde eine Stelle, an der ich die Hand durchstecken kann, und ducke und winde mich, bis ich den Weg hinaus finde. Stolpernd lande ich auf der anderen Seite und knie hustend auf dem Gehweg. Sich länger da drinnen aufzuhalten kann nicht gut für die Gesundheit sein.

»Probleme, durchzupassen diesmal?«

Ich schnelle hoch und zwinge meine Augen, sich schleunigst von dem grünen Schimmer auf das Nachtdunkel einzustellen. Nina sitzt einen Meter von mir entfernt auf einem Stein, in eine Kapuzenjacke eingemummelt, als würde sie dort schon länger warten.

»Bleib von mir weg«, sage ich und mache mich auf den Heimweg.

»Es wird enger, Cam. Ich glaube, es wird sich schließen.«

Ich bleibe wie angewurzelt stehen, und Panik wallt in mir auf, bis ich durchschaue, was sie vorhat.

»Das funktioniert nicht, Nina. Das ist doch nur ein Verzweiflungstrick von dir.«

Ohne Lächeln kommt sie auf mich zu. »Vielleicht bin ich verzweifelt.«

Ich weiche langsam zurück.

Nina lacht unfroh.

»Zuerst dachte ich, dass ich vielleicht nicht mehr weiß, wie man hindurchschlüpft, doch heute Abend habe ich es wieder versucht, und dieses Ding wird eindeutig kleiner.«

»Du lügst doch«, erwidere ich, aber etwas an ihrer Stimme verunsichert mich.

Sie ist jetzt nahe genug, dass sie zu mir aufsehen muss und ihre Kapuze dabei herunterrutscht. Ich hatte erwartet, ein verweintes Gesicht oder einen irren Ausdruck zu sehen, aber ihr Teint ist hell und klar und ihr Haar glatt und hübsch.

»Du glaubst mir nicht? Dabei bist du viel öfter als ich hin- und hergewechselt, aber vielleicht warst du zu sehr in Gedanken, um es zu merken.«

Zweifelnd blicke ich zu dem Strommast hin. Ich habe es immer eilig, wenn ich hier bin. Es kommt mir wie Jahre vor, seit ich das erste Mal auf der Suche nach Nina hindurchgegangen bin. Trotzdem erinnere ich mich sehr deutlich an diese Erfahrung – ich hatte zwar schreckliche Angst, aber es war leicht, so als würde man durch eine Tür treten. Ich fahre mir durch die Haare und rufe mir meine letzten Passagen von hier nach dort und zurück ins Gedächtnis. Passagen, bei denen ich mich verdrehen und bücken musste und fast stecken blieb.

»Wenn dieses Ding sich schließt«, sie zeigt auf den Mast, »darfst du auf keinen Fall auf derselben Seite sein wie sie.«

Meine Stimmung verdüstert sich. Das sagt sie mir doch nur, um uns voneinander fernzuhalten, um mich Viv erneut auszuspannen. »Du … bist … gestört«, sage ich und betone jedes einzelne Wort.

Sie schließt die Augen und beißt die Zähne aufeinander. »Ich habe gesehen, wie du eben mit Mühe und Not durchgekommen bist. Du weißt, dass ich recht habe!«

Ich lasse sie stehen und gehe schnell davon, doch Ninas Stimme schneidet in meinen Rücken.

»Es war ein blaues Auto.«

Ich erstarre.

»Der flüchtige Fahrer, der dich getötet hat – er oder sie fuhr ein blaues Auto … genau wie Viv.«

Es dauert eine ganze Weile, ehe ich den Sinn dieser Worte begreife. Dann schießt ein so klares Bild von Viv am Steuer durch meinen Kopf, dass jeder Muskel meines Körpers sich versteift, als würde er sich gegen den Zusammenprall wappnen. Ich will es wegblinzeln, kann aber nicht. Meine eigene Atemwolke wirbelt weiß und geisterhaft vor mir durch die kalte Luft und löst sich auf. Es fällt mir schwer, wieder einzuatmen.

»Woher willst du das wissen?«, frage ich.

»Ich … ich habe es gesehen. Ich war auf dem Weg hierher, um mich mit dir zu treffen.« Eine einzelne Träne rinnt über ihre glatte Wange. »Und … habe es nicht rechtzeitig geschafft.«

Ein Schauer rieselt mir über den Rücken, wie Geisterfinger. Ich starre sie an und warte darauf, dass sie wankt und einknickt, was sie nicht tut. Mein Blick wandert zu der Ecke, und ein Gewicht legt sich mir schwer auf die Brust. Ist sie manisch genug, um sich so etwas auszudenken?

»Du lügst.«

»Ihr Gesicht habe ich nicht gesehen, nur das Auto. Aber sie hat das mit uns herausbekommen, Cam, sie *wusste* es.«

»Halt die Klappe!«

Sie presst die Lippen aufeinander und sieht mich nur an. Ich wende mich ab, damit ich ihr Gesicht nicht sehen muss und sie meines nicht sehen kann.

»Am Montag ist ein Gerichtstermin, bei dem ich aussagen muss, was ich gesehen habe.«

Ich wirbele herum. »Ein Gerichtstermin? Weswegen?«

Sie holt tief Luft. »Um zu klären, ob dein Tod ein Unfall war oder nicht.«

Meine Hände fangen an zu zittern. Ich stecke sie in die Hosentaschen, was aber nicht hilft.

»So etwas Ernstes hätte Viv mir doch erzählt.«

Nina legt den Kopf schräg. »Hätte sie das?«

Sprachlos blicke ich die Straße entlang. Selbst wenn es stimmt, dass Viv mich überfahren hat, muss es ein Unfall gewesen sein.

»Weißt du, ich wollte dir eigentlich nichts davon sagen, aber wenn du bei ihr bleibst, wird es wieder passieren, fürchte ich.«

Ich balle die Hände zu Fäusten. Nur mit Mühe kann ich mich beherrschen, nicht zu schreien.

»Daraus wird nichts, Nina, weil ich Viv nie und nimmer für dich verlassen werde. Krieg es endlich in deinen Kopf: Wir werden nie zusammen sein!«

Ihr Ton wird schärfer. »Ich habe dich schon einmal verloren, und ich weiß, dass ich dich wieder verlieren werde. Aber wenn du hier in Sicherheit bist und sie dort drüben mit mir festsitzt …«

»Wag es ja nicht, sie von mir fernzuhalten!«

Sie stampft mit dem Fuß auf. »Verdammt noch mal, Cam, hast du eigentlich ein einziges Wort von dem mitbekommen, was ich gesagt habe?«

»Dass du Viv des Mordes beschuldigst? Allerdings. So tief bist du gesunken, ja?«

Sie baut sich vor mir auf und bohrt mir den Finger in die Brust. »Du hast mir doch selbst erzählt, dass sie manchmal überspannt wirkt und du nicht weißt, was ihr als Nächstes einfällt.«

»Ja, und gleich darauf hast du dich mir an den Hals geworfen!«

Sie versetzt mir einen Schubs. »Manchmal vergesse ich, was für ein Arschloch du bist, weil ich dich mit ihm verwechsele.«

Ich trete kräftig gegen ein paar Büsche rechts von mir. Mein Knie sticht protestierend, wie um mich noch mehr zu verspotten. Ich zeige auf die Straßenecke. »Wenn dieses Ding zugeht, dann kannst du darauf wetten, dass ich auf dieser Seite sein werde, zusammen mit Viv, weit weg von dir.«

Damit kehre ich ihr den Rücken zu und marschiere davon.

»Nein!« Ihre Schritte eilen mir nach. »Hör zu, ich weiß nicht, wie deine Viv war. Vielleicht war sie nicht so besitzergreifend und hat versucht, dich von allen zu isolieren, vielleicht wollte sie dich nicht ganz für sich haben, weil ich keine Gefahr dargestellt habe …«

»Hör auf!«

»Aber verwechsele sie nicht miteinander!«

»Untersteh dich, so über sie zu reden.« Ich klinge leise und verloren und blicke dorthin, wo der Schrein war.

»Es tut mir leid«, sagt Nina, als sie es bemerkt. Sie reibt sich die Arme und starrt seufzend auf das Pflaster. »Sein Leben konnte ich nicht retten, aber ich dachte, ich könnte vielleicht deines retten. Ich hatte noch nie eine zweite Chance, bei was auch immer.«

Ich spüre ihren Blick auf mir, weigere mich jedoch, sie anzusehen.

»Ich habe ihn geliebt«, murmelt sie. »Egal, was du von mir denkst.«

Ohne meine Antwort abzuwarten, geht sie zurück zu der Ecke. Als sie den Mast erreicht, streckt sie ruhig eine Hand aus, bis sie durchscheinend wird, schiebt den ganzen Arm hinein, dreht sich seitwärts und schlüpft durch den sehr schmalen grünen Lichtspalt.

Sie sieht sich nicht einmal mehr um, ehe sie verschwindet.

Die Straßenecke ist dunkel und verlassen. So war sie vorher, und so wird sie, begreife ich, bald auch wieder sein. Ich nähere mich der Stelle, an der Nina verschwunden ist, und erhasche noch etwas von dem Pfirsichduft ihrer Haare. Ich greife in die Finsternis und wedele mit grünen Fingerspitzen durch die Luft, fahre die Ränder dessen nach, was sich einst wie eine Pforte zur Ewigkeit anfühlte und jetzt nur noch wie ein kleines, sich langsam schließendes Fenster.

Ninas Worte hallen in mir nach.

»Ein blaues Auto.«

EINUNDDREISSIG

Heute Nacht ist der Traum anders. Ich bin allein an der Ecke. Wie zuvor ist alles still und stumm, und ich kann mich nicht vorwärtsbewegen. Etwas fällt mir ins Auge – eine Gestalt in der Ferne. Nina? Sie rennt und winkt, ohne das kleinste Stück näher zu kommen. Ich will ihr etwas zurufen, habe aber keine Stimme. Als ich den Kopf wende, bekomme ich flüchtig einen verschwommenen blauen Schemen zu sehen und werde von weißem Licht geblendet.

Zitternd erwache ich in meinem Bett und starre in einen schwarzen Himmel. Das Fenster über mir steht weit offen. Erschrocken mache ich es zu und wische mir die Stirn mit dem T-Shirt ab. Ich triefe vor Schweiß, also ziehe ich mich bis auf die Boxershorts aus und schlüpfe wieder unter die Decke, aber es ist unmöglich, mich zu entspannen oder wieder einzuschlafen.

Nicht nach diesem Traum.

Ich habe weder Viv noch Nina je nach dieser Unfallflucht gefragt. Es schien eine klare Sache zu sein – der Schuldige bekam es mit der Angst zu tun und fuhr einfach weiter. Ich bin immer davon ausgegangen, dass man ihn nie gefasst hat, doch nun stellen sich mir ein paar beängstigende Fragen. Viv hat etwas von schlimmen Dingen erwähnt, die sie bereut, und manchmal scheint sie vor ihrer Welt davonzulaufen; manchmal erinnert ihre Eifersucht stark an Furcht.

Aber wer könnte ihr einen Vorwurf daraus machen? Es war ja auch ein schrecklicher, tragischer Unfall.

Wie kommt Nina dazu, etwas anderes zu behaupten?

Ich trete in die dunklen Schatten an der Ecke und lasse mich von ihnen verschlucken, nachdem ich mich nach allen Richtungen umgesehen habe, ob die Luft rein ist. Heute Abend gehe ich kein Risiko ein. Es ist zwar ein Footballspiel angesetzt, aber das findet zum Glück auswärts statt.

Ein kalter Wind weht von Norden und überzieht alles mit Frost. Es ist ein Gefühl, als würden sich Eiskristalle in meiner Lunge bilden. Mit klopfendem Herzen greife ich in den leeren Raum neben dem Strommast und atme auf, als meine Finger in das vertraute grüne Schimmern gleiten.

Wird es das letzte Mal sein? Werde ich es zurück nach Hause schaffen – zusammen mit Viv? Ich versuche, nicht darüber nachzudenken, und fahre lieber den Umriss des Durchschlupfs mit der rechten Hand nach, um die Abmessung einzuschätzen. Er sieht kleiner aus als gestern, aber sicher bin ich mir nicht. Unfassbar, dass Nina mich erst darauf aufmerksam machen musste.

Ich werfe noch einen letzten Blick über die Schulter, aber sie ist nicht hier. Wenn sie schlau ist, wird sie auch nicht hier herumlungern, wenn Viv und ich zurückkommen. Denn sobald ich diese Sache mit dem Unfall geklärt habe, werden Viv und ich von hier fortgehen. Ich schiebe einen Fuß durch den schmalen grünen Lichtstreifen, bücke mich mit angehaltenem Atem und zwänge mich mühsam hinüber zur anderen Seite. Ausnahmsweise ist es mal von Vorteil, dass ich nicht mehr so kräftig bin wie vor zwei Jahren. Ich lasse die Energie sich verflüchtigen, was nun auch irgendwie schneller geht, und sehe mich um.

Meine Zähne klappern. Es kommt mir hier noch kälter vor. Vivs Ecke ist unheimlich, finster und einsam, so wie meine – *unsere* – zu Hause immer auf mich wirkte. Unsere. Bald brauchen wir unsere Welten nicht mehr in *meine* und *ihre* zu unterscheiden, denn wir werden am selben Ort vereint sein.

Wo soll ich sie bloß verstecken?

Ein Automotor heult ein oder zwei Straßen weiter auf und reißt mich aus meinen Gedanken. Angespannt warte ich, doch das Geräusch kommt nicht näher. Ein Schauer überläuft mich. *Ein blaues Auto.* Die drei Worte spuken mir ständig im Kopf herum, seit Nina behauptet hat, Zeugin des Unfalls gewesen zu sein. Ich frage mich, was ich wirklich mitten in der Nacht allein an dieser Ecke gemacht habe. Viv bestätigt, dass ich – er – sie für Nina verlassen hatte, und Nina sagt, dass wir uns hier an dieser Straßenecke treffen wollten …

Nie und nimmer hat Viv am Steuer dieses Wagens gesessen. Wahrscheinlich war es ein Betrunkener. Alkoholisierte Autofahrer verursachen ständig tödliche Unfälle.

Ein Windstoß fährt durch meine Jacke, und ich reibe mir wärmend die Oberarme.

»Der flüchtige Fahrer, der dich getötet hat – er oder sie fuhr ein blaues Auto …«

Ich muss mit Viv reden. Sofort.

Als ich vor dem gelben Lichtschimmer in Vivs Fenster stehe, kann ich kaum meine Finger krümmen, um an die Scheibe zu klopfen. Ich huste, um meine Lunge vom Würgegriff des Winters zu befreien. Die Jalousie wird hochgezogen, das Fenster geht auf, und Viv streckt ihren Kopf heraus.

»Bah, ist das kalt geworden!« Sie reibt sich die Arme.

Bei ihrem Anblick vergesse ich alles. Trotz der Kälte hat

sie nur eine rote Jungsshorts und ein dazu passendes winziges Hemdchen an, das wenig der Fantasie überlässt. Ich puste auf meine Hände, obwohl sie mein Blut schon recht gut in Wallung bringt.

»Hi«, sage ich dreist zu ihrem Dekolleté.

Sie lacht. »Geh vorn herum, ich mache dir auf.«

Als sie sich vom Fenster entfernt und ihre Erscheinung mich nicht mehr im Bann hält, meldet sich mein Verstand wieder mit Bedenken wegen des schrumpfenden grünen Lichts. Hastig stolpere ich um die Hausseite herum; sie hält die Tür weit auf und winkt mich hinein. Dann nimmt sie meine eiskalte Hand und führt mich ins Wohnzimmer vor das prasselnde Kaminfeuer.

Ich sehe sie träumerisch an, als sie sanft meine Finger reibt und daraufbläst.

Wie kann Nina nur denken, dass sie zu einem Mord fähig wäre?

»Ist es besser jetzt?«, fragt Viv und zieht mir die Jacke aus. »Hey, wo sind denn deine Sachen?«

Ich drücke mich vor einer Antwort, indem ich mich mit viel Getue vorm Feuer aufwärme.

»Keine Zahnbürste, kein Pyjama?« Sie hebt die Augenbrauen. »Willst du nackig schlafen?«

»Ich dachte, wir brauchen nicht so viel … Beiwerk«, sage ich. Wenn ich es geschickt angehe, flippt sie möglicherweise nicht aus. Ich setze mich aufs Sofa und ziehe sie auf meinen Schoß. Sie duftet unglaublich gut. Ihre langen, glatten Beine erstrecken sich endlos vor mir.

Ich reiße meinen Blick davon los und blinzele ein paar Mal. Gott, ich muss bei der Sache bleiben.

»Wollte nicht der Anwalt von deinen Eltern vorbeischauen oder so was?«

»Alles unter Kontrolle.« Sie fährt mit den Fingern unter mein T-Shirt und setzt meine Haut in Brand. Ich kann mich nicht mehr konzentrieren. »Oh, ich habe übrigens ein Sixpack für dich gemopst, vom Vorrat meines Dads in der Garage.«

Sie springt auf und eilt aus dem Wohnzimmer, bevor ich sie aufhalten kann. Ich reibe mir übers Gesicht und denke, dass ich das Thema gleich beim Hereinkommen hätte anschneiden sollen. Bald darauf ist sie zurück und macht zwei Dosen auf.

»Wir könnten auch zu mir rübergehen, was meinst du?«

Ich blicke kurz in den Flur, der zu ihrem Zimmer führt, und denke an ihre hellrosa Bettdecke und die Fotos an den Wänden, die keinen Bildern in meiner Erinnerung entsprechen. Ihre Fotos hier in dieser Welt zeigen lauter unbekannte Gesichter, Leute, die ich kaum kenne, und Unternehmungen, bei denen ich nicht dabei war. Die Aufnahme von dem roten Königspaar hängt direkt über ihrem Bett.

»Hier ist es auch ganz hübsch«, erwidere ich schnell. »Vielleicht ein bisschen später?«

»Oh, na gut.« Sie setzt sich neben mich und reicht mir ein Bier.

»Auf zweite Chancen.«

»Auf zweite Chancen«, stimme ich mit ein. Das Bier schmeckt bitter und dünn. Ich schlucke es schnell herunter. »Viv, ich …«

»Psst.«

Ihre Finger spielen über meinen Oberschenkel bis hinauf zum Bund meiner Jeans, während sie eine Spur von Küssen über meinen Hals zu meinem Mund legt. Ich schließe die Augen und schmecke das Kirscharoma von ihrem Lipgloss. Ich sollte sie bremsen, werde sie bremsen, gleich, in einer Minute. Wie viele Monate habe ich mich danach gesehnt? Ich lehne mich zurück, streichele über ihre Schulterblätter, den Nacken, die kurzen Haare und lasse mich mit ihr verschmelzen. Ihr Duft hüllt mich ein, warm, vertraut und tröstlich. Ich glaube, mir war bis zu diesem Moment nicht richtig klar, was es hieß, sie zu vermissen.

Sie dreht sich ein wenig, woraufhin die Sofalehne in meinen Rücken drückt, aber ich achte nicht darauf. Lächelnd greift sie nach meinem Gürtel.

Ich atme tief durch und schalte meinen Verstand ab. Jetzt ist es so weit. Wir können später miteinander reden.

Viv will sich rittlings auf mich setzen und stützt sich dabei kurz mit vollem Gewicht auf mein rechtes Knie.

»Au!«

Reflexhaft reiße ich das Bein hoch und ramme es ihr beinahe gegen das Kinn. Sie krabbelt mit erschrocken aufgerissenen Augen ans andere Ende des Sofas.

»Was ist los mit dir?«, ruft sie.

Ich schiele noch einmal zu ihren kurzen Shorts hin und seufze.

»Das Licht … das Fenster nach drüben … Nenn es, wie du willst, es wird kleiner.«

Sie runzelt die Stirn. »Na und?«

»Diese Ecke … Viv, wir können nicht mehr länger die Seiten wechseln.«

Sie beugt sich vor; die Bedeutung meiner unzusammenhängenden Erklärung scheint ihr gerade zu dämmern. »Von was redest du da? Natürlich können wir das.«

Ich schüttele den Kopf. »Vorhin habe ich kaum noch durchgepasst.«

»Aber warum?«

»Ich weiß es nicht!«

Sie springt vom Sofa und wirft dabei ein Kissen zu Boden. »Dann müssen wir jetzt los!«

Mir schnürt sich der Magen zusammen. Sie hat recht, wir sollten jetzt sofort gehen.

»Werden wir auch, aber Viv …«

»Warum hast du mir das nicht schon eher gesagt?« Sie stürzt in den Flur, bleibt stehen und saust wieder zu mir zurück, ganz außer sich. »Es darf sich nicht schließen, bevor wir hier weg sind! Ich kann nicht hierbleiben! Wir müssen los!«

»Ich wusste nicht …« Es ist, als hätte sich eine dicke Wolke in meinem Kopf niedergelassen. »Viv, wir können noch nicht gehen.«

Sie streicht sich eine Haarsträhne aus dem Mundwinkel und sieht mich an, als hätte ich meinen Kopf verkehrt herum aufgesetzt. Ihr Blick wandert zur Haustür, aber sie bleibt, wo sie ist, schwer atmend.

»Warum nicht?«

Ich befeuchte mir die Lippen mit der Zunge und sehe zu ihr auf. Ihr Hemdchen ist hochgerutscht und lässt ein Stück nackte Haut über der Shorts sehen.

Ich schaffe das nicht. Mein Körper spielt mir einen Streich.

»Soweit ich weiß, wirst du nie wieder zurückkönnen«, sage ich hastig. »Deine Eltern und all deine Freunde werden denken …«

Sie schneidet mir das Wort ab. »Machst du Witze?«

»Nein.«

Viv verdreht die Augen zur Decke und rauft sich die sorgfältig gestylten Wuschellocken. Dann bemüht sie sich demonstrativ um Ruhe, zieht ihr Top herunter und setzt sich neben mich aufs Sofa.

»Cam, wie oft soll ich dir das noch sagen?« Sie nimmt meine Hand. »Das ist mir vollkommen egal.«

Der Knoten in meinem Bauch schnürt sich enger bei ihrer Berührung. Ihre Stimme mag gelassen klingen, aber ihre Miene ist entschlossen.

»Ich weiß, ich dachte nur …«

»Willst du mich nicht mehr?«, fragt sie leise.

Meine Hände werden feucht. »Doch, natürlich!«

»Dann … warum redest du so?« Sie fährt meine Handlinien zart mit dem Finger nach. Ihr Griff jedoch ist fest, und ihre Augen blicken hart. »Hast du etwa vor, ohne mich zurückzugehen?«

»Nein, niemals.« Ich drücke ihre Hand und bemühe mich um Ruhe, aber es kommt panisch heraus. »Ich will nur nicht, dass du etwas bereust.«

»Bereuen.« Ihr Griff wird noch fester, geradezu unangenehm. »Bereust du denn etwas?«

Ein blaues Auto.

Der Gedanke taucht im ungünstigsten Moment auf. Ich senke den Blick aus Angst, dass Viv mir etwas ansieht, und spiele mit ihrer Hand. Ihre Finger sind lang und schlank, die Nägel säuberlich gefeilt und poliert. Diese Hände könnten nicht töten …

Dann habe ich eine Vision von ihren weißen Knöcheln, die sich krampfhaft um das Lenkrad schließen.

»Viv«, sage ich behutsam. »Ich weiß, was in jener Nacht passiert ist.«

Jetzt ist es heraus und steht zwischen uns. Es liegt an ihr, es zu bestätigen oder abzustreiten.

»Ich weiß nicht, wovon du redest.« Sie rückt von mir ab, steht auf und geht ans andere Ende des Zimmers. Dort nimmt sie sich eine Zigarette vom Schreibtisch ihres Vaters, wirbelt herum und stürmt wieder auf mich zu, ohne sie angezündet zu haben. »Hat Nina etwas zu dir gesagt? Sie ist eine Lügnerin, total von dir besessen.«

»Ich … ich will es doch nur verstehen«, stottere ich. »Viv, bitte …«

Sie starrt mich lange und unnachgiebig an, greift sich dann ein Streichholzbriefchen von einem Beistelltisch und reißt das Streichholz zweimal an. Nimmt einen Zug, wirft ihre Locken zurück, stemmt eine Hand auf die Hüfte. Inspiziert etwas auf ihrem Arm, das nur sie sehen kann, und wischt es weg. Lässt sich schließlich langsam, zittrig, neben mich auf das Sofa sinken.

»*Er* wollte es nicht verstehen.« Ihre Fingerspitzen gleiten über meine Kehle und hinunter zu meiner Brust. »Ich habe es so sehr vermisst, dich zu berühren.«

Mein Herz hämmert, als wollte es zerspringen, aber meine Haut bleibt kühl. Ich möchte schreien, damit sie etwas hinzufügt, es richtigstellt. Sie kann es nicht so gemeint haben, wie es sich anhört.

»Dann«, sage ich mühsam beherrscht, »hast du es also getan …«

»Er wusste nicht, was er wollte.« Ihre Stimme bricht. »Sie hat versucht, dich mir wegzunehmen.«

Der Knoten in mir schnürt sich so fest zusammen, dass ich das Gefühl habe, zweigeteilt zu werden. Es ist nicht klar, ob sie über ihn oder über mich redet, aber mir scheint, darauf kommt es nicht mehr an. Ich sitze stumm da und kann mich nicht rühren.

Sie legt die Zigarette im Aschenbecher ab und schlingt ihre Arme um mich. Meine Muskeln spannen sich an. Sie streichelt über meinen Arm, meinen Hals und beginnt mit meinen Haaren zu spielen, als würde sie darüber staunen, dass ich wirklich vorhanden bin. Ich blicke in dieses Gesicht, das ich so gut kenne. Diese ausdrucksvollen braunen Augen, die vollen Lippen, die schön gewölbten Brauen. Mir ist jedes Aufflackern von Angst, Zweifel oder Zuneigung vertraut, das je über diese Züge gehuscht ist, doch wenn ich sie jetzt anschaue – sehe ich eine Fremde.

Mir ist schlecht, jeder Atemzug tut weh. Die übergroße Freude, als ich sie zuerst wiedergesehen habe, all die neu erweckte Zukunftshoffnung, scheinen auf einen Schlag zu zerbrechen, zu zersplittern. Ich ringe die Hände, und ein heftiger Schmerz schießt durch meine Arme, breitet sich im ganzen Körper aus, durchdringt jeden Muskel, jeden Knochen.

»Cam?«

»*Sie* hätte mir das nie angetan«, flüstere ich.

»Wenn sie dich so geliebt hat wie ich, hätte sie es genauso gemacht.« Sie klingt jetzt wieder ganz ruhig. »Damit dich keine andere haben kann.«

Mir fehlen die Worte.

Sie richtet sich entschieden auf. »Aber das spielt doch jetzt keine Rolle mehr! Wir gehen hinüber auf deine Seite und fangen ganz von vorn an – Tahiti, Cam! Als wäre nie etwas gewesen!« Ihre Stimme schnappt über. »Du hast ja mit dem Football aufgehört, genau wie ich es dir immer gesagt habe, sodass uns dort niemand in die Quere kommen kann. Es wird nur uns beide geben.«

Ich schließe die Augen. »Denn wer braucht die schon, solange wir uns haben?«

»Genau!«

Diese Reisepläne, unsere Träume, waren nie gemeinsame Pläne und Träume. Ich habe das nur nie gemerkt. Ich stehe vom Sofa auf und gehe.

»Warte! Wo willst du hin?« Viv läuft mir nach. »Cam!«

Als ich die Haustür öffne, bläst ein kalter Wind über uns hinweg ins Haus – er muss wohl kalt sein, weil sie so schreit und sich gegen die Tür stemmt, doch ich spüre nichts, ich bin taub und benommen.

»Cam, es ist saukalt!« Sie legt frierend die Arme um sich, versucht, ihre gefährlichen Kurven zu bedecken. »Mach die Tür zu und hilf mir packen!«

Ich schüttele den Kopf, weil sie es einfach nicht *begreift*. In dem Moment, als ich sie aus dem Weg stoße, merke ich, dass ich überhaupt nicht benommen bin – ich habe entsetzliche Angst. Ich verlasse das Haus, woraufhin sie mir hinterherstürzt und sich an meinen Arm hängt.

»Wo gehst du hin? Cam, komm wieder rein! Bitte«, kreischt sie. »Cam, bitte, es war ein Unfall – *ich wollte bremsen …*«

Obwohl sie barfuß ist, stemmt sie sich mit den Fersen in den Boden und lässt sich dann weinend mitschleifen. Ich wünschte, sie würde einfach loslassen, denn wenn ich auch noch so oft davon geträumt habe, sie an meinem Arm zu halten – so war es nie. Auf der anderen Straßenseite gehen ein paar Lichter an. Es beginnt zu schneien, als ich den Bürgersteig erreiche.

»Es tut mir so leid«, heult sie.

Tränen brennen in meinen Augenwinkeln. Ich schüttele sie ab und höre, wie sie auf dem Weg zusammenbricht. Ich kann sie nicht ansehen, ich kann nichts sehen.

Ich renne los.

ZWEIUNDDREISSIG

Ich laufe auf die Schule zu, das glaube ich zumindest. Die Straßen und Häuser kommen mir richtig vor, aber jedes Mal, wenn ich zu genau hinsehe, verschwimmt alles vor meinen Augen. Ich laufe trotzdem weiter. Dünne Flocken treiben an meinem Gesicht vorbei. Meine Jacke habe ich bei Viv liegen gelassen, doch ich werde auf keinen Fall umkehren, um sie zu holen. Ich ziehe die Ärmel über die Finger herunter und lausche dem traurigen, trägen Rhythmus meiner Schuhe auf dem Pflaster.

Nina hatte recht.

Die Erkenntnis schneidet klar und deutlich durch mein stumpfes Traben hindurch, ohne dass ich jetzt noch etwas tun könnte. Ich muss nach Hause, ich kann nicht in einer Welt bleiben, in der ich tot bin.

Ich komme zu einer vertrauten Ecke, aber es ist nicht die, nach der ich suche, noch nicht. Als ich zu dem Straßenschild hinaufsehe, um festzustellen, wie weit es noch ist, gelingt es mir, ein Wort zu entziffern: Genesee.

Eine Schneeflocke fliegt mir ins Auge. Fluchend kneife ich es zu und schmelze die Eiskristalle mit Tränen. Als ich wieder blinzele, liegt der Weg vor mir klarer da als alles, was ich bisher in dieser Nacht gesehen habe.

Blaues Fernsehlicht flackert in Ninas Fenster und wärmt mich innerlich besser als jedes lodernde Feuer. Ich habe keine Ahnung, wie spät es ist, aber da ist noch jemand auf.

Die Türglocke läutet vernehmbar, woraufhin das leise Gemurmel, das von oben kommt, beinahe sofort verstummt. Nur der blaue Schimmer im Fenster bleibt. Ich kann mich nicht überwinden, in den kleinen Spion zu blicken, und als der Riegel zurückgeschoben wird und der Griff sich dreht, halte ich den Atem an.

Sie sagt zunächst nichts. Es ist wie bei unserer ersten Begegnung, als wir uns durch das grüne Licht hindurch taxierten. Nur dass sie mich diesmal nicht ansieht, als wäre ich tot. Jetzt erst wird mir klar, dass sie dort eine Art Totenwache gehalten haben muss, genau wie ich.

»Du hattest recht«, sage ich. »Es war Viv.«

Sie hält sich die Hand vor den Mund, und ihr Blick gleitet über mich hinweg, während ich erschöpft am Türrahmen lehne, halb erfroren ohne meine Jacke. Wie mein Gesicht aussieht, will ich gar nicht erst wissen.

»Cam, es tut mir so leid.« Sie macht einen Schritt auf mich zu, um mich zu umarmen, doch ich weiche zurück, und sie hält inne. »Bist du okay?«

Ich nicke mit zusammengekniffenem Mund, kann ihr aber nicht in die Augen sehen.

Sie hält mir die Tür auf. »Komm rein, es schneit doch.«

Ich trete ein und lasse es zu, dass sie sie hinter mir schließt.

»Kann ich dir etwas holen, einen Tee, eine Decke?«

Ich schüttele den Kopf. »Ich muss gehen.«

»Ja.« Sie nickt langsam. »Das musst du.«

Endlich treffen sich unsere Blicke, und ich mache mich auf ihr Urteil gefasst. Doch was ich in ihrem Gesicht lese, ist nicht das, was ich erwartet habe. Kein auftrumpfendes »Hab ich's dir nicht gesagt«, keine Ungeduld oder Anmaßung. Viv hätte diese Situation weidlich zu ihrem Vorteil genutzt, während in Ninas hellbraunen Augen nur Mitgefühl steht, sonst nichts.

»Ich fand, dass ich mich wenigstens bei dir entschuldigen sollte.«

»Nicht … Ich meine, das brauchst du nicht.«

Ich bin ratlos, was ich als Nächstes sagen soll, und deute hinauf zum oberen Stockwerk. »Schläft Owen?«

Nina blickt zur Treppe und nimmt meine Hand. Leise führt sie mich nach oben. Ich bekomme eine Gänsehaut, als ich an den ersten Morgen denke, den ich hier verbracht habe. Sie linst in Owens Zimmer und hält den Finger an die Lippen. Ich spähe ebenfalls hinein und sehe ihn zusammengerollt auf der Bettdecke liegen, tief schlafend. Eine halb leere Schüssel mit Popcorn steht auf dem Boden.

»Wir haben *Gegen jede Regel* geguckt«, flüstert Nina.

»Sorry«, sage ich gedämpft. »Ich wollte euch nicht stören.«

Sie schüttelt den Kopf, und wir gehen auf leisen Sohlen in ihr Zimmer. »Es war schon vor einer Stunde zu Ende, aber ich wollte ihn nicht aufwecken, um ihn ins Bett zu bringen.«

»Guter Film.« Mein Mundwinkel zuckt. »In ein paar Jahren wird er ein gefürchteter Quarterback sein.«

Sie lächelt zaghaft im Halbdunkel. »Meinst du wirklich, er kann das?«

»Mit Unterstützung von der richtigen Seite.« Ich zwinkere ihr zu.

Sie drückt meine Hand. Ich hatte gar nicht gemerkt, dass wir uns immer noch bei den Händen halten. Gerade will ich noch etwas sagen, da schaltet sie das Licht in ihrem Zimmer an.

Ich blinzele verwundert und brauche eine Weile, um zu begreifen, was ich da sehe. Zombies und Monster glotzen uns geifernd aus jeder Ecke an. *Der Schrecken vom Amazonas* hängt neben dem Kleiderschrank, Hitchcocks *Psycho* über dem Schreibtisch, *Black Sunday* über ihrem Bett. Jedes Poster, das ich in Ninas Schrank gesehen habe, ziert nun die Wände, auch ein paar neue sind darunter, scheint mir.

»Ich war schon immer ein Fan von *Alarm im Weltraum.*« Ich bewundere das Plakat bei der Tür.

Nina verschränkt lachend die Arme. »Ich weiß.«

Ich drehe mich einmal um mich selbst. Das Bett ist wie üblich gemacht, der Schreibtisch aufgeräumt, nirgends ein Staubkörnchen zu sehen, aber der Raum ist jetzt ein einziger Farbenrausch und voller Leben – oder jedenfalls voller Leute, die um ihr Leben laufen.

»Wieso hast du deine Meinung geändert?«

»Ich weiß nicht, auf einmal habe ich mich zu sehr gefühlt wie damals, als meine Eltern gestorben waren – bevor ich dich kennenlernte. Als müsste ich mich ständig zusammenreißen und furchtbar anstrengen, um weitermachen zu können. Aber nachdem ich mal wieder ein paar von unseren Filmen gesehen hatte, wurde mir klar, dass ich ein bisschen Spaß brauche.« Sie zuckt die Achseln und deutet grinsend auf die grellen Splatterorgien. »Außerdem kann Tante Car sie nicht ausstehen.«

Wieder lasse ich den Blick durchs Zimmer wandern und versuche, dieses neue Bild von Nina in mich aufzunehmen. Eine Reihe von DVDs ist alphabetisch auf dem Bücherregal angeordnet, in Übereinstimmung mit den Plakaten. »Wär schön, wenn wir Zeit hätten, uns einen anzusehen.«

Das Foto von uns am See, das am Spiegel hängt, fällt mir ins Auge.

Nina folgt meinem Blick. »Ich werde dich vermissen. Wieder einmal.«

Ich sehe sie an und versuche, mir ihre glatten, kupferfarbenen Haare einzuprägen, ihre blassen Wangen, die braunen Augen, zärtlich und traurig. Dann gehe ich auf sie zu, und ihre Züge werden weich. Wir fallen uns in die Arme. Es ist so anders als mit Viv, so tröstlich und harmonisch. Ich schmiege mich an sie, ihre Haare duften frisch. Sie streichelt meinen Rücken, und schließlich halten wir uns nur noch fest, ohne ein Wort zu sagen.

»Cam, ich …«

Sie hebt den Kopf, und wir halten beide zugleich inne, unsere Lippen sind nur wenige Zentimeter voneinander entfernt. Wir blicken uns in die Augen, und es kommt mir vor, als würden wir uns über ein Universum hinweg ansehen. Bis ich den Abstand überwinde; sie schmeckt warm und süß, wie schwarzer Tee mit einem Tröpfchen Honig.

Nina ist es, die sich irgendwann von mir löst. Sie wischt sich die Tränen ab. »Wenigstens kann ich mich diesmal von dir verabschieden.«

Ich darf nicht länger bleiben. Ich nicke und gehe die wenigen Schritte zur Tür.

»Kann ich dich bis dorthin begleiten?«, fragt sie.

Ich lächele, froh, dass sie fragt.

»Was ist mit Owen?«

Nina geht auf Zehenspitzen durch den Flur, um nach ihm zu sehen. Sie deckt ihn zu und stellt den Ton des Fernsehers leise wieder an.

»Es ist okay, wenn ich gleich wieder zurückkomme«, flüstert sie. »Ich wünschte nur, er wäre wach, um dir auf Wiedersehen zu sagen.«

Ich berühre sanft ihre Schulter. »Vielleicht ist es besser so. Dann kann er mich für einen Traum halten.«

Wir schleichen uns nach unten, wo ich die Haustür einen

Spalt öffne und hinausschaue. »Es schneit immer noch ein bisschen.«

»Wirst du nicht frieren?«, fragt Nina.

Die Kälte schneidet durch mein dünnes Hemd, und ich mache die Tür wieder zu. »Ich scheine irgendwo meine Jacke verlegt zu haben.«

»Warte kurz.«

Nina verschwindet noch einmal nach oben und kommt mit einem riesigen roten Hoodie samt Rams-Aufdruck zurück. Auf dem Rücken steht in Weiß »Pike« und meine Nummer fünf.

»Das ist das Einzige in meinem Schrank, was dir passt. Du kannst es wiederhaben.«

»So eines hatte ich noch nie«, sage ich und ziehe es über. Es riecht nach ihr. »Bist du sicher?«

Sie nickt knapp, und ich merke, dass sie sich zum Lächeln zwingt. »Es steht dir besser als mir.«

Wir gehen langsam, trotz der Wetterverhältnisse.

Ich zerbreche mir den Kopf, um etwas zu sagen, aber alles, was mir einfällt, erscheint jetzt banal. Wozu über die Schule, die Zukunft oder sonst etwas reden? Worüber spricht man, wenn man weiß, dass es das letzte Gespräch sein wird? Was gibt es noch zu sagen, außer Lebewohl?

Es schneit kaum noch, der Himmel spuckt nur vereinzelte traurige Flocken aus. Wir biegen nach links ab, wo bald die Straßenecke in Sicht kommt. Die Straßenlampe oben auf dem Strommast wirft einen gelben Lichtkreis auf das Pflaster. Ich bleibe unvermittelt stehen und Nina mit mir. Meine in den Ärmeln des Sweatshirts vergrabenen Hände fangen an zu schwitzen. Ich kann kaum schlucken. Mein Bein sollte eigentlich wehtun, denn alles schmerzt mich.

»Ich bin mir nicht sicher«, sage ich.

»Weswegen?«, flüstert sie.

»Was meinst du, warum das alles passiert ist?«

Sie schüttelt nachdenklich den Kopf. »Ich weiß es nicht, es könnte einfach ein glücklicher Zufall im Universum gewesen sein. Du hast sie vermisst, sie hat ihn vermisst.« Sie sieht mich an. »Ich habe dich vermisst.«

»Aber es muss doch einen *Sinn* haben! Wozu sonst das Ganze?«

Ich blicke starr geradeaus und denke an all das, was hier passiert ist. Durch das Licht zu gehen bedeutet nun, es für immer hinter mir zu lassen, Gutes wie Schlechtes. Sie tastet nach meiner Hand, und ich schiebe meine Finger aus dem Ärmel und verflechte sie mit ihren.

»Vielleicht schließt es sich ja nicht.«

Sie drückt meine Hand, sagt aber nichts.

Seite an Seite gehen wir zu der Straßenecke.

Die Nacht ist kalt und still. Das einzige Geräusch sind unsere schleppenden Schritte, und ich richte mein Augenmerk auf unsere Füße, damit ich nicht sehen muss, wie wir uns unserer Bestimmung nähern.

Auf einmal aber halten Ninas schwarze Stiefel an. Ich blicke auf.

»Was ist?«

Sie antwortet nicht, sondern lässt meine Hand los und geht langsam den Bürgersteig entlang. Die Art, wie sie den Kopf neigt und in die Ferne blickt, sagt mir, dass sie auf etwas lauscht.

»Nina, was ist los?«

Doch dann höre ich es auch.

Ich wirbele rechtzeitig herum, um ein Paar Scheinwerfer um die Biegung hinter uns schlingern zu sehen. Das Auto gerät auf der nassen Fahrbahn ins Schleudern, gewinnt wieder Bodenhaftung und hält direkt auf Nina zu. Licht von der Straßenbeleuchtung fällt darauf – es ist dunkelblau.

Ich mache einen Hechtsprung, um sie aus dem Weg zu stoßen, in Sicherheit, aber sie fuchtelt abwehrend mit den Armen und will *mich* aus der Ziellinie schubsen. Die Scheinwerfer blenden uns, und ich kann bei dem lauten Röhren des Motors keinen klaren Gedanken fassen.

Es ist zu spät, um irgendetwas anderes zu tun, als mich vor sie zu stellen, die Augen zu schließen und auf den Knall zu warten.

Mein Herz bleibt stehen, inmitten von ohrenbetäubendem Reifenquietschen.

Dann ist alles still.

Warme Luft steigt an meinem Bein empor, und ich öffne blinzelnd ein Auge. Der verchromte Kühlergrill von Vivs Auto berührt fast mein Knie, ihre Scheinwerfer zerteilen mich in der Mitte. Ich mache beide Augen auf, starre auf die glatte Motorhaube und keuche, als ich meinen Puls noch in meinen Ohren höre. Eine kurzhaarige Silhouette lehnt sich aus dem Fahrerfenster.

»Geh aus dem Weg, Cam!«

»Nein.« Eine Schneeflocke landet und schmilzt auf meiner Wange.

Sie haut wütend auf das Lenkrad. »Steig ein, los.«

»Nein.«

Ich höre Ninas stoßweisen Atem hinter mir.

Die Autotür schlägt krachend zu, dass die Scheinwerfer erzittern, und ich sehe eine hochgewachsene Gestalt in dem grellen Licht auf uns zukommen. Sie hat eine Jeans und einen Pullover übergezogen. Tränen schimmern in ihren Augen, als sie sich zwischen die Lichtkegel stellt.

»Bitte komm mit mir.« Ihre Stimme bebt. »Wir müssen gehen, solange noch Zeit ist.«

Eine dicke Träne rollt über ihre Wange, und ich kann es nicht ändern, ein Teil von mir sehnt sich immer noch nach ihr, selbst jetzt noch. »Viv, ich gehe ohne dich.«

Sie kneift die Augen zusammen, verständnislos, dann fällt ihr Blick auf Nina. »Mit *ihr*?«

»Nein.« Ich schüttele den Kopf. »Allein.«

Ihr Gesicht verzieht sich weinerlich. »Das ... das kannst du nicht machen.«

»Doch.«

Sie merkt, wie ich zu dem Strommast an der Ecke hinsehe.

»Aber ich habe dich doch gerade erst zurückbekommen.«

»Nein«, sage ich und wende mich ab. »Ich bin nicht er, Viv.«

Sie packt mich am Arm. »Das ist mir egal, lass mich mitkommen. Bitte, hier gibt es nichts, was mich hält.«

Ich entziehe mich ihr, bis ihr Griff zu einer zaghaften Berührung wird. Ihre Locken hängen strähnig herab und sind mit Schneeflocken getupft. Ihre Augen sind tiefe, dunkle Höhlen. Sie steht schwankend am Straßenrand, als könnte der eisige Wind sie jeden Moment umwehen. Ich denke an all die Entscheidungen, die uns drei hierhergeführt haben, und an die verschiedenen Möglichkeiten, wie diese Nacht enden könnte. Ich verstehe sie gut genug, um zu wissen, dass sie bereut, was sie getan hat – auf einer bestimmten Ebene. Sie hat es vollkommen ernst gemeint, als sie sagte, sie habe es aus Liebe zu ihm getan.

»Lass mich los.«

Sie starrt mich noch einen Moment an, bis die Fassungslosigkeit in ihren Augen einem matten Ausdruck weicht und ihre Hand von meinem Arm gleitet. Ohne sich noch einmal umzudrehen, steigt sie in ihr Auto. Der Motor heult im Leerlauf auf, mein Herz macht einen Satz, und ich spüre Ninas eiskalte Hand, die nach meiner greift. Mein Gehirn fixiert sich auf den rhythmischen Takt der Maschine, die auf einmal beschleunigt und …

Das Auto stößt zurück auf die Straße. Vivs Gesicht liegt im Schatten, als die Vorderlichter herumschwenken.

Ich will schon aufatmen, doch der blaue Wagen saust weiter rückwärts und bremst dann abrupt ab. Unter der Lampe auf der anderen Seite kräuseln sich die Abgase aus dem Auspuff wie Rauch von einer Zigarette.

»Was macht sie?«, fragt Nina.

Zur Antwort kreischen die Reifen über den Asphalt. Das Auto röhrt geradewegs auf uns zu, mit voll aufgeblendeten Scheinwerfern, sodass es aus allen Richtungen zu kommen scheint. Nina kann mich nur noch am Arm ziehen und aufschreien.

Der Wagen zischt um Haaresbreite an uns vorbei. Ich sehe ihm nach, wie er die Straße hinunterschlittert. Sie hat uns nicht erwischt und wird umdrehen und zurückkommen. Doch sie fährt zu schnell, direkt auf den Strommast zu.

Genau wie in meinen Träumen schreie ich lautlos und kann nicht wegsehen. Ich warte auf die Explosion, zersplitterndes Glas, Feuer. Es gibt einen Knall, ein Scheppern, dann ein grünes Aufflackern.

Das Auto hat den Mast gestreift, dabei seinen Seitenspiegel verloren und die restlichen Büsche umgeknickt. Es beschreibt einen schmalen Bogen über den Rasen und holpert hinunter auf den Schulparkplatz, ehe es wieder den Hang zur Straße hinaufkurvt.

Ich mache instinktiv einen Schritt rückwärts, nur um festzustellen, dass Nina ihre Arme um mich geschlungen hat und nicht vom Fleck weicht. Ich drücke sie an mich. Sie blickt gebannt auf die Straße, eine Hand halb vors Gesicht gelegt. Wir beobachten, wie Vivs kleines Auto wieder auftaucht.

Und davonfährt.

DREIUNDDREISSIG

Das Papier eines Schokoriegels liegt festgefroren am Boden. Der Holzmast hat einen Überzug aus Schlamm unter der Frostschicht und eine neue Scharte von dem Kontakt mit Vivs Seitenspiegel. Das Gebüsch sieht erbärmlich aus. Ich gehe direkt darauf zu und strecke meine Hand in die Dunkelheit aus. Nach einigem Herumtasten gleiten meine Finger etwa einen halben Meter über dem Erdboden in das vertraute elektrische Grün. Erleichtert seufze ich auf.

Nina betrachtet die Steine, das Gras, den Horizont, nur mich sieht sie nicht an. Ihr Gesicht ist sehr ernst. Sie hat dieselbe Kapuzenjacke an wie beim letzten Mal an dieser Stelle, als sie mich vor Viv warnen wollte. Aus irgendeinem Grund kommt mir das Foto vom See wieder in den Sinn. Sie und ich – Nina und Cam – mit diesem blöden Fisch, lachend an einem warmen Sommertag. Ich versuche, dieses Bild mit der eingemummelten Nina vor mir in Einklang zu bringen, kann aber das Sommerlächeln nicht auf sie übertragen.

»Und wenn ich bleibe?«, frage ich.

»Was?« Sie schüttelt den Kopf. »Du musst gehen.«

Sie hat natürlich recht, aber trotzdem. Es erscheint mir so unfair, mich jetzt zu verabschieden, nachdem ich gerade anfange, sie zu verstehen, nachdem sie mir so sehr geholfen hat, mich selbst zu verstehen. Eine kupferfarbene Strähne rutscht hinter ihrem Ohr hervor, die ich zurückstreiche.

»Könntest du nicht mit mir kommen?«

Wieder schüttelt sie den Kopf und lächelt wehmütig. »Wer soll dann dafür sorgen, dass aus Owen ein Quarterback wird?«

Seufzend sehe ich hinauf in den Himmel, wo zu meiner Überraschung ein paar wenige Sterne hinter den Wolken hervorschimmern.

»Meinst du, es sind dieselben Sterne?«, frage ich.

Sie blickt ebenfalls nach oben. »Wahrscheinlich schon, nur anders. So wie wir.«

Ich starre weiter hinauf, bis die Wolken wieder alles bedecken. Als ich den Kopf senke, sieht Nina mich an. Normalerweise kann ich ihre beherrschte Miene nicht deuten, doch im Moment spüre ich ziemlich deutlich, was in ihr vorgeht.

»Es tut mir leid«, sage ich leise.

Sie blickt überrascht drein. »Was?«

»Dass du ihn verloren hast. Ich weiß, wie weh das tut.«

Sie erlaubt sich ein kleines Lächeln und drückt meinen Arm. »Er war Teil meines Lebens. Nur kurz zwar, aber ein glücklicher Teil.«

»Es gibt da etwas, worüber ich die ganze Zeit rätsele …« Ich zögere. »Wenn es dir nichts ausmacht, dass ich frage?«

Nina zuckt die Achseln und sieht mich auffordernd an.

»Was hatte diese Widmung in deinem Jahrbuch zu bedeuten? *Du hast mir das Leben gerettet*?«

Sie starrt auf den Gehweg, die Lippen aufeinandergepresst.

»Ich weiß es nicht«, sagt sie schließlich.

»Aber du musst doch irgendeine Ahnung haben, warum er das geschrieben hat?«

»Tja, das wünschte ich auch.« Sie zuckt erneut die Achseln und stößt einen langen Atemzug aus. »Er hat es in jener Nacht geschrieben – bevor es passiert ist. Ich habe es erst entdeckt, als er tot war. Deshalb konnte ich ihn nicht mehr fragen.«

Ich nehme ihre Hand und denke daran, wie gefühllos ich ihr die Worte unter die Nase gerieben habe.

»Das wusste ich nicht.«

Sie nickt. »An guten Tagen denke ich, es bezieht sich vielleicht auf Viv. Er hatte gerade mit ihr Schluss gemacht, weil er merkte, wie problematisch sie ist.« Sie schluckt. »An schlechten Tagen denke ich, es war irgendeine schreckliche Vorahnung. Die ich nicht rechtzeitig als Vorahnung erkannt habe.«

Eine Träne stiehlt sich auf ihre Wange, und ich ziehe sie an mich und stütze sacht mein Kinn auf ihren Kopf. Ich versuche, mich in ihn hineinzuversetzen, um herauszufinden, was er sich dabei gedacht hat, komme jedoch immer wieder zum gleichen Ergebnis.

»Ich kann es dir nicht sagen«, flüstere ich. »Aber ich weiß, dass du meines gerettet hast.«

Wir umarmen uns ein wenig länger als unter Freunden üblich, und als sie sich von mir löst, ist die Andeutung eines Lächelns wieder da. Sie sieht mir in die Augen, in denen ich einen Schimmer von etwas erhasche – einen Abglanz vom See, dem Sonnenschein. Ein Erinnerungsbruchstück, das sie aufbewahrt, neben vielen anderen Dingen.

Sie küsst mich auf die Wange. »Danke.«

Dann wenden wir uns dem Strommast zu, doch das geht mir alles zu schnell. Ich bin nicht bereit zu gehen, noch nicht.

»Du wirst trotzdem nach England fahren, oder? In das Dorf, aus dem deine Mutter kommt?« Wenn wir uns schon nicht wiedersehen, will ich wenigstens wissen, was aus ihr wird.

»Natürlich«, antwortet sie. »Nicht nur auf Besuch, irgendwann wird das mein Zuhause.«

Sie legt mir eine Hand auf die Schulter, und ich weiß, dass es Zeit ist.

»Sag Owen, dass ich ihm die Daumen drücke.«

»Mach ich«, flüstert sie.

Ich gehe in die Hocke und versuche, den grünen Spalt abzuschätzen, durch den ich mich zwängen muss. Das wird ganz schön eng. Ich setze mich und stecke ein Bein hinein. Ich muss das jetzt tun, sonst komme ich hier nie weg. Meine Zehen prickeln im Schuh. Ich drehe mich auf die Seite und schiebe den zweiten Fuß hinein, gleite relativ leicht bis zur Mitte, halb durchsichtig und vibrierend, bleibe dann aber plötzlich stecken.

»Dein Sweatshirt hat sich verfangen«, sagt Nina, die sich vor die Öffnung gekniet hat.

Ich fühle nach der Stelle und merke, wo es hängt.

»Es ist mir sowieso zu groß.« Ich ziehe das Hoodie über den Kopf und gebe es ihr. Sie hält mich fest, als ich gerade davonschlüpfen will.

»Nimm es mit, es ist deins.«

Ich schüttele den Kopf. »Nein, behalt du es. Es steht mir nicht zu.«

Ich schiebe es ihr hin und rutsche dann weiter in das grüne Vergessen hinein. Sie legt sich flach auf den Boden, um mir nachsehen zu können, und runzelt besorgt die Stirn.

»Bist du sicher, dass es noch bis zur anderen Seite reicht?«

Prüfend wackele ich mit den Füßen. Der Spalt ist so eng, dass ich mich nicht umdrehen kann, aber das Kribbeln in den Zehen lässt schon nach, und ich streife über das gefrorene Gras auf der anderen Seite.

»Zu Hause ist es doch am schönsten«, scherze ich.

Dann robbe ich das restliche Stück rückwärts, bis die Energie meinen Kopf umschließt. Durch den grünen Filter sehe ich Nina wie bei unserer ersten Begegnung; ihre Augen sind weit aufgerissen.

»Mach's gut, Cam«, sagt sie und greift durch die Leere nach meiner Hand.

Wir liegen beide auf dem Bauch, das Kinn im Dreck. Ich berühre sie ein letztes Mal. »Mach's gut.«

Der elektrische Tunnel verengt sich, bis er mich zu erdrücken scheint wie ein einstürzender Stollen. Ich bekomme kaum noch Luft. Nina starrt mich angstvoll an. Er schrumpft mit mir darin – ich muss sofort hier raus.

Ich lasse ihre Hand los und schiebe mich mit aller Kraft ans andere Ende, sodass ich trotz des frostigen Untergrunds ins Schwitzen gerate. Mit den Beinen voran rutsche ich in das heimatliche Gebüsch. Als ich den Kopf hebe, winkt Nina mir von der anderen Seite der Leere zu, die jetzt wie ein kleines grünes Guckloch wirkt. Ich winke zurück. Sie lächelt. Dann gleiten meine Finger aus dem Lichtfeld, und bevor ich wieder zu Atem komme, ist sie fort.

VIERUNDDREISSIG

Ich befinde mich in diesem Zustand zwischen Schlafen und Wachen, in dem alles noch dunkel und friedlich ist, bevor meine Gedanken ihn erobern. Anfangs versuche ich, sie abzublocken und traum- und bewusstlos ins Vergessen zurückzusinken, aber dann mache ich doch die Augen auf und zucke zusammen, wie jemand, der länger unter der Erde war. Ich gebe mir große Mühe, die Tage nicht zu zählen, seit das grüne Licht verschwunden ist.

Die durchs Fenster hereinströmende Sonne sagt mir, dass es schon spät ist, während mein Handy sagt, dass es Sonntag ist. Ich ziehe mir wieder die Decke über den Kopf.

Meine Tür wird aufgerissen, und Mom platzt herein.

»Ich habe dich für morgen bei Dr. Summers angemeldet. Das muss aufhören.«

»Was?« Ich blinzele sie an.

Sie fuchtelt aufgebracht mit den Armen. »Hör mal, ich weiß nicht, was in dieser Woche passiert ist. Du hattest dich so gut gemacht, ich dachte, du würdest langsam darüber hinwegkommen, was mit Viv passiert ist …«

Wenn sie wüsste. Ich drehe mich mit dem Gesicht zur Wand.

»Dein Termin ist um vier, Cam, und zwar morgen.« Sie zögert kurz. »Wenn dir das nicht passt, ruf deinen Dad an.«

Dr. Summers faltet die Hände im Schoß.

»Das hört sich an, als kämst du mit deinem Vater und der Schule wieder ziemlich gut zurecht. Vielleicht möchtest du die restliche Sitzung noch ein wenig über Viv sprechen?«

Ich rutsche auf meinem Stuhl herum und sehe zur Uhr, aber es ist erst eine Viertelstunde vergangen, und mit allen harmlosen Themen bin ich schon durch. In Wahrheit brenne ich seit dem Wochenende darauf, mit ihr darüber zu sprechen, dass ich Viv *noch einmal* verloren habe, aber mir ist nichts eingefallen, wie ich das tun könnte, ohne geistesgestört zu klingen. Ich stemme die Ellbogen auf die Knie und reibe mir die Schläfen in dem Versuch, einen klaren Kopf zu bekommen. Körperlich habe ich Viv zwar hinter mir gelassen, doch sie drängt sich seitdem umso heftiger in mein Bewusstsein. Als wollte ein Teil von ihr immer noch nicht loslassen – oder ist es ein Teil von mir?

»Es ist nicht so, dass ich nicht über sie reden möchte …«, beginne ich hochintelligent.

Dr. Summers sagt nichts, außer »Ich höre dir zu« mit ihren Augen.

Ich suche nach den richtigen Worten. »Ich bin mir nur nicht sicher, ob unsere Beziehung immer so war, wie ich sie gesehen habe.«

»Inwiefern erscheint sie dir jetzt anders?«

Ich starre zum Fenster hinaus. Genau das ist der Punkt, der mir zu schaffen macht, aber ich kann ja schlecht fragen, wie zwei Versionen derselben Person so verschieden sein können und dennoch – wie mir gerade klar wird – so vollkommen gleich. In beiden Welten war Viv überaus anhänglich, aber auch sehr liebevoll und treu. Außerdem daran gewöhnt, ihren Willen durchzusetzen. Mir nach meiner Verletzung einzureden, dass ich den Football nicht mehr brauche, war für sie einfach naheliegend. Eine einmalige Gelegenheit, mich ganz für sich zu haben, mir die Welt zu ersetzen. Damit, dass ich mich weigern könnte, rechnete sie überhaupt nicht. Es macht mich fertig, dass die beiden Versionen von ihr immer mehr wie dasselbe Mädchen erscheinen; ich werde jedoch nie erfahren, wie *meine* Viv reagiert hätte, wenn ich mich anders entschieden hätte.

»Ich habe sie wirklich geliebt, und ich weiß, dass sie mich geliebt hat«, fahre ich fort, ohne aufzusehen. »Ich habe nur in letzter Zeit viel darüber nachgedacht, wie es zwischen uns war und wie es hätte sein können. Was natürlich blöd ist, weil ich jetzt ja nichts mehr ändern kann.«

»Es ist schwer, sich nicht im Nachhinein zu kritisieren«, sagt Dr. Summers nickend. »Doch die Entscheidungen, die wir in der Gegenwart treffen, tragen dazu bei, die Zukunft zu formen.«

Ich sehe auf. »Wie soll ich je erkennen, wie man sich richtig entscheidet?«

»Manchmal gibt es kein Richtig oder Falsch«, antwortet sie ruhig. »Manchmal muss man einfach seinem Herzen folgen.«

FÜNFUNDDREISSIG

Die beste Methode, mir Mom vom Leib zu halten, ist, mir einen Job zu suchen, habe ich beschlossen. Ich verlasse das Einkaufszentrum mit ein paar Visitenkarten und einem Stapel Standardbewerbungsformulare. Anscheinend haben alle Läden ihre Aushilfen für Thanksgiving schon eingestellt, doch es kann schließlich nie schaden, im Dezember noch einen arbeitswütigen Teenager in der Hinterhand zu haben.

Als ich bei Macy's um die Ecke biege, entdecke ich Mikes rostroten Toyota. Ich winke, er erwidert mit Lichthupe und fährt an den Straßenrand. Schauderhafter Indie-Rock dröhnt aus seinen Boxen.

»Hast du einen Subwoofer eingebaut oder was?«, schreie ich, um den Lärm zu übertönen.

Er stellt die Musik leiser. »Du merkst aber auch alles.«

Ich steige ein, und mein Brustkorb vibriert selbst noch bei dieser Lautstärke. »Hat dein Dad endlich die Kohle dafür rausgerückt?«

»Ich hab mit ihm gewettet, dass ich bei diesem Kunstwettbewerb gewinnen würde. Hab den zweiten Platz gemacht.« Er nimmt eine mit einem roten Band geschmückte Zeichnung vom Armaturenbrett und reicht sie mir.

Es ist die, an der er seit Wochen gearbeitet hat, erkenne ich, und es gibt mir einen Stich. Ich habe garantiert keinen Preis für Freundschaft verdient in der letzten Zeit.

»Toll, Mann, herzlichen Glückwunsch.«

Er blickt starr geradeaus durch die Windschutzscheibe und setzt den Blinker. »Also, dann fahr ich dich nach Hause, ja?«

Ich zögere und betrachte die Zeichnung. »Hm, hast du vielleicht Hunger? Wollen wir was essen gehen?«

»Ich muss noch einiges erledigen.«

Er lässt den Motor aufheulen, obwohl die Ampel vorn rot ist.

»Okay, es tut mir leid. Ich weiß, dass ich ein totales Arschloch war«, sage ich. »Ich dachte nur, wir könnten was zusammen machen, vielleicht in diesen Hühnerladen gehen?«

Er zieht die Augenbrauen hoch, konzentriert sich aber weiter auf die Kreuzung.

Ich wippe nervös mit dem Fuß und denke an unseren letzten Besuch dort, als er mich zur Tür hinauszerren musste. Dabei fällt mir Nina in ihrer grünen Schürze wieder ein.

»Weißt du noch, als ich dich gebeten habe, mir ein Alibi zu geben, und du gesagt hast, ich schulde dir eine Erklärung?«

»Jo.« Es wird grün, und er lenkt den Wagen auf das kleine Lokal zu.

Ich werfe einen Blick zu den Sternen hinauf, die gerade herauskommen.

»Wie wär's, wenn ich dir stattdessen einen Burger spendiere?«

Dina's Delicious Diner ist nicht so gerammelt voll wie beim letzten Mal. Mike fragt nach einer Nische für uns, und mein Herzschlag steigert sich von adrenalingetrieben zum vollen Panikmodus.

Ich entdecke sie nirgends.

Ein Hahn begrüßt uns am Tisch – derselbe wie neulich, glaube ich.

»Ist es bedenklich, dass ich seit dem letzten Mal einen richtigen Heißhunger auf diese Pommes mit Bauernsoße entwickelt habe?«

»Nee, ich finde, das hört sich gut an, das nehme ich auch«, sage ich und stehe abrupt auf. »Ich geh mir mal die Hände waschen. Bin gleich wieder da.«

Ich durchquere das Lokal und schiele dabei zum Eingang hin. Ich weiß nicht, was ich hier mache, ich sollte schleunigst verschwinden. Denn selbst wenn sie da ist, weiß ich doch, dass sie es nicht ist.

Ich stoppe.

Sie steht hinterm Tresen.

Ich beobachte, wie sie eine Bestellung am Telefon entgegennimmt. Sie notiert sie auf ihrem Block und lächelt. Die Haare zurückgebunden, grüne Schürze. Ich sehe auf ihren Mund und staune über ihr unbekümmertes Aussehen.

»Okay, Mom, ich hab alles, nein, Quatsch. Was? Sag Owen, wenn er das Training überlebt hat, kann er auch noch zwanzig Minuten länger warten!« Sie lacht. »Ich muss Schluss machen. Wir sehen uns dann hier.« Sie legt kopfschüttelnd auf.

»Nina?«

Ich könnte mich ohrfeigen – sie kennt mich doch gar nicht. Dann erschrecke ich noch mehr: Am Ende erinnert sie sich an mich von neulich …

»Hallo«, sagt sie und versucht offensichtlich, mein Gesicht einzuordnen.

»Entschuldige, ich habe nur dein Namensschild gelesen.«

»Ach so.« Sie nestelt an dem Plastikclip an ihrer Schürze und lächelt verhalten. »Kann ich etwas für dich tun?«

Ich habe einen Aussetzer. Was soll ich sagen? Mir wird heiß. Warum bin ich bloß hier?

»Bewerbungsformular!«, entfährt es mir. »Ich meine, äh, ich wollte fragen, ob du eines für mich hast? Ich suche nämlich einen Job.«

»Oh!« Sie greift unter den Tresen, zieht den gleichen Standardbogen hervor, der garantiert für jeden Mindestlohnjob in der Stadt verwendet wird, und schiebt ihn samt einem Stift zu mir hin. »Du kannst ihn gleich ausfüllen, wenn du willst. Ich glaube, wir stellen zurzeit Spülhilfen ein.«

Ich zögere. Sie klingt zu leichtherzig, doch der warme Klang ihrer Stimme ist mir vertraut und macht mir Mut. Ich fülle den Bogen mit denselben langweiligen Angaben aus wie die anderen, auch wenn ich nicht sicher bin, was ich mir davon verspreche. Vielleicht wird sie mich noch nicht einmal mögen, aber so besteht immerhin die Chance, dass wir uns anfreunden.

»Äh, hier, bitte.«

Unsere Hände berühren sich flüchtig, als ich ihr das ausgefüllte Formular reiche, und ich fühle etwas, kein Kribbeln und keinen elektrischen Schlag, aber irgendein Funke springt über. Ihr Stift fällt herunter, ich bücke mich, und als ich mich wieder aufrichte, sieht sie mich neugierig an. Hat sie es auch gespürt?

»Super, danke … Camden Pike.« Sie überfliegt die Seite und gibt mir lächelnd die Hand. Ich starre darauf, als wäre mir dieser seltsame menschliche Brauch unbekannt, doch dann setzt mein Verstand wieder ein, und ich ergreife sie zum ersten Mal – wieder. »Schön, dich kennenzulernen«, sagt sie. »Ich bin Nina Larson.«

Danksagung

Die Kräfte, die zusammenkommen müssen, um aus dem Hauch einer Idee einen Roman zu machen, sind beachtlich – ich staune nach wie vor jeden Tag darüber. Daher möchte ich mich an dieser Stelle bei einigen Menschen bedanken, die das Ganze ermöglicht haben.

Courtney Summers und Tiffany Schmidt für ihre Kritik und für ihre Freundschaft. Courtney: WWIDWOC? Tiffany: Habe ich dir schon gesagt, dass du hübsch bist?

Mary Kole, meine Agentin, für ihren Enthusiasmus; Taryn Fagerness und Michelle Weiner dafür, dass sie mein Buch – wortwörtlich – an die unglaublichsten Orte getragen haben. Mein spezieller Dank gilt der Andrea Brown Literary Agency.

Alessandra Balzer, meine Verlegerin, für ihr fabelhaftes Lektorat, sowie Donna Bray, Sara Sargent und dem gesamten Team bei Balzer + Bray und HarperCollins, einschließlich Emilie Polster, Stefanie Hoffman, Brenna Franzitta, Caroline Sun, Olivia deLeon, Molly Thomas, Patty Rosati, Ray Shappell, Erin Schell, Alison Donalty und Ruiko Tokunaga.

Trespassers William und DJ Encore für ihre inspirierende Musik, Alexandra Sophie für das Originalcover.

Stefan, mein Mann und bester Freund, für das Beseitigen der Berge schmutzigen Geschirrs und für vieles mehr. Mom und Dad für ihre Unterstützung; meine Schwester Charlotte und ihrem Mann Mike für ihr erstes Feedback, als ich es wirklich brauchte.

Dank an alle, die mich inspiriert, beraten und ermutigt haben: Louise Martorano, Matt Lowery, Jodi Bova, Gillian Perry, Susan Adrian, Linda Grimes, Scott Tracey, Victoria Schwab, Brenna Yovanoff, Nova Ren Suma, alle bei Verla Kay's Blueboards, Stephan White und Rose Kauffman (und Abbey), Eva Barkman sowie jedem verständnisvollen ehemaligen Shampoodle-Kunden und den unaufhaltsamen Apocalypsies für ihre großartige Unterstützung.

Emily Hainsworth

wuchs im Bundesstaat New York auf, entfloh aber schon bald dem grauen Himmel dort und zog in die sonnigen Rocky Mountains. Sie studierte Englisch und Psychologie an der Universität von Colorado, und obwohl sie ihre Tage damit verbringt, sich um Hunde und Katzen zu kümmern, liegt ihre wahre Leidenschaft im Schreiben. Sie lebt derzeit mit ihrem Mann, einer Katze und einem Pudel in Denver. »Bis ich bei dir bin« ist ihr erster Roman, aber sie arbeitet schon jetzt fleißig an ihrem nächsten.
Weitere Informationen auf www.emilyhainsworth.com.

GOLDMANN
Lesen erleben